Mordwoche
Gerda und Otto Königs erster Fall

Sabine Wierlemann

Umschlaggestaltung: ambidexter-solutions UG
Copyright © 2012 Sabine Wierlemann & ambidexter-solutions
UG, Klosterstr. 59, 97236 Randersacker
Alle Rechte, insbesondere das Recht der Vervielfältigung und Verbreitung sowie der Übersetzung, vorbehalten. Kein Teil des Werkes darf in irgendeiner Form (durch Fotokopie, Mikrofilm oder ein anderes Verfahren) ohne schriftliche Genehmigung des Verlages reproduziert oder unter Verwendung elektronischer Systeme gespeichert, verarbeitet, vervielfältigt oder verbreitet werden.
ISBN- 10: 149036515X
ISBN-13:978-1490365152

Mordwoche
Gerda und Otto Königs erster Fall

Sabine Wierlemann

1

Die letzten Stunden waren zäh dahingekrochen. Sie hatte sich von einer auf die andere Seite gewälzt und kaum Schlaf gefunden. Gerda König war kein nachtragender Mensch und von Natur aus auch mit einem überaus sonnigen Gemüt gesegnet, aber das ging dann wirklich zu weit. Was wollte man ihr da eigentlich unterstellen? Dass es in ihrem Laden nicht mit rechten Dingen zuging? Dass sie krumme Geschäfte machte? Und das alles nur wegen ein paar Tuben Shampoo!

Diese Griffelspitzer in ihren Amtsstuben hatten doch gar keine Ahnung davon, wie die Dinge in einem Friseur-Salon so liefen. Wenn diese Bürokraten sich tatsächlich mal hierher verirrten anstatt zur Discounter-Kette „Hip-Hair" zu gehen, dann leisteten sie sich höchstens einen Trockenhaarschnitt, der auch lieber etwas kürzer ausfallen durfte, damit er länger hält. Und diese Bürschchen hatten ihr, Gerda Maria König, vor zwei Tagen einen Brief geschickt, in dem sie ihr mitteilten, dass die Menge an Haarwaschmittel, die sie bei der Steuerprüfung in den Büchern angegeben fanden, nicht zur Anzahl der abgerechneten Kopfwäschen passte. Entweder hatten die Mitarbeiterinnen im Salon König, einem Familienunternehmen, das bereits in der vierten Generation geführt wurde und einen untadeligen Ruf genoss, die Flüssigseife verschwendet oder die Kunden, die ebenfalls in den Genuss einer Haarwäsche mit Massage gekommen waren, wurden schwarz bedient. Das war jedenfalls die Meinung der Steuerprüfer. So eine Frechheit! Schon der Gedanke an diese Unterstellung beschleunigte den Puls von Gerda König. Sie konnte jetzt unmöglich noch länger liegen bleiben. Vielleicht würde es auch helfen, aufzustehen. Nach einem Kaffee sähe die Welt bestimmt wieder anders aus.

Ihr Mann hatte sich zwar ebenso entrüstet über das Schreiben, aber nachdem er seinem Ärger mit ein paar kräftigen Flüchen und Verwünschungen in Richtung Finanzamt Luft gemacht hatte, war die Sache für ihn anscheinend erledigt. Jetzt schlief er jedenfalls tief und fest und hatte sich beim Schnarchen auch nicht von dem unruhigen Wälzen seiner Frau stören lassen. Frau König angelte sich ihre Brille vom Nachttisch und tastete mit ihren nackten Füßen nach den Hausschuhen, die sie am Abend bereits so hingestellt hatte, dass sie morgens direkt in die warmen Fellslipper schlüpfen konnte. Es war deutlich kälter geworden. Durch das Fenster, das während der Nacht immer auf Kippe stand, strich ein frostiger Morgenwind und Gerda König schlich schnell aus dem Schlafzimmer. Sollte Otto ruhig noch ein wenig schlafen. Es war gestern Abend sicher spät geworden. Sie hatte bereits geschlafen, als er nach Hause kam.

Adriano Felice, der Inhaber vom *Venezia* hatte die Kollegen des Gewerbevereins zu einer dringenden Sitzung eingeladen, weil er darüber abstimmen lassen wollte, seinem alten Freund Karl Merz die goldene Ehrenmedaille des Vereins zu verleihen. Routinemäßig wurde diese höchste Auszeichnung für fünfzig Jahre Mitgliedschaft überreicht und für außerplanmäßige Würdigungen mussten die Vereinsmitglieder zur Abstimmung zusammenkommen. Gerda konnte diesen Versammlungen nichts abgewinnen. Hier trafen sich die erfolgreichen und die noch auf Erfolg hoffenden Geschäftsleute von Bärlingen, um sich wahlweise gegenseitig zu bestätigen wie gut sie im Geschäft waren oder aber um gemeinsam darauf zu schimpfen, dass sowieso alles den Bach runterging, seit das große Einkaufszentrum im Gewerbegebiet der Kleinstadt eröffnet hatte. Diese Männerabende mied sie und war froh, dass Otto nicht auf ihre Begleitung bestand. Ihr reichte es dann, beim Frühstück die Zusammenfassung zu hören. Den neuesten Tratsch bekam sie aktueller und dramatisch interessanter sowieso von ihren Kundinnen serviert. Ihr Mann dagegen ging ganz gern zu diesen gesellschaftlichen Ereignissen, weil sie nichts von den gestelzten Veranstaltungen der Bärlinger „High Society" hatten, zu denen Königs regelmäßig geladen waren. Für die Treffen des Gewerbevereins musste sich Otto König nicht in einen Anzug zwängen, in dem er sich immer verkleidet vorkam und hier durfte man auch mal über einen deftigen Witz lachen. In der spaßbefreiten „besseren Gesellschaft" prahlten die, die es angeblich geschafft hatten, lieber mit ihren Urlauben, Kindern oder wenn die sich nicht zum Angeben eigneten, ganz platt mit der letzten Gehaltserhöhung.

Das Wort „Gehaltserhöhung" kam bislang im Wortschatz von Gerda König nicht vor. Lief es in einem Monat einmal nicht so gut im Salon, dann war es für Otto und Gerda König selbstverständlich, dass nur ihre eigene Lohntüte schmaler ausfiel oder auch mal leer blieb. Ihren Mitarbeiterinnen, die für sie Teil ihrer Familie waren, bezahlten die Königs jeden Monat pünktlich den tariflich vereinbarten Lohn und legten an Weihnachten und an Geburtstagen einen großzügig gefüllten Umschlag obendrauf.

Die Dielen des alten Stadthauses knarzten, als Gerda König im dunklen Flur in Richtung Küche lief. Das markante rote Gebäude in der Innenstadt von Bärlingen war schon seit mehreren Generationen im Familienbesitz und Otto König lebte hier seit seiner Kindheit. Gerda König liebte die Ruhe am Morgen und genoss das Zeitunglesen in der Küche. Seit ein paar Tagen wurde dieses Vergnügen noch von einer Tasse frisch gebrühtem Cappuccino mit fluffiger Milchschaumhaube gekrönt. Auf Knopfdruck setzte sich das Mahlwerk des Vollautomaten in Gang, die Kaffeebohnen rüttelten sich in Position und das Schnorcheln des Milchaufschäumers vollendete das Kaffee-Kunstwerk. Otto hatte sie mit diesem Hightech-Gerät überrascht und Gerda hatte es schon nach der ersten Tasse in ihr Herz geschlossen. Ihr Otto war einfach der Beste!

Dass er ihr allerdings bei der Angelegenheit mit dem Finanzamt weiterhelfen konnte, das bezweifelte Gerda König. Erstens nahm ihr Mann die Dinge so wie sie kamen und fügte sich in das, was er nicht ändern konnte und zweitens hatten sie beide nach einigen Testläufen beschlossen, dass die Buchhaltung besser in den Händen von Gerda aufgehoben sei. Otto war also weder moralisch-emotional noch in Bezug auf die Sachlage der Fakten eine wirkliche Hilfe.

Es war zum Haare raufen! Diese Deppen vom Amt hatten doch keine Ahnung vom Geschäft! Die vom Finanzamt veranschlagte Menge Shampoo hatte nicht im Entferntesten etwas mit der Alltagsdosierung im Friseurgeschäft zu tun. Ganz abgesehen davon nahmen auch einige Kunden gern ein kleines Fläschchen Gratis-Shampoo mit nach Hause, dessen Verbleib vielleicht nicht immer den vorgeschriebenen Weg in die Buchführung fand. Das allerdings wollten die Buchprüfer schon bei der persönlichen Ortsbegehung nicht verstehen. Per Einschreiben war Königs die Forderung einer saftigen Nachzahlung zugestellt worden. So geärgert hatte sich die Chefin schon lange nicht mehr. Gerda König seufzte und wischte diese unerfreulichen Gedanken weg.

Heute musste es bei einer Tasse Kaffee bleiben. Für das Zeitunglesen war keine Zeit, denn bereits in einer Stunde würden die ersten Kunden unten im Laden stehen. Vor besonderen Anlässen oder Feiertagen hatte der Salon ausnahmsweise auch mal am Montag geöffnet. Schließlich gab es viele Stammkunden, die ausschließlich „zum König" gingen. Der Friseurbesuch war Vertrauenssache, ähnlich wie der Gang zum Arzt. Gleichzeitig sparte sich so manch einer den Therapeuten, denn das Team im Salon hatte immer ein offenes Ohr für die kleinen und großen Nöte der meist weiblichen Kundschaft. Selbstverständlich gehörte die Verschwiegenheit zum Berufsethos. Für ihre Kundschaft taten die Königs alles. Egal ob man nur zum Spitzenschneiden oder zum Waschen-Schneiden-Legen kam, jeder Kunde war hier König, beim König.

Gerda und Otto waren ein eingespieltes Team, seit einunddreißig Jahren waren sie verheiratet. Otto konnte sich darauf verlassen, dass er zum Frühstück seine heißgeliebten Laugenwecken vorfand, sobald er sich unter Aufbietung sämtlicher Willenskraft aus dem Bett gekämpft hatte. Seine Frau konnte so früh am Morgen noch nichts essen und so starteten die beiden auch heute mit ganz unterschiedlichem Tempo in den Tag.

Aus dem Schlafzimmer kam immer noch ein sonores Schnarchen, als Gerda schon fertig angezogen und perfekt frisiert das Bad verließ. Was Friseure können, können eben nur Friseure und das sah man Gerda König auch an. Sie war die gelebte Eleganz in der Beziehung, groß und schlank, während Otto König eher den gemütlichen Part übernahm. Wie jeden Morgen ging sie zuerst in den Salon hinunter, der im Erdgeschoss des Hauses lag und machte die Lichter an.

Der Laden war etwas Besonderes. Hier gingen Familientradition und Moderne eine Beziehung ein, die zu einer unvergleichlichen Atmosphäre führte. Im vorderen Bereich, in dem sich auch die Kassen-Theke befand, wurden die Herren bedient. Das war das Reich von Otto König, der in seinem weißen Arbeitsmantel eher wie ein Arzt als ein Friseur aussah. Das Ambiente des Herrensalons war gediegen, die bequemen Ledersessel hatten Nackenstützen, um dem Mann von Welt auch eine Rasur in angenehmer Haltung zu ermöglichen. Die Pflegeprodukte verströmten eine herbe maskuline Note und gingen erst wenn man die drei Stufen in den hinteren Bereich des Salons hinabstieg - in süßere Nuancen über. Das war Gerdas Arbeitsplatz, die Damenabteilung.

Als Kundin konnte man wählen, ob man sich lieber auf einem der Plätze niederließ, die in einer langen Reihe nebeneinander angeordnet waren und damit dem Gespräch mit den Sitznachbarinnen eine Chance gab oder ob man es vorzog, sich dem Schönheitsritual in einem der Separees hinzugeben. Diese Kabinen lagen an der gegenüberliegenden Seite der Wand und boten nach links und rechts einen Sichtschutz aus Holz. Meist waren es die älteren Damen, die sich mit der Friseurin ihres Vertrauens hierher zurückzogen. Vielleicht war das ihr kleiner Hauch von Exklusivität, den sie so in ihren Kleinstadt-Alltag brachten. Ganz allein war man aber auch hier nicht. Über die Spiegel konnte man auch aus dem Separee heraus das Geschehen im Salon und die restlichen Kundinnen im Blick behalten.

So, jetzt noch schnell die Brötchen holen, damit Otto zu seinem Frühstück kommt, dachte sich Gerda König und zog ihren Mantel an. Den Vorraum des Friseur-Geschäfts hatten Gerda und Otto als kleines Familienmuseum gestaltet. Sie waren stolz auf ihren Salon und die lange Friseur-Tradition ihrer Familie. Und so erwies Gerda auch heute den „Königen" der vorangegangenen Generationen im Hinausgehen ihre Reverenz. König Otto I. bis König Otto IV. schauten milde lächelnd auf ihr Vermächtnis und wachten darüber, dass ihr „Reich" in ihrem Sinne weiterregiert wurde. So stellte es sich Gerda König jedenfalls oft vor. Mit einem angedeuteten Hofknicks grüßte sie die königliche Verwandtschaft und schloss die Eingangstür auf. Klirrende Kälte biss ihr sofort ins Gesicht. Es hatte letzte Nacht geschneit. Nach dem Brötchenholen würde ihr nichts anders übrig bleiben, als noch zur Schneeschaufel zu greifen. Vorsichtig stieg Gerda König die Stufen hinab, man musste in diesen Breitengraden schließlich immer auch mit Eis rechnen. Nicht umsonst nannten die Leute die Gegend hier *Schwäbisch Sibirien*.

Das ging jetzt zu weit! Hatte doch einfach jemand sein Auto mitten auf dem Privatparkplatz des Salons abgestellt. Der rote VW-Käfer war unter einer dicken Schneeschicht begraben. Es sah also nicht so aus, als ob der Besitzer nur mal eben zum Bäcker reingegangen wäre. So was Ärgerliches, murmelte Gerda König und bog aber erst einmal um die Ecke, um die Brötchen zu holen. Vielleicht kam der Besitzer in der Zwischenzeit und fuhr weg. Bei ihren drei Parkplätzen vor dem Haus verstand die Chefin keinen Spaß. Die mussten frei bleiben, schließlich waren viele Kundinnen nicht mehr so gut auf den Beinen und schafften es gerade noch, ihre großen und in die Jahre gekommenen Limousinen etwas windschief in die Parklücke vor dem Salon zu bugsieren, um sich dann das ergraute Haar frisieren zu lassen.

Gerdas Brillengläser beschlugen, als sie die hell erleuchtete und warme Bäckerei betrat. Der Duft von frischem Brot stieg ihr in die Nase und sie wartete, bis sie an der Reihe war. Beim Bäcker traf sich jeden Morgen die gleiche eingeschworene Gemeinde der Frühaufsteher; mit Gerda König hätte heute allerdings keiner hier gerechnet. „Grüß Gott, Frau König, warum sind Sie denn schon so früh auf den Beinen? Heute ist doch Montag." Die Chefin der Bäckerei bediente Gerda heute persönlich und packte bereits die beiden Laugenbrötchen in eine Tüte. Eine Bestellung war hier nicht nötig, sie wusste, warum die Friseurin hier war. „Wir haben heute ausnahmsweise auf, wegen morgen. Sonst wird es einfach zu viel. Vor den Feiertagen wollen doch alle Leute noch einen neuen Kopf." „Gell, wenn man uns nicht hätte", lachte die Bäckerin und begrüßte schon den nächsten Kunden.

Der Käfer stand immer noch da. Eine allerletzte Chance gab Gerda dem Besitzer noch. Sie stieg die Treppen hinauf und legte ihrem Mann die Brötchentüte auf den Küchentisch. Er musste in der Zwischenzeit aufgestanden sein, denn aus dem Bad hörte sie die Dusche laufen und ihr Mann sang. Na, wenigstens scheint er keinen Kater von seinem Herrenabend gestern mitgebracht zu haben, dachte Gerda. Sie nahm ihre Brille ab und streckte kurz den Kopf in die Dampfschwaden des Badezimmers hinein: „Guten Morgen, Schatz, ich muss nochmal schnell raus zum Schneeschippen. Brötchen liegen in der Küche."

Otto König legte größten Wert auf die Pflege seiner Haare, auch wenn er obenrum schon recht kahl war. Der seitliche Haarkranz allerdings erfuhr jeden Morgen seine volle professionelle Aufmerksamkeit. Mit eingeseiften Haaren schaute er kurz hinter dem Duschvorhang hervor. „Schatz, kannst du mir bitte auch noch so einen guten Kaffee mit Schaum hinstellen? Du weißt doch jetzt schon, wie der Automat funktioniert und ich habe da einfach immer zwei linke Hände." Gerda musste lachen, ihren Otto hätte sie mit der Schaumfrisur in jedem Zirkus als Clown anmelden können, aber seine Bequemlichkeit ging ihr zu weit. „Du, der Schnee fegt sich nicht von alleine weg. Mit der Kaffeemaschine kannst du aber gar nichts falsch machen, probier's einfach aus." Sie küsste Otto und machte sich auf den Weg nach unten.

Schneeschaufel und Streusalz standen schon seit Ende Oktober bereit und waren auch fast täglich im Einsatz. Gerda hatte eigentlich die Nase voll von Kälte und Schnee. Aber es war erst Dezember, der Winter war also noch lang. Zum Glück ließ sich der Schnee gut wegräumen. Die Friseurin arbeitete sich von der Treppe zur Straße vor. Der Schneepflug drehte inzwischen seine Runde durch die Innenstadt und räumte auch die Straße vor dem Salon. Jetzt musste Gerda König nur noch den Parkplatz freischaufeln. Käfer hin oder Käfer her. Sollte sie vielleicht den Abschleppdienst rufen? Immerhin stand auf dem Schild klar und deutlich „Privatparkplatz. Unberechtigt parkende Fahrzeuge werden kostenpflichtig entfernt." Aber Abschleppen bedeutete Ärger.

Und den wollte Gerda am liebsten vermeiden. Vielleicht hatte der Käferfahrer auch eine Panne und den Wagen deshalb hier stehen lassen? Das war immerhin schon ein richtiger Oldtimer, der hier unter seiner Schneehaube stand.

Gerda König konnte sich noch gut an das rasselnde Motorengeräusch des Käfers, mit dem sie selbst den Führerschein gemacht hatte, erinnern. Bei dem Gedanken an ihre Jugend wurde sie ganz sentimental. Das Schätzchen hier war schon ganz schön in die Jahre gekommen, aber immer noch eine Augenweide. Gerda beschloss, dem VW-Käfer vorerst Asyl zu gewähren. Schließlich konnte das Auto nichts dafür, dass es auf einem Privatparkplatz abgestellt worden war. Ein Blick ins Innere des Wagens musste allerdings schon gestattet sein, immerhin stand so ein schmuckes Exemplar nicht jeden Tag vor der eigenen Tür.

Die Friseur-Meisterin trat näher an den Käfer heran, dessen Scheiben zugefroren waren, und beugte sich herab. Moment, konnte das sein? Vor Schreck wich sie einen Schritt zurück. Was sah sie da? Sie wollte ihren Augen nicht trauen. Hinter der mit zarten und fast undurchsichtigen Eiskristallen überzogenen Scheibe sah sie die Umrisse einer Person. Da saß tatsächlich jemand im Auto! Gerda klopfte an die Scheibe. „Hallo, Sie, alles in Ordnung?" Nichts rührte sich. Gerda klopfte erneut, aber keine Reaktion. Gerda wurde mulmig zumute. Da stimmte doch etwas nicht! Kein Mensch saß in einem zugefrorenen Auto und wartete. Da musste etwas passiert sein! „O Gott, o Gott", flüsterte Gerda König aufgeregt und sah sich hilfesuchend um. Aber es war niemand da, der ihr diese Situation hätte erklären können. Sie musste handeln. Schnell legte sie die Schneeschaufel aus der Hand und rannte vorsichtig über den freigeräumten aber noch nicht gestreuten Weg ins Haus zurück.

„Otto, Otto, stell dir vor, da sitzt jemand im zugefrorenen Auto auf dem Kundenparkplatz und rührt sich nicht!"

Atemlos war Gerda in die Küche gestürmt. Der Schnee an ihren Schuhen bildete sofort kleine Pfützen auf dem Fliesenboden. Vor Otto lagen seine beiden dick mit Butter bestrichenen Laugenbrötchen. Aug in Aug mit dem neuen Kaffeevollautomaten und allein mit der Technik, hatte er sich letztlich doch für einen von Hand gefilterten Kaffee entschieden. Gerdas Auftritt brachte ihn jetzt um den genüsslichen ersten Biss in sein Brötchen. So aufgeregt wie seine Frau gerade dastand, konnte er sie unmöglich vertrösten. Hier musste er gleich handeln, das sah Otto sofort. „Schatz, jetzt setz' dich erst mal hin. Was ist denn genau passiert?"

Gerda König dachte nicht im Schlaf daran sich hinzusetzen. „Mensch, Otto, da stimmt was nicht! Kein Mensch hockt reglos in einem eingeschneiten Auto." Manchmal war die Gemütlichkeit, die ihr Mann insbesondere am Morgen an den Tag legte, zu viel für das Temperament seiner Frau. Otto König wusste, dass er jetzt aus seiner Komfortzone kommen musste. Er warf seinen Brötchen noch einen letzten sehnsüchtigen Blick zu und erhob sich dann seufzend, um wenigstens durch die Veränderung seiner Position Tatbereitschaft zu signalisieren. „Jetzt schnauf' doch erst mal durch, du bist ja noch völlig außer Atem und dann erzähl mir alles ganz genau." „Ich dachte, der Käferfahrer kommt vielleicht, während ich beim Bäcker bin und macht unseren Parkplatz wieder frei. Aber der Wagen stand immer noch da als ich zurückkam. Als ich mir das gute Stück dann ein wenig näher anschauen wollte, dachte ich, das gibt's doch gar nicht. Autoscheiben frieren doch eigentlich nicht von innen zu. Als ich dann näher hingegangen bin, da hat mich fast der Schlag getroffen! Da saß jemand in dem eingeschneiten und zugefrorenen Auto." „Wer war's denn? Konntest du die Person erkennen?" „Nein, die Scheiben waren doch zugefroren. Ich wollte es erst selbst gar nicht glauben, aber es stimmt wirklich. In dem Käfer sitzt jemand! O Gott, Otto, da sitzt ein Toter auf unserem Parkplatz! Vielleicht wurde die Person ermordet!" Gerda König wurde blass, als ihr die ganze Tragweite ihrer Entdeckung schlagartig bewusst wurde. „Was machen wir denn jetzt? Ich habe nicht mal ein Alibi, weil du gestern Nacht weg warst!" Dass seine Frau aber auch immer gleich so übertreiben musste. Otto legte ihr beruhigend den Arm um die Schultern und hätte sich wieder einmal gewünscht, zehn Zentimeter größer zu sein. Er war ein klein wenig untersetzt und seine Frau überragte ihn um fünf Zentimeter. Die große Beschützer-Geste war deshalb leider nicht drin, aber daran hatte sich Gerda längst gewöhnt. Sie liebte ihren Otto so wie er war. Keiner konnte so gut kochen wie er und seine Witze waren wirklich komisch. Sie mochte seinen Humor und es war ihr immer noch wichtig, dass er sie für die schönste Frau der Stadt hielt.

Gerda König ließ sich von ihrem Mann an den Küchentisch führen. „Schätzle, du bist ganz blass um die Nase. Sei so gut und iss ein Laugenweckle, dann geht's dir bestimmt gleich besser." Vielleicht hatte er Recht, auf den Schreck brauchte ihr Magen tatsächlich ein wenig Beruhigung. „Otto, ich könnte auch gleich noch einen Schnaps vertragen. Wir haben doch noch was von Onkel Reinholds Zwetschenbrand, oder?" Jetzt war Zurückhaltung angesagt und Otto stellte die hochprozentige Flasche und zwei Schnapsgläser auf den Tisch. Gerda goss sich sofort ein zweites nach, schloss die Augen und atmete tief durch. „Jetzt rufen wir den Schorsch an, der wird hoffentlich schon im Dienst sein." Georg Haller war der Polizeihauptkommissar in Bärlingen und um diese Uhrzeit längst im Einsatz für Recht und Ordnung.

2

„Und du meinst wirklich, dass sich deine Mutter über so etwas zu Weihnachten freut?" Alex drehte die kleine Spielzeugminiatur in den Fingern hin und her. „Eigentlich schenken wir uns schon seit Jahren nichts mehr, aber an dem kleinen Flitzer kam ich einfach nicht vorbei. Genau so sieht der alte VW-Käfer meiner Mutter aus, ein Traum in rot." Susanne kuschelte sich unter der Decke nah an Alex und schob ihre Füße auf die andere Seite des Bettes, wo es immer ein paar Grad wärmer zu sein schien. „Ich bin schon ziemlich aufgeregt und gespannt darauf, was meine Eltern zu dir sagen werden. Immerhin ist das heute eine Premiere, ich habe bislang noch nie jemand meinen Eltern vorgestellt." „Oh, das ist dann wohl eine besondere Ehre", witzelte Alex und schmiss sich in Pose. „Dann ist es wohl was Festes mit uns, Fräulein Merz? Kann ich mir Hoffnungen machen?" Susanne ließ eine wilde Kitzel- und Kussattacke über sich ergehen und bat schließlich nach Luft japsend um Gnade. „Du nimmst mich gar nicht ernst. Du hast gut lachen mit deinen Hippie-Eltern. Die hätten jede Schwiegertochter akzeptiert, Hauptsache die Beziehung läuft gut. Bei meinen Eltern ist das ein bisschen anders." „Nicht böse sein, Maus. Ich freue mich sehr, endlich deine alten Herrschaften kennen zu lernen und werde mich von meiner besten Seite zeigen."

Susanne drehte sich zur Seite und stopfte sich ihr Kissen so unter den Kopf, dass sie Alex direkt ansehen konnte. „Dieses Jahr Weihnachten ist es glaub' ich besonders wichtig für meinen Vater, dass die ganze Familie zusammen ist. Es geht ihm gerade nicht so gut, er hatte wieder einen Krankheitsschub und ist wohl sehr schwach. Scheiß Krebs!" „Sag mal, wenn es deinem Dad nicht so gut geht, sollen wir dann nicht lieber ins Hotel gehen?" „Kommt gar nicht in Frage, würde mein Vater sagen und so wie ich meine Mutter kenne, hat sie die Betten schon eine Woche im Voraus gemacht. Sie freuen sich so, dass wir kommen. Weißt du, wenn du einmal in den Fängen der Familie Merz bist, dann kommst du nicht mehr raus. Das ist dir schon klar, oder?" „Mit dir freue ich mich auf lebenslänglich." Alex Hände wanderten unter der Decke in eindeutiger Absicht in Richtung Susanne, die allerdings gar nicht auf morgendliche Liebesbezeugungen eingestellt war. „Hey, aufhören, ich muss mit dir reden. Hirn an Körper: Fummeln einstellen und Ohren auf!" Alex merkte, dass Susanne heute früh nicht für Zärtlichkeiten zu haben war und fügte sich klaglos in einen sexfreien Start in den Tag.

„Letzte Woche hatte ich meinen Vater auf dem Anrufbeantworter, er bat mich um einen Rückruf. Seine Stimme klang so müde, da habe ich mir wirklich Sorgen gemacht. Er hat jetzt schon seit drei Jahren Leukämie und alle möglichen Behandlungen über sich ergehen lassen müssen. Dabei ging es ihm mal besser und mal schlechter, aber er hat sich immer wieder so weit erholt, dass er zu Hause sein und wenigstens ansatzweise ein normales Leben führen konnte. So schwach wie auf dem AB habe ich meinen Vater allerdings noch nie gehört und...", Susanne brach die Stimme weg und die Tränen stiegen ihr in die Augen. Sie wollte gegen den Kloß an Traurigkeit in ihrem Hals ankämpfen, den Schmerz weglächeln, aber die Sorge um ihren Vater brach wie eine große Welle über sie herein.

„Ach Maus, ist es so schlimm? Komm her zu mir, ganz nah." Susanne kuschelte sich an Alex und ließ sich die Haare kraulen und beruhigende Worte ins Ohr flüstern. Sie trocknete sich die letzten Tränen ab: „Ich bin wohl gerade besonders empfindlich. Die Sache mit meinem Vater geht mir immer so nah und ich mag mir gar nicht vorstellen, wie es mal sein wird, wenn er nicht mehr da ist." „Noch ist er jedenfalls da und offensichtlich fit genug, um den Stress auszuhalten, mich kennenzulernen." Susanne konnte schon wieder ein bisschen lachen. Alex konnte es schwer ertragen, Susanne so verzweifelt zu sehen und hoffte, dass ein kleiner Scherz den Rest an Traurigkeit vertreiben würde. Mit theatralischer Geste wandte sich Alex an die imaginären Eltern: „Gestatten, mein Name ist Bergmann, Alex Bergmann. Ich liebe ihre Tochter und in größter Bescheidenheit darf ich auch von mir behaupten, dass ich sie glücklich mache. Gnädige Frau, wie gut, dass Sie dieses Thema gleich ansprechen. Ja, auch im Bett klappt es hervorragend mit uns beiden. Und ja, Herr Merz, selbstverständlich habe ich ehrenwerte Absichten und kann das Fräulein Tochter durchaus auch ernähren." Susanne kicherte, Alex schaffte es einfach immer, den richtigen Ton bei ihr zu finden. „Genau so machen wir's dann heute Nachmittag bei meinen Eltern, gute Idee."

Susanne strich Alex eine Locke aus der Stirn. „Warum habe ich dich nicht schon viel früher kennengelernt? Dann wären mir einige peinliche Auftritte erspart geblieben." „Ja, das frage ich mich auch", frotzelte Alex, „dann müssten wir jetzt auch nicht permanent daran arbeiten, dein in jahrelanger Enthaltsamkeit angespartes Sex-Defizit abzubauen." „Ha ha, sehr witzig. Ich hab' mir das Single-Leben schließlich nicht freiwillig ausgesucht. Oder denkst du vielleicht, es war ein Spaß, jahrelang allein zu den Familientreffen zu gehen? Die meisten haben sich wohl ihren Teil gedacht und hinter vorgehaltener Hand gelästert. Aber das war ich gewohnt. Dann gab es aber Tante Elsa und Tante Fanny, die mich jedes Mal gefragt haben, ob bei mir denn gar kein Freund in Sicht sei. Ob ihr Lächeln dabei mitleidig oder schadenfroh war, habe ich nie herausfinden können. Mich hat diese Tanten-Inquisition jedenfalls so genervt, dass ich irgendwann beschlossen habe, nie wieder allein zu so einem Rudeltreffen zu gehen."

„Und wer durfte dann mit in die Höhle des Löwen?"
„Beim ersten Mal habe ich einen Studienfreund überreden können. Der war aber nach dem Wochenende so geschafft, dass er im Jahr darauf dankend abgelehnt hat. Der Tanten-Stress war einfach zu viel für ihn. Er wurde von den beiden richtig in die Mangel genommen und auf Herz und Nieren geprüft. Sie fanden ihn wohl ganz nett und klopften mir anerkennend auf die Schulter. Nach dem Motto: Klasse Kerl, den du dir da geangelt hast. Alle Achtung, das hätten wir dir gar nicht zugetraut. Jedenfalls konnte ich das Familientreffen zum ersten Mal genießen. Jetzt gehörte ich dazu und war eine echte Merz. Natürlich wollte ich dann im nächsten Jahr nicht wieder allein auftauchen. Diese Genugtuung wollte ich den Tanten nicht gönnen, das wäre für sie ein gefundenes Fressen gewesen. Jetzt ist die arme Susanne wieder allein. Hat er sie verlassen? Ach je, das arme Kind! Diese zuckersüße Heuchelei kotze ich mittlerweile. Also musste ich mir was einfallen lassen und ich wollte mich in Puncto Männer natürlich verbessern. Den Tanten sollte richtig die Spucke wegbleiben. Jedenfalls habe ich dann Tony vom Escort-Service *Dream-Day* engagiert."

„Echt jetzt, du hast dir einen Kerl gemietet? Du könntest an jedem Finger zehn Typen haben!" „Danke, sehr schmeichelhaft. Ich hatte aber keine Lust, mir erst mühsam einen geeigneten Kandidaten zu suchen. Und bei Tony war die Sache wirklich in professionellen Händen. Er war umwerfend und die Tanten waren sprachlos. Da standen dann die eigenen Schwiegersöhne wie blasse Schuljungen in der Ecke. Tony sah immer wie aus dem Ei gepellt aus und war charmant, klug und witzig. Am Abend haben wir dann noch gemeinsam die Minibar niedergemacht und Karten gespielt. Um den Tanten im Nachbarzimmer so richtig den Rest zu geben, hatte er dann noch die glorreiche Idee gehabt, die ganze Nacht hemmungslosen Sex vorzutäuschen. Und glaub mir, wir haben alles gegeben. Wir hüpften im Bett, dass die Federn nur so quietschten und haben dazu lustvoll gestöhnt und gekichert. Dieses Spektakel haben wir beim Einschlafen geboten und dann alle drei Stunden in der Nacht. Dafür haben wir uns extra den Wecker gestellt. Die Blicke beim Frühstück hättest du sehen müssen! Tony war echt spitze. Als er eine Riesenportion Spiegeleier mit Speck verdrückte, meinte er nur, dass wir die ganze Nacht über Einsteins Relativitätstheorie diskutiert hätten und wie Tante Elsa und Tante Fanny denn darüber denken würden. Tony hatte die Nummer auf dem Familienfest großen Spaß gemacht und er hat sich richtig gefreut, dass ich ihn in den folgenden Jahren immer wieder engagiert habe. Ein Wahnsinnstyp, oder?"

„Hey, jetzt werde ich gleich eifersüchtig, bei so viel Schwärmerei." „Keine Sorge, Tony ist passé. Beim nächsten Familientreffen kommst du mit. Und damit wir uns richtig verstehen, da wird das nächtliche Tun nicht nur vorgetäuscht!" Susanne drückte Alex einen glücklichen Kuss auf die Lippen. Sie hatte schon verdammt viel Glück, dass sie sich dieses Prachtexemplar hatte angeln können!

„Bleib ruhig noch ein bisschen liegen und ruh dich aus. Heute hast du es zwar nur mit dem kleinen Kreis der Familie zu tun, aber anstrengend wird es sicher trotzdem. Ich geh schon mal vor und mach Frühstück." Susanne warf sich ihren Snoopy-Bademantel über und schlurfte in den passenden Plüschpantoffeln in Richtung Küche. Zusammen hatten sich die beiden ihre absolute Traumwohnung gekauft, über den Dächern von Berlin, ein 150qm großes Liebesnest. Die Einrichtung war vom Feinsten, Designer-Möbel stilvoll kombiniert mit alten Erinnerungsstücken. Susanne liebte es, mit Alex in den unzähligen kleinen Läden im Prenzlauer Berg nach weiteren ausgefallenen Accessoires für ihre Wohnung zu suchen. Das nötige Kleingeld für diesen luxuriösen Lebenswandel brachten beide heim. Susanne war nach ihrem

Jurastudium als Rechtsanwältin in einer großen Kanzlei beschäftigt und hegte berechtigte Hoffnungen, in absehbarer Zeit zur Partnerin aufzusteigen. Im Job hätten die beiden keine Gelegenheit gehabt sich kennenzulernen, denn Alex arbeitete in der Personalabteilung einer Versicherung.

Susanne machte die Kaffeemaschine an, schob die Aufback-Croissants in den Ofen und legte sich eine CD ein. Hüftschwingend tanzte sie zu den Salsa-Rhythmen in Richtung Schlafzimmer zurück. Vielleicht sollte sie doch noch einmal zu Alex unter die Decke kriechen. Als es beim Salsa-Kurs zwischen den beiden gefunkt hatte, war es Liebe auf den ersten Blick und Lust auf die erste Berührung. Seit einem Jahr konnten die beiden nun nicht mehr die Finger voneinander lassen. Als Susanne ins Schlafzimmer zurückkam, war Alex nicht mehr im Bett. Sie hörte die Toilettenspülung und schlich zur Badezimmertür.

Alex drehte ihr den Rücken zu und hatte gerade etwas vom Waschtisch genommen. Susanne sah Alex und musste laut loslachen. Alex drehte sich um und bot, nur mit Cowboystiefeln und knapper Unterhose bekleidet, einen komischen Anblick. „Ich weiß gar nicht, was daran so komisch sein soll, wenn ich mir Gedanken mache, was ich zur Einführung in deine Familie anziehen soll. Aber Spaß beiseite", Alex hielt Susanne das kleine geöffnete Kästchen hin, das auf dem Waschbecken gestanden hatte, „findest du nicht, dass du es mittlerweile ein bisschen übertreibst mit diesen Vitamin-Pillen? Ich meine, ich nehme doch brav alles, was du so aus dem Reformhaus anschleppst, aber wir ernähren uns eigentlich gesund genug." Alex fragte schon gar nicht mehr nach, wofür denn diese oder jene Pille oder Ampulle war. Es machte Susanne glücklich, ihren Schatz gut geschützt gegen freie Radikale und sonstige Unwägbarkeiten des Immunsystems zu wissen und das reichte Alex. Diese unscheinbare Kapsel musste einen ganz besonders exquisiten Wirkstoff enthalten, denn sie war in eine kleine mit Samt ausgeschlagene Schatulle gebettet. Na gut, Augen zu und durch, mit einem Schluck Wasser aus dem Zahnputzglas würde auch dieses Pillchen zu schlucken sein.

Susanne stürzte entsetzt auf Alex zu. „Finger weg von der Kapsel! Da ist Gift drin!" Alex sah Susanne entgeistert an. „Nein, das ist jetzt ein Scherz, oder? Die Prämie für die Lebensversicherung gibt es doch erst nach dem Standesamt, Maus." Susanne war nicht zum Scherzen zumute. Sie nahm Alex das Kästchen aus der Hand, ließ den Deckel zuschnappen und atmete erleichtert auf. Gottseidank, die Kapsel lag noch drin! „Susanne?" Alex Stimme wurde ernst. Susanne war klar, dass jetzt eine Erklärung fällig war. „Nicht hier, lass uns in die Küche gehen, dann erkläre ich dir alles." „Da bin ich allerdings gespannt. Schließlich kenne ich sonst niemanden, bei dem einfach so eine Giftpille im Bad rumliegt."

Ein verführerischer Duft zog durch die offene Küche und Alex setzte sich auf die moderne Küchenbank. Als Susanne die frischen Croissants auf den Tisch gestellt hatte und der Milchkaffee in ihren original französischen Boule-Schalen dampfte, war Alex der Geduldsfaden fast gerissen. „Jetzt spann' mich nicht noch länger auf die Folter, immerhin wäre ich vorhin um ein Haar durch eine vermeintliche Vitamin-Dosis hops gegangen. Warum liegt so etwas bei uns im Badezimmer rum? Was für ein Gift ist das eigentlich und wie bist du da dran gekommen?" Der Vorfall im Bad hatte Susanne sichtlich mitgenommen. Schon wieder stiegen ihr Tränen in die Augen. „Das Zyankali habe ich für meinen Vater besorgt. Ich habe die Kapsel schon über ein Jahr und hatte sie ganz hinten im Schrank versteckt und gehofft, dass ich sie nie würde rausholen müssen." Sie wischte sich die Tränen von der Backe und zupfte an ihrem Croissant herum. Wo sollte sie nur anfangen zu erzählen?

„Mein Vater hat chronischen Blutkrebs, der ist aber erst ziemlich spät entdeckt worden. Dad hat einfach immer wieder die Vorsorgeuntersuchungen geschwänzt. Er dachte wohl, einer wie er, der wird schon nicht krank. Der lebt einfach bis zum Ende, geht dann ins Bett und wacht nicht mehr auf. Das Leben sieht aber anders aus. Jetzt hat er den Scheiß Krebs und die Ärzte können seine Beschwerden nur noch lindern, heilen können sie ihn nicht mehr. Anfangs sprach er ganz gut auf die Medikamente an und er musste wirklich eine Menge von dem Chemiekram schlucken. Er machte immer seine Witze darüber, dass er jetzt eine wandelnde Apotheke sei."

„Susanne, Zyankali gibt's aber nicht auf Rezept! Woher hast du das Zeug und was willst du damit?" „Mein Vater weiß, dass sich die Krankheit verschlimmern wird und ihm ist klar, dass die Schmerzen dann unerträglich werden. Er hat Zeit seines Lebens alle Entscheidungen allein getroffen und diese Selbstständigkeit will er sich bewahren. Verstehst du, er möchte so etwas wie einen Notausgang haben, wenn es zu schwer wird für ihn." Susanne stützte ihren Kopf in die Hände. Alex hielt die mit Verzweiflung angefüllte Pause aus und legte Susanne nur die Hand auf den Rücken. Die Zeit stand still.

„Du kannst dir nicht vorstellen, wie schwer es ist, den eigenen Vater so leiden zu sehen. Der Vater, der immer stark und fröhlich war, ist plötzlich ein leiser Mensch geworden. Er bemüht sich zwar, die Ringe unter den Augen und den starken Gewichtsverlust mit Scherzen zu überspielen, aber jeder sieht, wie die Krankheit an ihm nagt. Und plötzlich schaust du der Endlichkeit ins Angesicht und haderst mit dem Schicksal. Warum mein Vater? Ich brauche ihn noch! Er hat einen schönen, unbeschwerten Lebensabend verdient. Verdammte Scheiße!" „Leider gibt es keine Gerechtigkeit, wenn das Schicksal zugeteilt wird. Aber du hast Recht, Krebs ist Scheiße, darauf könnte die Welt wirklich verzichten." „Oberscheiße. Megaoberscheiße." Alex pflichtete ihr bei: „Totale Megaobersuperscheiße!" Susanne wirkte erleichtert. Das Fluchen hatte geholfen.

„Und das Gift? Wo hast du das her, Maus?" „Als klar war, dass es keine Heilung mehr für meinen Dad gibt, habe ich im Internet recherchiert und dabei einen Verein für humanes Sterben gefunden. Erst kam ich mir vor wie eine Vatermörderin, als ich mit den Leuten dort Kontakt aufnahm. Dann habe ich aber schnell bemerkt, dass unser Schicksal kein Einzelfall ist und dass viele Angehörige diesen letzten Dienst für ihre geliebten Mütter, Väter, Brüder oder Schwestern übernehmen. Jedenfalls kam ein Mitarbeiter des Vereins zu meinen Eltern nach Hause, um sich mit meinem Vater zu unterhalten. Er wollte einfach sichergehen, dass meine Schwester und ich nicht einfach unseren pflegebedürftigen Vater über die Klinge springen lassen, um endlich an das Erbe zu kommen. Jedenfalls hat er gesehen, dass mein Vater den Entschluss aus freiem Willen getroffen hat, sehr an seinem Leben hängt und das Gift nur als letzten Ausweg sieht. Ein paar Tage nach dem Besuch kam die Zyankali-Kapsel dann per Einschreiben."

„Und warum hast du das Gift gerade jetzt rausgesucht? Geht es deinem Vater etwa so schlecht, dass er Schluss machen will?" „Als ich neulich mit ihm gesprochen habe, da klang er schon ziemlich fertig. Und dabei hat er sich bestimmt bemüht, sich nicht anmerken zu lassen, wie schlecht es ihm wirklich geht. Er bat mich dann, meine Kapsel mitzubringen."

„Deine Kapsel? Gibt es denn mehrere?" „Ja, wir haben eine echte und zwei Placebos, die mit destilliertem Wasser gefüllt sind. Ich habe eine Kapsel, Katrin und Mama auch. Papa wollte nicht, dass eine von uns mit dem Gedanken weiterleben müsste, ihm die tödliche Dosis verabreicht zu haben. So kann sich jede von uns einreden, dass sie ihm im Falle des Falles nur eine Wasser-Kapsel gegeben hat."

Alex schaute betroffen, da taten sich Abgründe auf! „Ich bin mir jetzt gar nicht mehr so sicher, ob es eine gute Idee ist, dass wir deinem Vater in seinem Zustand ein neues Familienmitglied zumuten sollten. Ich könnte auch hierbleiben. Es wäre für mich vollkommen ok, wenn du allein fahren möchtest." „Nein, bitte komm mit. Wenn es wirklich so schlecht um meinen Vater steht, dass er das Gift braucht, dann stehe ich das allein nicht durch. Außerdem hatte ich am Telefon das Gefühl, dass ich ihn ein wenig aufmuntern konnte, als ich ihm verraten habe, dass ich dieses Jahr an Weihnachten nicht allein nach Hause komme. Für meinen Vater ist es das schönste Geschenk, wenn die ganze Familie beisammen ist. Wir sind seine beste Medizin, sagt er immer."

3

Georg Haller, fünfundvierzig Jahre alt und Hauptkommissar in Bärlingen, brauchte morgens keinen Wecker. Seine innere Uhr ließ ihn jeden Tag automatisch um 6 Uhr erwachen. Pflichtbewusst, ordentlich und auch ein wenig einsam. Er hatte keine Familie. Außer ihm gab es nur noch seine Mutter, aber die war seit ein paar Monaten weg. Sein Vater war schon lange tot; er konnte sich nicht mehr daran erinnern, wie es war, das Leben zu dritt. Es gab in seiner Erinnerung nur seine Mutter und ihn. Sie hat ihm erzählt, dass er als kleiner Junge gern zu den Eltern ins Bett gekrochen ist, weil er sich nachts in seinem Zimmer so allein fühlte und Sorge hatte, dass ihn der Räuber Hotzenplotz holen käme. Bei den Eltern im Bett konnte sich der kleine Schorsch sicher fühlen und nachdem er nachts regelmäßig mit kalten Füßen vor dem Ehebett stand und um Unterschlupf bat, legten seine Eltern kurzerhand ein drittes Kopfkissen und eine weitere Decke ins Bett und er durfte im „Gräbele" zwischen ihnen schlafen.

Georg hatte keine Erinnerung mehr an diese nächtlichen Wanderungen und die Zeit des Nacht-Asyls im elterlichen Schlafzimmer, aber das Bett war für ihn immer noch ein Ort der Geborgenheit. Vielleicht war das auch der Grund, warum er sich noch nicht dazu durchringen konnte, die Möbel aus dem Elternschlafzimmer zu entsorgen. Die gediegenen Buchenmöbel entsprachen eigentlich nicht seinem Einrichtungsgeschmack, aber Mutti war schließlich eben erst ausgezogen. Der Sohn hätte es pietätlos gefunden, gleich die ganze Wohnung anders einzurichten. Und so wurde Hauptkommissar Haller auch an diesem Montagmorgen im Schlafzimmer seiner Eltern wach, im „Gräbele". Er brauchte kein Licht zu machen, den Weg ins Badezimmer fand er auch mit geschlossenen Augen. Das Badezimmer versprühte noch den

Charme der sechziger Jahre, lila Fliesen und hochflorige weiße Frotteevorleger vor Badewanne und Waschbecken. Sogar der Toilettendeckel war mit einem passenden Überzug versehen. Georg Haller kannte es nicht anders, so hatte das Bad schon immer ausgesehen. Er klappte den Toilettendeckel hoch und wollte sich gerade auf die Brille setzen, als er innehielt. Kopfschüttelnd stand er auf, klappte auch die Brille noch hoch und erleichterte sich im Stehen. Aus alter Gewohnheit und weil Mutti das Steh-Pinkeln als Angriff auf ihr stets blitzblank geputztes Klo verstand, setzte sich Georg auch jetzt noch oft hin. Jetzt wohnte Mutti aber im Heim und sah ihn nicht. Er konnte also tun und lassen, was er wollte. Er führte jetzt einen richtigen Männerhaushalt und dort kam Sitz-Pinkeln nicht in Frage. Zufrieden erledigte Georg den überschaubaren Rest seiner Morgentoilette; er beschränkte sich auf das Notwendigste und Unvermeidbare, alles andere war in seinen Augen Zeitverschwendung.

Hätte er sich ein wenig genauer im Badezimmerspiegel betrachtet, dann hätte Georg einen durchaus attraktiven Mann gesehen. Die kurzen braunen Haare wurden an den Schläfen schon ein wenig grau, ansonsten waren sie aber voller als bei den meisten seiner Altersgenossen. Aber diese Äußerlichkeiten interessierten Georg Haller nicht. Er hatte zwar schon einmal den Versuch unternommen, seinem Körper mehr Aufmerksamkeit zu schenken, weil er hoffte, dadurch seine Chancen beim weiblichen Geschlecht zu erhöhen, allerdings verliefen diese Bemühungen schnell im Sande. Bei einem Besuch in der Filiale einer großen Parfümerie-Kette fühlte er sich, als sei er auf einem fremden Planeten gelandet. Die Verkäuferinnen, alle in weiß gekleidet und perfekt geschminkt, erkannten auf den ersten Blick, dass hier grundlegend Entwicklungshilfe geleistet werden musste. Drei gutaussehende freundliche Damen bemühten sich um den Hauptkommissar, der sich - kaum dass er sich's versah -

unter einer Gesichtsmaske für den anspruchsvollen Mann von heute wiederfand. Gleichzeitig bekam er eine Maniküre und eine der Damen, die ihm so nahe kam, dass er ihren Busen an seiner Schulter spüren konnte, entfernte ihm die wildwachsenden Haare aus seinen Ohren. Georg Haller fügte sich willig in sein Schicksal, schließlich hatte er eine Mission. Er suchte eine Frau.

Seine Mutter meinte auch, dass es in seinem Alter höchste Zeit sei, sich endlich mal nach einer Freundin umzusehen. Sie gab sich selbst auch ein wenig die Schuld daran, dass es bei ihrem Sohn mit den Frauen bislang noch nicht so geklappt hatte. Und deshalb verkündete sie ihm vor einem dreiviertel Jahr, dass sie sich entschlossen habe, ins Altersheim zu ziehen. Den Antrag habe sie bereits vor ein paar Monaten gestellt und jetzt sei ein Platz frei geworden. Ihrem überraschten Sohn erklärte Frau Haller, dass sie sich in ihrem jetzigen Alter durchaus noch zutraue, sich an eine neue Umgebung zu gewöhnen. Später sei es vielleicht zu spät. Und außerdem wolle sie nicht Schuld daran sein, wenn ihr Sohn keine Frau bekäme. Denn welche Frau würde sich nach dem ersten überhaupt noch einen zweiten Blick erlauben, wenn sie erführe, dass der ins Auge Gefasste noch bei Muttern wohnte? Der Plan stand fest. Frau Haller zog ins Gertrudenstift, in die Innenstadt von Bärlingen. Georg Haller begann seinen Dienst auf der Polizeischule in Oberschwaben und trat seine erste Stelle in Baden an, was für seine Mama schlimmer war, als wenn er sich bei der Sitte in der Hamburger Herbertstraße beworben hätte. Sie hatte sich immer gewünscht, dass ihr Sohn eine Freundin mit nach Hause brächte, aber eine Badnerin sollte es nicht unbedingt sein. Georg Hallers eigentümliche Hemmungen Frauen gegenüber blieben aber auch im etwas leichtlebigeren Baden bestehen, sodass er dort im Wesentlichen auch nur seiner Arbeit nachging. Allerdings war er hier frei und glücklich. Der Gedanke, zurück nach Bärlingen zu müssen, war ihm unbehaglich. Aber was blieb ihm anderes übrig? Schließlich kamen zwei Dinge zusammen, die ihn wieder zurück ins Schwäbische führen sollten. Seine Mutter wurde krank. Nur so lange allerdings, bis ihr Schorschle wieder im „Ländle" war. Und außerdem war die Stelle eines Hauptkommissars ausgeschrieben. Seine Mutter meinte nur, das sei doch was für ihn. Jetzt war er also wieder hier. Festbetoniert in seiner Heimatstadt Bärlingen, in der er mehr über die Leute wusste, als ihm oftmals lieb war.

Georg rasierte sich sorgfältig, denn er war sich bewusst, dass er für die Menschen im Ort Recht und Gesetz symbolisierte und es war selbstverständlich für ihn, dass dazu nur ein akkurates Äußeres passen konnte. Rasieren, waschen, gut. Keine Lotion, kein Duftwässerchen oder irgendwelcher Wellness-Schnickschnack. Die Produkte, die er sich von den gutriechenden Verkäuferinnen in der Parfümerie hatte aufschwatzen lassen, standen noch unbenutzt im Spiegelschrank und verstaubten langsam. Die Frau, die er sich vorstellte, würde ihn auch ohne diese Schönheitsmittelchen nehmen. Schließlich zählten auch noch die inneren Werte und als er sich die Haare kämmte, dachte Georg, dass er als Beamter in den heutigen Krisenzeiten auch gar keine so schlechte Partie sei.

Nach dem Auszug seiner Mutter musste sich Georg erst einmal an die neue Situation gewöhnen. Plötzlich war er allein, niemand klapperte in der Küche mit den Töpfen. Wenn er ehrlich zu sich selbst war, dann vermisste er das fröhliche Pfeifen und Singen seiner Mutter und den sonntäglichen Schweinebraten. Jetzt kam er abends in eine dunkle Wohnung zurück und niemand fragte ihn, wie sein Tag gewesen sei. Georg musste sich seine Schlafanzüge jetzt selbst kaufen und schauen, wie er seine Hemden gebügelt bekam. Dafür konnte er aber auch das Fernsehprogramm frei wählen und in angenehmer Zimmerlautstärke ansehen.

Georg Haller war zwar einsam, allein war er allerdings nicht. Nicht in der Schubartstraße Nummer 5. Die allesamt älteren Bewohner des Mehrfamilienhauses nahmen großen Anteil am Auszug seiner Mutter. Georg kannte sie alle, seit er denken konnte. Er war in diesem Haus groß geworden. Besonders die älteren Damen wollten den Hauptkommissar über den Verlust der Mutter hinwegtrösten. So erhielt er Einladungen zum Sonntagskaffee und zu Binokel-Abenden, die er aus Höflichkeit auch alle annahm.

Die Damen sollten nicht glauben, dass jetzt - wo seine Mutti nicht mehr da war - der Schlendrian bei ihm einriss. Regelmäßig hängte er deshalb seine Wäsche ganz demonstrativ zum Trocknen auf den Balkon. Alle sollten sehen, dass Frau Haller ihrem Jungen beigebracht hatte, wie man einen Haushalt zu führen habe. Nach etlichen Kaffeekränzchen und Spieleabenden reichten Georg Haller allerdings die mitleidigen Blicke der alten Hausbewohnerinnen und ihr ständiges: „Du armer Junge, bist jetzt so allein in der Wohnung". Er konnte es nicht mehr hören! „Meine Mutti ist nicht tot, sie ist nur im Heim."

Die Einladungen wurden weniger. Die Damen hatten verstanden. Der Junge war offensichtlich schon groß genug, er kam allein zurecht. In ihren Augen blieb Georg Haller allerdings Vollwaise und sie fühlten sich nach wie vor für sein Wohl verantwortlich. So fand der Hauptkommissar immer wieder ein vorgekochtes und sorgfältig eingetuppertes Abendessen vor der Wohnungstür, wenn er von der Arbeit heimkam. Über die Brötchen, die am Samstag öfter in einer Tüte an seiner Tür hingen, freute er sich besonders. Den regelmäßigen Einkauf hatte er nach dem Auszug seiner Mutter nämlich noch nicht in seine Alltagsroutine aufgenommen und so fristete sein Kühlschrank eher eine Randexistenz.

Auch heute Morgen war das Angebot darin ernüchternd. Die Reste des Aufschnitts rollten sich vom Rand her ein und die Marmelade hatte bereits einen dicken Schimmelpelz angesetzt. Vielleicht lag ein Care-Paket vor der Wohnungstür? Georg Haller öffnete die Tür einen kleinen Spalt. Leider Pech gehabt! Der Hauptkommissar setzte sich an den Küchentisch, auf dem in der Schachtel noch die Reste der Pizza von gestern lagen, *Quattro stagioni* aus dem *Venezia*. Adriano machte einfach die besten Pizzen der Stadt. Das musste dann eben heute Morgen reichen. Georg Haller spülte die kalte Pizza mit ein paar Schlucken abgestandenem Spezi herunter. Seine Mutter fand die Mischung aus Orangenlimonade und Cola widerlich, bei ihr kam nur naturtrübe Apfelschorle ins Glas. Auch das hatte sich nach dem Auszug von Frau Haller aus der Schubartstraße Nummer 5 geändert. Hätte die alte Dame ihren Sohn an diesem Morgen in der Küche bei seinem Frühstück sehen können, sie hätte wahrscheinlich sofort ihr Zimmer in der Seniorenresidenz gekündigt und wieder dafür gesorgt, dass ihr Schorsch etwas Vernünftiges zum Frühstücken vorfand, bevor er hinaus in die Welt ging, um die Halunken und Bösewichte ihrer gerechten Strafe zuzuführen. Aber Frau Haller ahnte nichts von der kulinarischen Verwahrlosung ihres einzigen Kindes und Georg maß dieser ernährungsphysiologischen Frühstücksniete keine weitere Bedeutung bei.

„Ja jetz leck me doch glei am Arsch!" Georg Haller war von dem aufgeweichten Pizzastück ein dickes Stück des Belags auf sein Hemd getropft. Seine Mutter hatte Flüche mit einem strengen „Georg!" immer schon im Keim erstickt. Oft pflegte sie dann noch ein altes schwäbisches Sprichwort in abgewandelter Form hinterherzuschieben. „Wer flucht und stiehlt, der kommt in d' Höll und wird dem Daifele sei G'sell." Aber Georg Haller war der Gute, daran änderte auch ein gelegentlicher Fluch nichts. Der Teufel konnte ihm keine

Angst mehr einjagen. Ein „Braver" zu sein, Recht und Ordnung zu vertreten, war dem Schorsch irgendwie schon genetisch mitgegeben worden. Auf jeden Fall wollte er immer schon zur Polizei. Gleichzeitig war ihm sehr wohl bewusst, dass nur die „dunkle Seite" der Schwaben – Mord, Betrug, Diebstahl oder eben auch Falschparken – dafür sorgte, dass er sein monatliches Auskommen hatte. Kürzlich war er nachts aus einem Traum aufgeschreckt. Darin hatte ihm der Polizeipräsident in Engelsgestalt mit Flügeln und Heiligenschein höchstpersönlich verkündet, dass nun alle Kriminalfälle in Schwaben aufgeklärt seien. Er dankte ihm feierlich für seine Dienste und teilte ihm mit, dass diese nun allerdings nicht weiter benötigt würden. Bei aller Liebe zu Recht und Ordnung, das ging Georg Haller dann doch zu weit. Er war froh, als er wieder aufgewacht war. Zum Glück konnte er sich auf seine Schwaben verlassen! Arbeitslos würde er so schnell nicht werden.

Georg sah auf sein fleckiges Hemd, an dem noch Reste des Pizzabelags klebten. So konnte er unmöglich zur Arbeit gehen! Georg ging ins Schlafzimmer, um sich umzuziehen. Seine Garderobe hing ganz links im Schrank, sie nahm nicht viel Platz ein. Rechts hingen ordentlich gebügelt noch die Hemden seines Vaters, Polyester-Schätzchen aus den 70ern und Hosen mit Schlag. Seine Mutter hatte es nicht übers Herz gebracht, die Kleidung ihres Mannes nach dessen Tod wegzugeben. Da war sie ganz schwäbische Hausfrau, die darauf hoffte, dass ihr damals dreijähriger Sohn irgendwann einmal das Erbe seines Vaters auftragen würde. Georg ließ die Sachen hängen, weil sie immer schon da hingen. Insgeheim spürte er aber, dass die Zeit der Trennung bald kommen würde.

Heute allerdings retteten ihn die Hemden seines Vaters, denn auf seiner Hälfte des Schranks fanden sich nur noch sein Trainingsanzug sowie ein Bademantel. Die restlichen

Uniformhemden waren auf der Wäscheleine beziehungsweise bei Frau Schäufele. Die wohnte schräg unter Georg Haller und hatte nach dem Auszug seiner Mutter angeboten, seine Hemden zu bügeln. Auch wenn sie kein Geld für diesen Dienst wollte und sich anfangs mit Händen und Füßen gewehrt hatte, als Georg ihr beim Abholen der gebügelten Wäsche die Arbeit bezahlen wollte, blieb Georg hartnäckig. Er wollte nichts geschenkt. Er wollte vor allem keine neuen Verpflichtungen. Die Kaffeekränzchen und das Kartenspielen im Seniorenkreis hatten ihm gereicht. Frau Schäufeles Weigerungen fielen auch von Mal zu Mal schwächer aus und mittlerweile schätzte sie wohl die Möglichkeit, ihr Haushaltsgeld, das ihr von ihrem Mann wöchentlich in bar ausgezahlt wurde, unter der Hand etwas aufzubessern.

Jetzt war es allerdings noch zu früh, um bei den Schäufeles zu klingeln und Georg musste los. Es blieb ihm also nichts anderes übrig, als das kleinste Übel aus dem textilen Vermächtnis seines Vaters auszuwählen, wenn er nicht mit seinem verkleckerten Hemd im Dienst erscheinen wollte. Raus aus dem *Quattro stagioni* und rein in einen Traum aus 100% Polyester. „So ein Scheiß!"

Im Hausflur empfing Georg Haller der gleiche Geruch wie in den letzten fünfundvierzig Jahren. Wahrscheinlich wurden die Duftnoten von Mehrfamilienhäusern in mühsamer Kleinarbeit von den besten Parfümeuren der Welt komponiert. Es gab sicher eine Zutatenliste, die für jeden Haustyp einen einzigartigen Geruch vorsah. Die Schubartstraße Nummer 5 roch nach altem Linoleumboden mit einem Hauch von Scheuermilch, im Abgang war noch eine kleine Essenz Haus-Mief zu erkennen. Wenn man allerdings sein ganzes Leben hier wohnte, dann roch man dieses Potpourri der Spießigkeit nicht mehr. Georg Haller hatte auch kein Auge mehr für die dekorative Gestaltung der Treppenabsätze. Liebevoll drapierte Nierentische, auf denen sich Gummibäume sehnsüchtig dem spärlichen Licht aus den bunt verglasten Scheiben entgegenreckten, sorgten dafür, dass man nur auf den Treppenstufen aneinander vorbeigehen konnte. Bei den obligatorischen Treppenhausgesprächen, die noch häufiger stattfanden, nachdem fast alle Bewohner des Hauses in Rente gegangen waren, stand man entweder auf der Treppe oder zwischen zwei Wohnungstüren. „Grüß Gott, Frau Helmle." „Ja grüß' dich Schorsch. Gell, du Ärmster, du musch immer so früh raus." In der Schubartstraße Nummer 5 war der Hauptkommissar nur „der Schorsch", alle duzten ihn und das hatte sich auch nicht geändert, als er längst erwachsen und bei der Polizei war. Frau Helmles kleiner fideler Mops sprang auf den Hauptkommissar zu und begann, an seinem Hosenbein rumzuzerren.

„Ernschdle, jetzt lass den Schorsch in Ruhe! Aus! Böses Hundle!" Ernst hätte wohl besser Frech geheißen. Aber der Mops hatte es einfach zu gut bei Frau Helmle und durfte dort alles, was ein Mops-Herz erfreute. Kein Wunder, dass Selbstdisziplin und Gehorsam da Fehlanzeige waren. Nur eine kurze Leine bewahrten Georg Hallers Hosenbeine vor einem modischen Fransenlook, der allerdings gar nicht so schlecht zu seinem Siebzigerjahre-Hemd gepasst hätte. Frau Helme lebte allein und Ernschdle hatte ihren Mann Ernst beerbt. Obwohl der Mops sicher viel zu hören bekam im Laufe des Tages fielen seine Antworten eher wortkarg aus. Deshalb freute sich die alte Dame umso mehr, wenn sie einen Gesprächspartner im Treppenhaus traf. Unter einer halben Stunde schaffte man eigentlich nie den Absprung. Und selbst wenn man sich dann irgendwann unter einem Vorwand verabschiedete, kam man sich noch ziemlich unhöflich vor.

„Ich kann mich noch genau daran erinnern, als du noch zur Schule gingst, da warst du fast jeden Morgen spät dran. Deine Mutter hat dir dann immer schon dein Fahrrad aus dem Keller geholt, damit du es noch pünktlich zum Unterricht geschafft hast." Georg Haller verkniff sich ein gequältes Stöhnen. Das hatte ihm gerade noch gefehlt, Geschichten aus seiner Kindheit! Jetzt blieb nur noch die schnelle Flucht nach vorn, sonst war es zu spät. „Frau Helmle, ein andermal gern, aber jetzt pressiert's mir wirklich, ich muss zur Arbeit." „Schon recht, Junge. Wir sind alle stolz auf dich hier." Der Hauptkommissar hörte nur noch, wie Frau Helmle ihr Ernschdle weiter die Treppen hinaufzog und ihm gut zuredete. Der alte Knabe war eben auch schon ein wenig in die Jahre gekommen. Er konnte zwar noch die Zähne fletschen, aber für den ganz großen Aufstieg reichten die Kräfte dann doch nicht mehr. Armer Hund!

Auf den letzten Treppenstufen beeilte sich Georg Haller; jetzt nur keine weitere Verzögerung! Unten angekommen blieb er allerdings doch noch einmal stehen. An der Pinnwand der Hausverwaltung hing am Kästchen mit seinem Namen das Schild „Kehrwoche". Auch das noch! Früher hatte sich immer Georgs Mutter um die Treppenhausreinigung gekümmert, die im Wechsel von allen Hausparteien vorgenommen werden musste. Und es traf ihn doppelt. Er musste auch noch die „große Kehrwoche" machen, das hieß: Nass wischen. Wenn alle hier im Haus so scharf darauf waren, ihm seine Mutter zu ersetzen, warum übernahm dann nicht eine der Superhausfrauen seine Kehrwoche? Georg Haller seufzte und trat ins Freie.

Der Neuschnee war schon fein säuberlich vom Hauseingang weggefegt. Herr Ebert winkte ihm mit dem Besen in der Hand vom Bürgersteig aus zu. „Grüß Gott, Schorsch. Bist ein bisschen spät dran, gell?" Nicht noch einer, dachte der Hauptkommissar, schluckte seinen Kommentar allerdings herunter, als er sah, dass Herr Ebert sein Auto bereits von Schnee und Eis befreit hatte. Alle Scheiben waren pikobello sauber. Der Rentner lächelte zufrieden. „Ich weiß doch, dass du's immer eilig hast, am Morgen." „Danke, Herr Ebert, das wäre aber wirklich nicht nötig gewesen." "Nichts da, das ist mein kleiner bescheidener Beitrag dazu, dass du für Recht und Ordnung sorgen kannst." "Ja, dann will ich auch gleich mal los, die Gauner warten schließlich nicht auf mich." Für die Verspätung eines Hauptkommissars wollte Herr Ebert nicht verantwortlich sein. Er stellte sich auf die Straße und winkte Georg Haller eigenhändig aus der Parklücke. Ach, sie waren schon rührend, seine Oldies, wie der Hauptkommissar seine Mitbewohner in Gedanken liebevoll nannte.

    Der alte Opel Ascona seiner Mutter fuhr immer noch. Leider. Er war zwar schon ein älteres Baujahr, aber bis auf ein paar kleine Macken hatte er sich noch nichts zu Schulden kommen lassen. Und so hatte Georg Haller das Auto ebenfalls übernommen. Manchmal wünschte er sich insgeheim, dass seine Mutter dem Auto mehr zugemutet hätte. Erstens hätte sie selbst dann vielleicht ein aufregenderes Leben geführt und zweitens könnte er sich jetzt schneller das Auto seiner Wahl aussuchen, ohne mit schlechtem Gewissen daran zu denken, dass der alte Opel es auch noch getan hätte. Vielleicht sollte er diese Woche einfach mal im Autohaus Merz vorbeischauen. Ganz unverbindlich. Möglicherweise könnte er Muttis Wagen auch in Zahlung geben. Gerade als er sich genüsslich den Tagträumen eines bevorstehenden Autokaufs hingeben wollte, klingelte sein Handy. Mist, das neue Auto musste unbedingt eine Freisprecheinrichtung haben. Georg Haller nahm ab. Gerda König, die Inhaberin des Salons König meldete einen Mord! Und das in Bärlingen! Na, die Woche fing ja gut an!

4

Die Kollegen waren bereits vor Ort und sperrten den Parkplatz vor dem Salon weiträumig ab. „Gut, dass du da bist, Georg, meine Frau ist mit den Nerven völlig am Ende. Jetzt komm erst einmal rein." Der Hauptkommissar trat so gut es ging den Schnee von den Schuhen und folgte Otto König in die Wohnung im ersten Stock. Die Königs kannte er ebenfalls schon seit er denken konnte. Anfangs schnitt seine Mutter ihm die Haare immer selbst, mit zum Teil zweifelhaftem Ergebnis. Als dann die Kinder in der Schule begannen, ihn wegen seiner Topfdeckel-Frisur zu hänseln, weigerte sich Georg, weiterhin zum „Friseur Mama" zu gehen und war erst zufrieden, als ihm ein professioneller Haarschnitt im Salon König in Aussicht gestellt wurde. Seither kam er alle sechs Wochen her. Nicht im Traum hätte er allerdings daran gedacht, dass er irgendwann einmal durch die zweite Glastür treten und die Stufen in das private Königreich hochsteigen würde, anstatt wie sonst üblich rechts in den Salon zu gehen. Georg Haller tat die wohlige Wärme gut, die ihn in der Wohnung empfing, denn auf kurzen Fahrstrecken sprang die Auto-Heizung nicht mehr so richtig an und er war etwas durchgefroren.

Frau König saß immer noch in der Küche vor der Schnapsflasche. Ihre Blässe war nun roten Backen gewichen, die ihr gut standen. Mit ihren halblangen blonden Haaren und der modischen Brille war sie eine sehr aparte Erscheinung. Georg Haller mochte sie schon immer gern und er bedauerte es zutiefst, dass er nur als kleiner Junge in den Genuss gekommen war, von der Chefin bedient zu werden. Gegen einen Haarschnitt von Otto König war nicht im Geringsten etwas einzuwenden, aber bei Gerda König fühlte man sich nicht nur frisiert, sondern auch noch verstanden, getröstet und gut unterhalten. Der Hauptkommissar konnte sich an seinen ersten Besuch im Salon König noch erinnern als ob er gestern gewesen wäre. Er bekam ein dickes Polster unter den Hintern geschoben, damit er sich auch im Spiegel ansehen konnte. Frau König höchstpersönlich nahm sich der Rettung des mütterlichen Prinz-Eisenherz-Verschnitts an. Das Ergebnis war zwar ein richtig kurzer Kurzhaarschnitt, aber Klein-Georg hatte seine Würde wieder und das Wichtigste, er musste sich keine dummen Kommentare mehr in der Schule anhören. Seitdem hatte Frau König einen ganz besonderen Platz in seinem Herzen. Und jetzt brauchte sie seine Hilfe. Endlich konnte er sich revanchieren.

„Grüß Gott, Frau König. Gut, dass Sie mich sofort angerufen haben. Meine Kollegin müsste auch gleich kommen. Aber wir können natürlich auch schon mal ohne sie anfangen." Gerda König lächelte dem Hauptkommissar dankbar entgegen. Wenigstens fragte er sie nicht gleich nach ihrem Alibi. Dann bestand noch Hoffnung, dass sie nicht automatisch als Mörderin galt. „Setzen Sie sich doch, Herr Haller, möchten Sie auch einen Kaffee?" Gerda König war aufgestanden und räumte schnell die Flasche mit dem Zwetschenbrand und die Gläser zur Seite. „Das war nur auf den Schreck hin, als Medizin sozusagen." „Einen Kaffee nehme ich gern, aber bitte bleiben Sie beim ‚du', das bin ich so gewohnt." Nach seinem Frühstücksdesaster ließ ihn dieser frisch aufgebrühte Kaffee mit wunderbarer *Crema* fast vergessen, warum er da war. Gerda König blickte auf ihre Armbanduhr. „Schorsch, meinst du, wir können den Laden um 8.00 Uhr aufmachen, da habe ich die erste Kundin zur Dauerwelle bestellt?" „Gerda, jetzt pressier' mal nicht so, der Schorsch macht nur seine Arbeit. Zur Not muss halt die Dauerwelle warten. Schließlich sitzt nicht jeden Tag eine Leiche im Auto auf unserem Parkplatz." Otto König wollte die Sache so schnell wie möglich geklärt wissen. Hier ging es um die

Nerven seiner Frau und um ihre Leber. Weitere Aufregungen und noch mehr Schnäpse würde seine Frau heute nämlich nicht mehr vertragen, da war er sich sicher.

Georg Haller nahm sein Notizbuch zur Hand. „Es dauert nicht lange, Frau König. Ihre Kundin wird bestimmt einigermaßen pünktlich unter die Trockenhaube kommen. Wir beginnen am besten von vorne. Erzählen Sie mir doch bitte ganz genau, wie und wo Sie die Leiche gefunden haben. Und sobald meine Kollegin da ist, schauen wir uns den Fundort an." Jetzt war Gerda König eine Zeugin wie jede andere auch und der Hauptkommissar konzentrierte sich auf seine Arbeit. Es klingelte. Endlich, das wurde aber auch Zeit! Das musste seine Kollegin sein. Georg Haller hatte sie gleich vom Auto aus angerufen, hatte sie allerdings nicht zu Hause erreicht und einen Anrufbeantworter schien Lisa-Marie Töpfer nicht zu besitzen. An ihr Handy ging sie auch nicht, wenigstens hatte sie dort eine Mailbox geschaltet.

Georg wollte gar nicht wissen, wo sie sich herumtrieb. Dass sie einen etwas unsteten Lebenswandel mit wechselnden Partnern führte, war in der Dienststelle kein Geheimnis. In Sachen Männer ließ die attraktive 25-jährige Polizeiobermeisterin nichts anbrennen. Georg schien es, als ob der junge Hüpfer jede Woche von einem anderen Kollegen nach Dienstschluss abgeholt wurde. Der Manni und der Stefan vom Bereitschaftsdienst waren auch schon einmal Kurzzeitbegleiter der jungen Dame. Sie schienen es Frau Töpfer allerdings ganz und gar nicht übel zu nehmen, dass sich bereits nach wenigen Wochen ein anderer Mann über ihre Gunst freute. Lisa-Marie hatte sich ganz schnell recht gut eingelebt in Bärlingen. Sie hatte einen guten Draht zu den Leuten, zumindest zum männlichen Teil der Bevölkerung.

Seit einem halben Jahr arbeitete Georg Haller nun schon mit seiner jungen Kollegin zusammen und manchmal wurde er einfach nicht schlau aus dieser Frau. Wie konnte man nur so viel feiern wie sie und trotzdem noch gut gelaunt und munter zum nächsten Dienst erscheinen? Ihr Privatleben schien ihre Arbeit jedenfalls nicht zu beeinträchtigen. Insgeheim beneidete Georg Haller die Männer, die wenigstens für kurze Zeit um das Zentralgestirn Lisa-Marie kreisen durften, denn auch er war nicht unempfänglich für die Reize der jungen Frau. Aber das gestand er sich selbst nur äußerst ungern ein.

Otto König scherzte mit Frau Töpfer, als sie die Küche betraten. Alle Achtung, den hatte sie also auch schon um den Finger gewickelt! „Guten Morgen, zusammen." Georg Haller stellte Gerda König seine junge Kollegin vor. Lisa-Marie gab der Friseurin die Hand und nickte dem Hauptkommissar zu. „Alle Achtung, Herr Kollege, schickes Hemd." Wenn Lisa-Marie einen Raum betrat, dann gab es nur noch eine Hauptrolle, alle anderen Anwesenden waren plötzlich nur noch Statisten. Georg Haller war nicht gewillt, sich von so einem Polizei-Küken vor den Königs lächerlich machen zu lassen und ignorierte die provozierende Bemerkung. „Schön, dass Sie es auch einrichten konnten, Frau Kollegin. Wir können gleich den Fundort in Augenschein nehmen, die erste Zeugin habe ich bereits befragt." Lisa-Marie schaute mit gespieltem Erstaunen, das wohl so viel bedeuten sollte wie „da schau her, der Kollege hat alles im Griff" in Richtung Otto König. Da hatte sie die Wirkung ihres Charmes allerdings überschätzt. Der Friseur ließ den Versuch der jungen Frau, ihn auf ihre Seite zu ziehen, an sich abprallen und setzte sich zu seiner Frau, die nach ihrer Zeugenaussage einen weiteren Schnaps zu brauchen schien. Im Hinausgehen wandte sich der Hauptkommissar noch an Otto König. „Sie können den Salon wie geplant aufmachen. Wir müssen allerdings den Parkplatz abgesperrt lassen, bis die Spurensicherung fertig ist."

Vor dem Haus hatten sich schon die ersten Schaulustigen versammelt. So ein Polizeiaufgebot sah man nicht alle Tage in Bärlingen. Georg Haller war kaum die Stufen herabgestiegen, als ihn schon jemand am Ärmel zog. „Mensch, Schorsch, was ist denn hier los? Ich war gerade auf dem Weg zum Bäcker, da hab' ich gesehen, dass hier so viele Polizeiautos rumstehen. Ist das eine Friseur-Razzia? Hat der König ein krummes Ding gedreht?" Schaulustige und eine „Deinem-Freund-kannst-du's-doch-sagen-Nummer" hatten dem Hauptkommissar gerade noch gefehlt. Er war zwar schon einige Jahre im Dienst und hatte sein Revier hier in Bärlingen fest im Griff, aber so ein Fall war ihm in seiner Amtszeit auch noch nicht untergekommen. Da hätte Georg Haller auf die neugierigen Blicke der Zaungäste gut verzichten können. „Ich kann dir wirklich nichts sagen, Erwin. Wir sind erst ganz am Anfang der Ermittlungen." „Mensch, ich bin's doch, dein alter Kumpel. Ich behalte es auch bestimmt für mich, großes Ehrenwort." Georg Haller hatte jetzt keine Zeit und ließ seinen alten Sandkastenfreund stehen. „Nichts für ungut, Erwin. Ich muss dann mal."

Lisa-Marie hatte sich bereits bei den Kollegen nach deren Erkenntnissen erkundigt. Und die Kollegen waren sichtlich davon angetan, es nicht nur mit dem Hauptkommissar zu tun zu haben. Jeder von ihnen schien es zu genießen, die junge Frau über den Stand der Ermittlungen zu informieren. „Herr Haller, schauen sie mal hier." Georg und Lisa-Marie waren immer noch per Sie. Und das sollte nach Georgs Meinung auch so bleiben. Er wollte sich auf diese Weise von der Masse der Männer abgrenzen, die in ihrer Gegenwart zu willenlosen Befehlsempfängern mutierten. Das „Sie" war sein Schutz. Der allerdings bröckelte zunehmend mit jedem Lachen, das seine Kollegin durch die Luft warf und mit jeder beiläufigen Handbewegung, mit der sie sich das lange blonde Haar aus dem Gesicht strich. Georg trat näher an den VW-

Käfer heran, hielt aber Abstand, um die Arbeit der Kollegen von der Spurensicherung nicht zu behindern. „Es gibt Fußspuren im Schnee. Alle führen von der Beifahrertür weg. Darüber hinaus haben die Kollegen noch ein paar Zigarettenkippen vor dem Auto gefunden." „Danke, Frau Töpfer. Und was ist das da, an der Fahrertür?" Georg Haller wandte sich nun an Uschi von der Spurensicherung. „An der Fahrertür sind Kratzer im Autolack und Dellen in der Tür. Es sieht fast so aus, als ob jemand gegen die Tür getreten hätte. Aber Genaueres kann ich dir erst nach der Untersuchung in der Werkstatt sagen. Interessant für euch könnten die Fußspuren sein. So wie es aussieht, stammen sie von zwei verschiedenen Personen. Schuhgröße 41, ich schätze Stiefel, eventuell Westernboots und die anderen Fußabdrücke sind kleiner und zierlicher. Die stammen sicher von einer Frau." „Könnt ihr schon was über die Person im Auto sagen?" „Wir mussten erst einmal die Fußspuren sicherstellen, gar nicht so einfach im Schnee. Aber wir können das Auto gleich aufmachen."

Der Hauptkommissar sah sich das Auto genauer an. Roter Käfer, blitzblank polierte Chromteile, ein Liebhaberstück. Kein reguläres Kennzeichen. Hatte hier jemand nur eine Probefahrt unternommen? Die Scheiben waren alle zugefroren; tatsächlich von innen, wie ihm Frau König gesagt hatte. Die Kollegen waren bereits dabei, die Türgriffe nach brauchbaren Fingerabdrücken zu untersuchen. Das Auto war mit einer ungefähr zwanzig Zentimeter dicken Schneeschicht bedeckt und auf die verschneite Windschutzscheibe hatte jemand ein großes Herz gemalt. Irgendwo hatte Georg Haller so einen Käfer schon einmal gesehen, er kam nur nicht drauf. „So, Schorsch, jetzt musst du Abstand halten, jetzt machen wir die Tür auf." Uschi setzte sich eine Atemschutzmaske auf und wies ihre Kollegen an, sich vom Auto zu entfernen. Die Streifenbeamten drängten die Zuschauer weiter zurück und errichteten eine Sichtsperre. Schließlich konnte man nicht wissen, welcher Anblick sich beim Öffnen der Autotür bot. „Frau Töpfer, bitte organisieren Sie die Befragung der Anwohner und nehmen Sie sich auch gleich die Gaffer vor. Vielleicht ist jemandem etwas aufgefallen."

Lisa-Marie wollte ihren Kollegen nicht schon wieder vor den Kopf stoßen. Ihre flapsige Bemerkung über sein Hemd hatte er ihr wohl doch übel genommen. Sie fand Georg Haller eigentlich ganz nett. Er war wenigstens kein ewiger Ja-Sager wie viele andere Männer, die nur an das eine dachten, wenn sie mit ihr zusammen waren. Der Schorsch war da anders. Er schien sie wirklich als Kollegin mit eigener Meinung und nicht als nächste Eroberung, mit der man vor seinen Freunden und Kollegen rumprahlen konnte, zu sehen. Etwas kauzig war er allerdings schon. „Alles klar, Herr Haller, wird erledigt, bin schon weg."

Eigentlich doch eine ganz Patente, die Frau Töpfer, dachte Georg Haller, als seine Kollegin in Richtung Zuschauermenge verschwand. Uschi kam zurück zu ihm. „Dachte ich es mir doch, wir haben eine stark erhöhte Kohlenmonoxyd-Konzentration im Inneren des Wagens. Wir haben alle Türen geöffnet, in zehn Minuten kannst du dir deine Leiche ansehen." Der Hauptkommissar war angespannt. Schließlich begann seine Woche gewöhnlich geruhsamer und der kriminelle Höhepunkt seiner Tätigkeit war die Verfolgung von Ordnungswidrigkeiten. War er hier am Ort eines Verbrechens? Fast wünschte Georg Haller sich, dass es Hinweise auf einen Mord geben würde. Der Dienst nach Vorschrift war für seinen Geschmack schal geworden und er sehnte sich nach einer echten beruflichen Herausforderung. „Konntest du irgendwelche Anzeichen von Fremdeinwirkung erkennen?" „Nein. Aber es ist auch ausgeschlossen, dass jemand bei so einer CO-Konzentration noch eigenhändig die Spuren eines Selbstmordes beseitigt." Der Hauptkommissar schaute seine Kollegin fragend an. „Habe ich dich richtig verstanden, es gibt keine Hinweise auf eine Fremdeinwirkung aber auch nichts, das auf einen Suizid hindeutet?" „Korrekt, Herr Kollege." „Aber tot ist die Leiche schon, oder?"

Die Zuschauer am Rand der Polizeiabsperrung nahmen es den Beamten persönlich übel, dass sie jetzt, wo es spannend wurde, ausgeschlossen sein sollten. Lisa-Marie Töpfer ging zuerst zu einem kleinen aufgebrachten Italiener, der ihrem Kollegen gerade vorrechnete, dass es seine Steuern seien, mit denen die Polizeiarbeit finanziert wurde. „Mein Kollege tut nur seine Pflicht, Herr?" „Felice, Adriano Felice. Mir gehört das *Venezia* da drüben." Stolz wies er mit dem Kopf über die Schulter in Richtung Pizzeria. Er taxierte die junge Frau von oben bis unten, aber das gehörte für Lisa-Marie Töpfer schon zum Alltag und fiel ihr nicht mehr auf. „Haben Sie irgendetwas Auffälliges bemerkt im Zusammenhang mit der toten Person im Auto, Herr Felice?"

Adriano hätte das Gespräch schnell beenden können, denn er war lediglich auf dem Rückweg vom Großmarkt in sein Restaurant. Er hatte nichts gesehen, nichts gehört und wusste nichts. Aber diese junge Frau war so hübsch und sie fragte ihn, Adriano Felice, nach seiner Meinung. Das Gespräch musste doch in die Länge zu ziehen sein. „Ich hatte fruher auch eine VW-Käfer. Habe hart gearbeitet und viel gespart als ich nach Alemannia bin gekommen. Und von meinem ersten Geld ich habe mir gekauft ein richtig gutes deutsches Auto." „Das freut mich für Sie. Können Sie mir auch etwas über den Wagen hier sagen?" Nach weiteren Ausführungen über den Vergleich von deutschen und italienischen Autos, sah Lisa-Marie Töpfer ein, dass hier nichts zu holen war und wandte sich einem anderen Passanten zu.

Uschi gab Georg Haller ein Zeichen, das CO-Warngerät zeigte normale Werte an. Der Hauptkommissar folgte seiner Kollegin zum Auto, das mit geöffneten Türen und offenstehendem Kofferraum jetzt ausreichend ausgelüftet war.

„Das Tückische am Kohlenmonoxyd ist, dass man das Gas nicht riechen oder schmecken kann, es ist auch farblos. Normalerweise hätten wir das Auto einfach aufgemacht, aber die Scheiben waren auch von innen vereist. Das ist immer ein eindeutiger Hinweis. Hier ist das Kondenswasser, das sich beim Austritt von Kohlenmonoxyd bildet, gefroren." „Und wie schnell ist man bei so einer Vergiftung im Jenseits?" „Das kommt auf die Konzentration bzw. die Motorleistung an und natürlich auch auf die Person." Auf dem Fahrersitz saß eine kleine Frau, vielleicht um die sechzig. Sie war angeschnallt, ihr Körper war zur Beifahrerseite umgekippt. Die Augen starrten ins Leere. „In der Regel führt eine Kohlenstoffmonoxyd-Konzentration von 8% innerhalb von 30 bis 60 Minuten zum Tod. Bei ihr hat es vielleicht knapp eine halbe Stunde gedauert, der Käfer ist immerhin recht klein. Erst hat sie Kopfschmerzen bekommen und dann Bewusstseinstrübungen. Wenn die Dosis von Anfang an hoch war, könnte die Frau auch gleich bewusstlos geworden sein. Genaueres weiß ich aber erst nach der Obduktion. Eins kann ich dir aber jetzt schon sagen. Der Motor lief bis zum Schluss, der Tank ist leer und der Schlüssel steckt noch in der Zündung."

Als Anfangsverdacht reichten diese Informationen allemal aus, um weitere Untersuchungen einzuleiten. Der Hauptkommissar warf einen letzten Blick auf die Tote. Eine gepflegte Erscheinung, dunkelbraun gefärbte Haare, dezentes Make-up, geschmackvolle Garderobe. Das erkannte selbst Georg Haller. Der Leichenwagen fuhr vor. Jetzt fiel es ihm auch ein, woher er den Käfer kannte. So einer stand im Show-Room des Autohauses Merz. Georg Haller war schon mehrmals am Sonntag zu dem Autohändler gefahren, um sich nach einem Nachfolger für seinen Uralt-Opel umzusehen. Bislang hatte er es bei einem Umschauen auf dem Hof bewenden lassen. Beim Blick durch die Scheibe hatte er auch die Raritäten des Hauses bewundert. War die Tote im Auto etwa die Senior-Chefin Elfi Merz? Georg Haller war sich nicht sicher; Frau König würde ihm bestimmt helfen können. Der Hauptkommissar ging noch einmal zurück in den Salon, der mittlerweile geöffnet hatte.

5

„Stille Nacht" in Endlosschleife. Klavier und Blockflöte und immer derselbe Fehler. Und dann wieder von vorne. Katrin hing der ganze Weihnachtszirkus zum Hals raus und wenn ihr Vater es sich nicht so gewünscht hätte, müsste dieses Familientreffen ihretwegen nicht stattfinden. Die Feiertage waren schon in der eigenen Familie stressig genug. Die Anspannung der Kinder und die Vorfreude auf die Bescherung waren bereits derart gestiegen, dass sie jetzt nicht einmal mehr dieses verdammte Lied fehlerfrei hinbekamen. Die achtjährige Marie und ihr zwei Jahre jüngerer Bruder Lukas gaben mit geröteten Backen ihr Bestes, wurden allerdings bei jeder Wiederholung unsicherer.

„Mensch, jetzt reißt euch doch mal zusammen, das kann doch nicht so schwer sein!" Katrin riss der Geduldsfaden. Ein bisschen mehr Konzentration erwartete sie schon von ihren Kindern. Sie wollte sich heute Nachmittag auch den oberlehrerhaften Kommentar ihrer Mutter über den Erfolg des Musikunterrichts der Enkel ersparen. Katrin konnte es schon nicht mehr hören. Die ständige Besserwisserei und Selbstbeweihräucherung gingen ihr furchtbar auf die Nerven. Die Kinder merkten, dass die Nerven ihrer Mutter heute blank lagen. Und so gaben sie keine Widerworte, sondern begannen das Stück von vorn. Lukas konnte die Tränen in den Augen allerdings nicht verbergen.

Katrin seufzte, wenigstens ihre beste Freundin Claudi verstand sie. Nach langer Zeit waren sie gestern Abend endlich mal wieder bei so einem richtigen Mädels-Kneipen-Abend versumpft und Katrin hatte sich den Ärger mit ihrer Mutter von der Seele schimpfen können. Claudi kannte Frau Merz, sie war zu Schulzeiten oft im Hause Merz zu Gast und hatte gelegentlich selbst die spitze Zunge der Hausherrin zu spüren bekommen. Ob sie ihrer Mutter wirklich so direkt ihre Meinung sagen sollte, wie es ihr Claudi geraten hatte? Schon etwas angeheitert hatte diese ihre Freundin aufgefordert, den ganzen Frust einfach mal rauszulassen. Da stand Katrin dann gestern Nacht auf der Straße und hat es probiert. Die beiden Freundinnen haben Schneebälle an Hauswände geworfen, die verschneiten Autos mit obszönen Zeichnungen verziert und ordentlich vor sich hin geschimpft. Der ganze Spaß endete damit, dass sie sich mitten auf dem Marktplatz in den frisch gefallenen Schnee plumpsen ließen und Schnee-Engel produzierten. Das Erwachen am Morgen danach war ernüchternd. Katrin hatte Kopfschmerzen, der rechte Ärmel ihres Mantels war bei den Kritzeleien auf den verschneiten Autos eingerissen und der Besuch bei den Eltern rückte immer näher. Katrin ärgerte sich über den zerrissenen Mantel, das war ihr der Spaß dann doch nicht wert. Jetzt versuchte sie, das Loch so gut es ging zu flicken. Lukas Flötenton wurde immer fiepsiger, aber der Junge kämpfte sich tapfer durch das Lied. Er wollte nicht auch noch Ärger mit seiner großen Schwester bekommen, wenn er den Nerven seiner Mutter jetzt den Rest gab und heulend abbrach.

Draußen in der Diele ging die Haustür auf, Frank Ohler kam aus der Stadt zurück. Wie jedes Jahr hatte er es nicht rechtzeitig geschafft, ein Weihnachtsgeschenk für seine Frau zu besorgen und so war es wieder einmal ein Last-Minute-Präsent geworden, das er schnell im Garderobenschrank versteckte. Frank Ohler drückten andere Sorgen als fehlerfrei dargebotene Weihnachtslieder oder der Herzenswunsch unter dem Weihnachtsbaum. Er hatte seit einiger Zeit bemerkt, dass die Raten für das Haus nur noch schwer zu schultern waren. Lag es an der allgemeinen Wirtschaftskrise oder daran, dass der Hausbau letztlich doch deutlich teurer geworden war, als das Basis-Modell des Bauunternehmers, für das sich die junge Familie entschieden hatte. Fakt war, dass das Geld knapp war. Auch wenn Katrin im Familienunternehmen Merz zusammen mit ihrer Mutter für das Büro und damit für die Buchhaltung zuständig war, die privaten Finanzgeschäfte überließ sie gern ihrem Mann. Der bezweifelte, dass seine Frau ahnte, wie sehr er sich berechtigte Sorgen vor der Zwangsversteigerung machte.

Aus dem Wohnzimmer hörte er die Kinder „Stille Nacht" spielen und als er eintrat, sah er seine Frau über einer Handarbeit sitzen. Was für ein friedliches Bild! Die Tränen von Lukas und das leise Fluchen seiner Frau passten allerdings überhaupt nicht zu diesem Eindruck. „So, ihr Musikanten, wer von euch geht mit raus, eine Schneeballschlacht machen?" Die Kinder mussten nicht lange überredet werden, sondern stürmten in die Diele, um sich ihre Schneesachen überzuziehen. „Liebling, es ist Heilig Abend, die Hausarbeit kann doch warten." Frank beugte sich über seine Frau und wollte ihr einen Kuss geben. Katrin war nicht nach Zärtlichkeit zumute. „Ach, lass mich. Ich hab' mir gestern auch noch den Mantel eingerissen. So kann ich unmöglich aus dem Haus gehen." Sie hielt ihrem Mann den Mantel mit dem großen Winkelriss unter die Nase. Was sollte er da sagen? Gern hätte er sie jetzt einfach zum Fashion-Maier geschickt, aber Shopping-Touren waren zur Zeit nicht drin. „Das hast du doch gut repariert, Schatz. Man sieht die Naht kaum. Ich bin mit den Kindern dann noch ein bisschen draußen. Hab' die Uhr im Blick wegen heute Nachmittag." Katrin versuchte ein schicksalsergebenes Lachen, aber es blieb ihr im Halse stecken.

Es tat Frank leid, dass er Katrin nicht mehr bieten konnte. Genau das war es auch, was ihn seine Schwiegermutter Elfi immer wieder spüren ließ. Dass er nicht gut genug für ihre Tochter war. Frank kam aus kleinen Verhältnissen, verkündete aber gern bei jeder Gelegenheit, dass er es jetzt „geschafft" habe. Zählte man seinen Aufstieg im Autohaus

Merz vom einfachen Monteur zum Chef in spe, eine Frau, zwei reizende Kinder und eine Doppelhaushälfte zusammen und addierte noch die All-Inclusive-Urlaube aus besseren Tagen dazu, dann hatte Frank Ohler mehr erreicht als viele andere in seinem Alter. Zog man von dieser Rechnung allerdings die Schwiegermutter ab, das inzwischen zur Routine erstarrte Eheleben und die Sorgen um die wirtschaftliche Lage, so blieb von dem Glanz einer aufstrebenden Mittelschichtfamilie nicht mehr allzu viel übrig.

Dabei fing die Geschichte zwischen Katrin und Frank so romantisch an. Frank hatte schon vom ersten Tag an, als Katrin nach der mittleren Reife ihre kaufmännische Ausbildung im elterlichen Betrieb begann, ein Auge auf sie geworfen. Katrin mochte den unternehmungslustigen „Autoschrauber", wie sie ihn im Spaß gern nannte und die beiden freundeten sich an. Für Katrin war er ein klasse Kumpel, mit dem man Pferde stehlen konnte. Frank dagegen war richtig verliebt. Dass er mit Katrin zusammenkam und dass die beiden dann sogar geheiratet haben, das verdankte er dem sanften aber bestimmten Nachdruck, mit dem der Senior-Chef, Karl Merz, bei seiner Tochter für ihn geworben hatte.

Karl Merz wollte die Leitung des Autohauses in guten Händen wissen, wenn er sie altersbedingt einmal abgeben würde. In Frank sah er einen kompetenten und fleißigen Mitarbeiter, der sein vollstes Vertrauen genoss. Der Ohler hatte im Haus gelernt und wusste, wie das Geschäft im Autohaus Merz funktionierte. Frank im praktischen Bereich und Katrin in der Buchhaltung, so sah für Karl das perfekte Nachfolger-Team aus. Und so fragte der Senior-Chef auch nicht lange, ob seine Tochter mehr als freundschaftliche Gefühle für den Kandidaten seiner Wahl hegte oder nicht. Karl Merz bestellte und bezahlte die Hochzeit und ließ sich nicht lumpen.

So angespannt das Verhältnis zu Elfi Merz war, so freundschaftlich war die Beziehung Franks zu seinem Schwiegervater. Die beiden verband mittlerweile nicht nur die Liebe zu Autos, sondern auch eine echte Männerfreundschaft. Auf Karl konnte sich Frank verlassen, ihn würde er um Rat bitten, wie er seine Familie finanziell sicher durch die schwierigen Zeiten bringen konnte. Dass ihm das nicht schon früher eingefallen war! Frank wurde durch das Klingeln seines Handys aus seinen Gedanken gerissen. Er nahm ab. „Ach, gut, dass ich dich erreiche, hier ist Eddy. Du, wir wollen nach den Feiertagen zum Skifahren und heute morgen habe ich gemerkt, dass unser Auto nicht mehr richtig warm wird. Kann ich dir den Wagen noch in die Werkstatt bringen?" Gelegentlich nahm Frank Reparaturen von Freunden an, mit deren Abrechnung er das Finanzamt nicht behelligte. Wenigstens so kam hin und wieder ein kleiner Geldregen auf ihr strapaziertes Konto. „Kein Problem, ich schau mir dein Auto an. Stell es mir einfach auf den Hof, morgen habe ich bis zum Mittag Zeit. Unser traditionelles Weihnachtsessen kann ich allerdings nicht ausfallen lassen. Wir haben die ganze Sippe im Haus und wenn ich da fehle, bringt Katrin mich um. Ich kann sie mit ihrer Mutter nicht allein lassen, das würde sie mir nie verzeihen." „Super, danke. Hast was gut bei mir." „Schon in Ordnung."

Frank war noch nicht ganz vor die Haustür getreten, da hatte er bereits zwei Schneebälle abbekommen. Marie traf ihn an der Schulter und der schwächere Wurf von Lukas landete am Bauch. „Na wartet, ihr seht gleich aus wie die Schneemänner." Frank steckte sein Handy weg und verfolgte die Kinder, die vor Vergnügen laut schrien und wegrannten. Das wilde Spielen im Schnee verscheuchte die Angst vor dem Weihnachtsvorspiel und die schweren Gedanken des Vaters über die Geldsorgen.

6

„Oh la la, unser *Bambinello Gesú* fehlt!" Stefano saß inmitten von ausgewickelten Krippenfiguren und das Seidenpapier lag unordentlich um ihn herum. Der Weihnachtsbaum war schon lange geschmückt, das hatten die Kinder zusammen mit ihrer Oma, wie in vielen Familien in Italien, bereits am 8. Dezember getan. Ihre *nonna* war schon ein Segen für die Kinder, nicht nur an Weihnachten! Auch heute Vormittag verbrachten Matteo und Giulia das Warten auf die Festlichkeiten am Abend bei seiner Schwiegermutter, die im gleichen Viertel um die Ecke wohnte. „Francesca, das Jesuskind fehlt!" Keine Reaktion aus der Küche. Stefanos Frau, eine lebhafte kleine Sizilianerin, hatte das Radio aufgedreht und sang die Weihnachtslieder laut mit.

Der Aufbau der großen Krippe war traditionell seine Aufgabe, den Abbau überließ er dagegen gern seiner Frau. Die vielen Figuren einzuwickeln und bruchsicher zu verstauen, dauerte ihm zu lange. Eigentlich war es dem jungen Familienvater dieses Jahr gar nicht weihnachtlich zumute. Die Finanzkrise hatte ihn vor einem Jahr seinen Job gekostet und seither hatte er sich zwar um Arbeit bemüht, allerdings nur gelegentlich Aushilfstätigkeiten angeboten bekommen. Die Wirtschaft lag am Boden und Sizilien war noch nie der wirtschaftliche Motor Italiens und war davon umso mehr betroffen. Allein das kleine Einkommen Francescas, die in einem Hotel an der Küste als Zimmermädchen arbeitete, hatte die Familie bislang vor dem Ruin bewahrt. Die Rücklagen der Zanollas waren fast komplett für die Zahlung der neu eingeführten Hausbesitzersteuer draufgegangen und wenn Stefano nicht schon zwei Mal nach Deutschland gereist wäre, hätte er längst das Haus und auch das Auto verkaufen müssen. Jetzt war das Geld wieder aufgebraucht, es konnte nur noch ein Wunder helfen. Und ausgerechnet jetzt fehlte das *Bambinello Gesù*! Stefano ging in die Küche. Seine Frau stand mit dem Rücken zur Tür und nahm am Waschbecken die Fische aus. Er liebte sie noch immer wie am ersten Tag, seine Francesca. Sie war zwar ein wenig rundlicher geworden und würde in zwanzig Jahren bestimmt eine ebenso fabelhafte Oma abgeben wie es die *nonna* für seine Kinder war, aber sie war immer noch eine attraktive Frau. In ihre langen braunen Haare zogen sich ganz fein Silbersträhnen ein, aber das nahm sie wie so vieles mit Humor.

Auf dem Küchentisch kühlte die frisch gebackene *Panettone* aus. Francesca war eine leidenschaftliche Bäckerin und ein gekaufter Weihnachtskuchen kam für sie nicht in Frage. Stefano schlich sich an seine Frau heran und legte ihr die Arme von hinten um die Hüften. „Hallo, meine Schöne, darf ich bitten?" Francesca hatte ihren Mann nicht gehört und nach einer kleinen Schrecksekunde ließ sie den Fisch ins Waschbecken gleiten und säuberte ihre Hände. Sie passte sich seinen Tanzschritten an und gemeinsam wiegten sie die Hüften zu Bing Crosby's *White Christmas*. Stefano genoss es, das warme und nach Kuchen duftende Haar seiner Frau an der Backe zu spüren. Als der Song zu Ende war, gab Francesca ihrem Mann einen Kuss und drehte die Werbung leiser. „So, jetzt muss ich mich aber ranhalten, die Kinder kommen bald und dann will ich hier fertig sein. Steht die Krippe schon?" Francesca Zanolla hatte eine genaue Vorstellung davon, wie Weihnachten sein sollte. In der Küche musste alles laufen wie am Schnürchen, damit am Abend ein Festessen serviert werden konnte. Und so machte sie sich nach dieser kleinen Unterbrechung auch sofort wieder an die Arbeit und panierte die Fische in einer Mischung aus Semmelbrösel, Knoblauch, Salz, Pfeffer und Oregano. So hatte sie *Pisci Spati a Palermitana* von ihrer Mutter gelernt. Dann musste sie nur noch die Pasta durch die Maschine drehen.

„Ich kann das *Bambinello Gesú* nicht finden. Der Rest der Krippe steht schon, nur die Hauptperson fehlt noch." Francesca verdrehte die Augen. Sie konnte sich schließlich nicht um alles kümmern. Stefano stand in der Küche und wartete wie ein kleiner Junge auf eine Anweisung. „Die ist bestimmt noch unten im Keller. Schau doch mal in dem Schrank nach, aus dem du vorhin die Kisten mit der Krippe geholt hast. Du kannst bei der Gelegenheit gleich die leeren Kartons wieder mit runternehmen." „Alles klar. Sag mal, wo sind denn die Geschenke für die Kinder? Ich lege sie dann gleich noch unter den Baum." Die Bescherung würde dieses Jahr kleiner ausfallen und Stefano hoffte, dass die Enttäuschung der Kinder nicht zu groß sein würde, wenn sie morgen früh ihre Pakete öffneten. Seine Frau beklagte sich nicht, sie wusste ja, dass es nicht seine Schuld war, dass er seine Arbeit verloren hatte und sie sah, dass er sich ernsthaft um eine neue Arbeit bemühte. Allerdings konnte Stefano die Niedergeschlagenheit seiner Frau nur schwer ertragen, wenn er wieder einmal einen seiner Gelegenheitsjobs verloren hatte. Er musste etwas tun. Vielleicht sollte er seine alten Kontakte nach Deutschland noch einmal aktivieren. Adriano Felice aus Bärlingen würde ihm bestimmt noch einmal helfen können. Die Jobs, die er ihm vermittelt hatte, waren beide Male ausgezeichnet bezahlt gewesen. Er würde ihn gleich nach den Feiertagen anrufen.

Bevor Stefano die leeren Kartons wieder in dem großen Schrank verstaute, suchte er jedes Regalbrett sorgfältig nach dem Jesus-Kind ab. Schließlich fand er die Figur in Seidenpapier gewickelt zwischen seinen alten Arbeitsklamotten, die am Boden des Schranks lagen. Für die Ordnung in diesem Schrank war zwar er zuständig, aber er konnte sich nicht erklären, wie die Krippenfigur da hinkam. War vielleicht eines der Kinder an die Weihnachtskiste gegangen und hatte das *Bambinello Gesú* herausgeholt? Stefano wurde ganz heiß bei der Vorstellung, dass Matteo oder Giulia an seinem Schrank gewesen sein könnten. Aber seine Sorge war nicht berechtigt; das schwere Paket, das gut verschnürt ganz hinten im Schrank stand, war nicht angetastet. Stefano nahm es vorsichtig heraus und löste die Knoten der Schnüre. Er wickelte die alte Filzdecke ab und schlug auch das Leintuch, das dann zum Vorschein kam, zurück. Das Präzisionsgewehr hatte er sich vor einem dreiviertel Jahr in Palermo besorgt, nachdem er merkte, dass auch die Aushilfsjobs immer schwerer zu bekommen waren. Es hatte ihn selbst gewundert, wie einfach der Kauf war. Hier gehörten Waffen anscheinend zu den Gebrauchsgütern des täglichen Bedarfs, die man problemlos erstehen konnte, so wie man andernorts in den Baumarkt ging und sich Gartengeräte zulegte.

Stefano strich mit den Fingern über das kühle Metall. Francesca wusste nichts von seinem Geheimnis. Sie dachte, dass seine Aushilfsjobs in Deutschland Krankheitsvertretungen in einer Pizzeria waren. Auch die Höhe der Bezahlung hatte sie nicht stutzig gemacht. Für sie war Deutschland das gelobte Land. Die Leute dort mussten reich sein. Alle Kollegen im Süden mussten in der Krise sparen nur die nördlichen Nachbarn konnten noch Almosen verteilen. Dass die ausländischen Politiker Italien dafür einen harten Sparkurs diktierten, darüber empörte sich Francesca mit leidenschaftlicher Inbrunst. Gut, dass Francesca nicht selbst auf die Suche nach der Figur gegangen war! Stefano nahm die Waffe aus ihrer Verpackung und legte sie an. Ja, er würde dafür sorgen, dass seine Familie das Haus und ihr altes Leben behalten konnte. Er musste wieder nach Deutschland. Es gab keine andere Lösung!

„Papa, wo bist du?" Gerade noch rechtzeitig konnte Stefano das Präzisionsgewehr wieder einschlagen und schnell die leeren Weihnachtskartons davor stellen. Wie lange war er schon hier unten im Keller? Stefano konnte es nicht sagen. Seine Kinder mussten in der Zwischenzeit heimgekommen sein. „Hast du das *Bambinello Gesú* gefunden? Darf ich es in die Krippe legen?" Matteo, einem aufgeweckten Jungen von zehn Jahren, war die Vorfreude auf das Weihnachtsfest schon anzusehen. Er konnte nicht mehr ruhig stehen bleiben. Seine beiden Kinder waren Stefanos ganzer Stolz. Matteo war mit seinen dunklen Locken, die ihm bis in die Stirn hingen, das Ebenbild seines Vaters. Er war genauso schlank und sportlich wie er und es machte ihm überhaupt nichts aus, dass sein Vater keine Arbeit mehr hatte, denn so hatte er mehr Zeit für ihn. Von den finanziellen Sorgen, die seine Eltern bedrückten, hatte Matteo nichts mitbekommen. Und das sollte auch so bleiben. „Nimm das Jesus-Kind mit nach oben und leg es schon mal in den Stall, Matteo. Ich räume noch ein wenig auf und komme dann nach." „Ok, mache ich. Ach, Mama hat gesagt, dass ich dir sagen soll, dass du noch den Wein fürs Abendessen mitbringen sollst." Stefano wartete noch, bis er hörte, dass Matteo die Treppe hochrannte. So eine Schrecksekunde! Nicht auszudenken, was passiert wäre, wenn sein Sohn ihn mit einer Waffe in der Hand überrascht hätte! Stefano atmete tief durch. Er packte das Gewehr jetzt wieder ordentlich ein und verschnürte es. Die Kartons stellte er ebenfalls wieder in den Schrank hinein, den er vorsichtshalber abschloss. Den Schlüssel steckte er in die Tasche.

Matteo hatte sich vor den Weihnachtsbaum auf den Bauch gelegt und bewunderte die Krippe. Auch mit zehn Jahren noch übte sie eine ungeheure Anziehungskraft auf ihn aus. Er hatte die Krippenbeleuchtung angeschaltet und das Jesus-Kind in die Krippe gelegt. Stefano war froh, dass sein Sohn das *Bambinello Gesú* an seinen Platz gebracht hatte. Wenn er an den Zwischenfall im Keller und seine Reisepläne nach Deutschland dachte, fühlte sich Stefano besudelt. Es war ganz richtig, dass ein Kind das Jesus-Kind bettete. Aus der Küche hörte Stefano seine Frau und seine Tochter Giulia gemeinsam singen. Der Heilige Abend konnte kommen.

7

Heute blieben die Hefte des Lesezirkels allesamt unbenutzt auf ihrem Stapel liegen. Die Auswahl der Lektüre für das Warten auf den mit Kunstleder bespannten Stühlen oder für das Ausharren unter der Trockenhaube war groß. Für jeden Geschmack gab es das passende Heft. Auf den Titeln der Society-Blätter lächelten die jungen Hoheiten des europäischen Hochadels jede noch so diffamierende Behauptung über sich einfach weg. Diese Magazine versprachen nicht nur schnelle Diäterfolge mit zweifelhaften Rezepturen, sie ermöglichten der meist weiblichen Leserschaft nach beendeter Lektüre, ganz zufrieden zu sein mit dem eigenen durchschnittlichen Spießerleben. Hier erfuhr man die Wahrheit: Die Reichen und Schönen waren nur reicher und schöner, aber keineswegs glücklicher. Dieser Trost reichte immerhin bis zum nächsten Waschen-Schneiden-Föhnen im Salon König.

Selbstverständlich hielten Gerda und Otto König aber auch Lesestoff mit mehr inhaltlicher Substanz für ihre Kunden bereit. Wer wollte, konnte sich über geschmackvolles Wohnen, schnelle Autos oder Kindererziehung informieren. Eines allerdings konnten die Hefte des Lesezirkels nicht ersetzen. Die Kunden kamen zwar wegen ihrer Haare in den Salon König, aber das stimmte nur zum Teil. Eigentlich ging es hier um viel mehr als das. Hierher kam man, wenn man etwas wissen oder etwas loswerden wollte. Mit dem Friseur konnte man alles besprechen. Otto und Gerda König lebten für diese Philosophie und sie wussten, dass ihre Kunden sie besonders für ihre Verschwiegenheit schätzten. Was trotzdem aus dem Salon König nach außen drang, waren die Neuigkeiten, die von den Kundinnen zwischen Waschbecken und

Trockenhaube hinter vorgehaltener Hand und einem „Gell, von mir weißt du das aber nicht!" ausgetauscht wurden.

Gerda König wusste um die Redseligkeit einiger ihrer Kundinnen, mischte sich allerdings nicht ein. Sie spielte in einer ganz anderen Liga. Ihr war das persönliche Gespräch wichtig. Fragte eine Kundin sie nach ihrer Meinung oder schüttete der Chefin das Herz aus, dann hatte diese für jeden ein offenes Ohr und einen guten Rat. Nie würde sie jemandem ungefragt ihre Meinung aufdrängen oder sich anmaßen, es besser als die Betroffene zu wissen. Nein, Gerda König schaffte es, Fragen zu stellen, und zwar die richtigen. Am Ende hatten ihre Kundinnen nicht nur einen gut frisierten Kopf sondern sie waren sich sicher, dass sie allein auf die Lösung ihres Problems gekommen waren. Es machte Gerda glücklich, wenn ihre Kundinnen den Salon mit einem Lächeln verließen. Otto Königs Kunden schätzten ihren Friseur dagegen eher als Diskussionspartner in Sachen Lokalpolitik und Sport. Ihre Probleme machten die Männer in Bärlingen mit sich selbst aus. Und Otto König war nicht unglücklich darüber, dass im Salon nur seine handwerklichen Fähigkeiten gefragt waren.

Als Hauptkommissar Georg Haller erneut den Friseur-Salon betrat, um die Chefin nach der Unbekannten im VW-Käfer zu befragen herrschte bereits rege Betriebsamkeit. Bei den Damen im Wartebereich gab es nur ein Thema. Die Leiche vor dem Salon. Als sie sahen, dass er nach der Chefin Ausschau hielt, bekamen sie lange Hälse und große Ohren. Die Damen hätten etwas darum gegeben, wenn der Hauptkommissar sich mit seinem Anliegen an sie gewandt hätte. Aber sie blieben mit ihrer Neugier allein. Warum war der Polizist hier? Vielleicht gab es schon was Neues?

Das Lehrmädchen führte Haller in eines der Separees, in dem Gerda König gerade damit beschäftigt war, einer älteren Dame die feuchten Haare auf Lockenwickler zu drehen.

„Entschuldigen Sie bitte die Störung, Frau König. Kann ich Sie noch einmal sprechen?" „Das ist jetzt im Augenblick aber sehr ungeschickt, Schorsch. Ich kann die Frau Bartmann nicht mit einem nassen Kopf hier sitzen lassen." Die ältere Dame lächelte den Kommissar im Spiegel mitleidig an. „Sie Ärmster, hat Ihre Frau Sie sitzen lassen?" „Alles in Ordnung, Frau Bartmann. Der Herr ist von der Polizei." Die alte Dame schaute erstaunt und Frau König wandte sich an Georg Haller. „Frau Bartmann kommt alle vier Wochen zur Wasserwelle. Sie hört nicht mehr so gut."

In dem Separee war es eng und Georg Haller hätte seine Befragung gern irgendwo anders fortgesetzt, ohne die schwerhörige Dame, die ihn gebannt im Spiegel anstarrte. „Reich mir doch einfach die Lockenwickler an, ich kann gut noch eine helfende Hand gebrauchen. Du kannst mir deine Fragen ruhig hier stellen." Und etwas leiser fügte sie hinzu: „Frau Bartmann ist so gut wie taub." Georg Haller seufzte, es ging wohl nicht anders. Er zeigte Gerda König das Foto der Toten aus dem Käfer, das er mit dem Handy aufgenommen hatte. „Kennen Sie diese Frau?" Die Friseurin brauchte nur einen kurzen Blick auf das Display zu werfen. „Das ist Elfi Merz, wieso?" „Das ist die Person aus dem Auto vor ihrem Haus." Gerda König hielt inne und die alte Dame drehte sich irritiert um. „Heidanei nochmal!", entfuhr es der Friseurin überrascht. „Was macht denn die Frau Merz in dem Käfer?"

„Uns interessiert vielmehr, wie kam sie da rein und wie starb sie? Können Sie mir noch etwas über sie erzählen?" „Ist seine Frau jetzt tot oder hat sie ihn nur verlassen?" Die schwerhörige Kundin versuchte noch einmal, sich in das Gespräch einzuschalten. Georg Haller musste nichts sagen. Die Friseurin wusste, was zu tun war. „Ich hole Ihnen jetzt eine schöne Zeitschrift, Frau Bartmann, und dann stelle ich Ihnen die Trockenhaube ein." Gerda König ließ den Hauptkommissar in der Kabine mit der alten Dame zurück. Zum Glück war sie schnell zurück und erlöste ihn, noch bevor Georg Haller sich fragen konnte, was er eigentlich hier tat, bei einer wildfremden Frau im Friseur-Separee.

„Komm schnell mit, Schorsch, gehen wir hier rein." Die Friseur-Meisterin teilte den Vorhang aus Holzperlen mit beiden Händen und ging voran in einen kleinen Abstellraum mit Arbeitsplatte. Hier lagerten all die Tübchen und Döschen mit den Ingredienzien zur Verschönerung. Gerda König bot Georg den einzigen Platz auf einem Barhocker in der Ecke an. „Elfi Merz war Kundin bei uns, schon seit vielen Jahren. Ihre ganze Familie kam zu uns, ihr Mann Karl ebenso wie ihre Töchter Susanne und Katrin. Jedenfalls bis Susanne weggezogen ist. Katrin kommt heute noch regelmäßig." „Wie war sie denn so, die Frau Merz?" Gerda König fühlte sich nicht wohl bei dieser Frage. Es war überhaupt nicht ihre Art, über Kunden zu sprechen. Eine persönliche Meinung über die Menschen und ihre Geschichten, mit denen sie hier im Salon zu tun hatte, erlaubte sie sich nur Otto gegenüber. Der verstand seine Frau und Gerda König war froh, die lustigen und oft auch traurigen Geschichten mit jemandem teilen zu können. Das Schicksal ihrer Kunden nahm sie sich sehr zu Herzen.

Georg Haller bemerkte, dass Frau König zögerte. „Bitte, Sie helfen uns wirklich sehr mit ihrer Einschätzung. Wir können nicht ausschließen, dass Elfi Merz ermordet wurde." „Ach du lieber Gott, und das vor unserer Haustür!" Frau König musste sich an der Arbeitsplatte festhalten und Georg Haller machte ihr sofort seinen Sitzplatz frei, den sie dankbar annahm. „Weißt du, Schorsch, die Frau Merz war kein einfacher Mensch. Diplomatisch ausgedrückt, wenn du verstehst, was ich meine." Der Kommissar nickte ihr aufmunternd zu. „Wenn Elfi Merz in den Laden kam, dann war das immer der ganz große Auftritt. Ich hatte immer das Gefühl, dass sie sich zu Hause besonders sorgfältig die Haare gemacht hatte, bevor sie hier herkam. Vielleicht wollte sie allen beweisen, dass sie es nicht nötig hatte, zum Friseur zu gehen, um gut auszusehen. "

Das Handy des Hauptkommissars klingelte. „Tschuldigung, meine Kollegin." Gerda König nickte nur und ließ Georg Haller allein in dem Kämmerchen zurück. „Frau Töpfer, was gibt's denn?" „Hallo Chef, habe gerade die Befragung der Nachbarn abgeschlossen. Es konnte uns allerdings niemand weiterhelfen. Wissen wir schon, wer die Tote ist?" „Elfi Merz, die Senior-Chefin vom Autohaus Merz in der Stuttgarter Straße. Übernehmen Sie bitte die Angehörigen? Ich bin noch mitten in einer Zeugenbefragung." „Geht klar. Wir sehen uns dann später im Büro." „Frau Töpfer", Georg zögerte. Sollte er diesen Schritt wirklich wagen? Die Kollegin wartete. „Was halten Sie davon, wenn wir die ersten Ergebnisse heute Mittag im *Venezia* besprechen? Bei Adriano gibt es einen ausgezeichneten und günstigen Mittagstisch." Georg Haller biss sich auf die Unterlippe. Er hatte es getan. War das zu plump gewesen? Lisa-Marie Töpfer klang jedoch wie immer. „Gern. Ich denke, dass ich es bis viertel vor eins schaffen könnte. Bis dann." Der Hauptkommissar konnte sich ein zufriedenes Lächeln nicht verkneifen. Das war doch ein Anfang in Sachen Frauen!

Frau König kam zurück. „Die armen Mädchen! Wissen die es denn schon? Das ist wirklich zu viel!" Der Kommissar sah auf die Uhr. Er wollte so schnell wie möglich wieder zurück an seinen Schreibtisch. „Meine Kollegin kümmert sich um die Angehörigen, Sie brauchen sich keine Sorgen zu machen, Frau König. Können Sie bitte später noch kurz auf die Wache kommen, um das Protokoll zu unterschreiben?" „Ja, heute Nachmittag haben wir nicht mehr so viele Termine, da kann ich schon zwischendurch mal schnell verschwinden. Wie geht es denn jetzt weiter, Schorsch?" „Die Frau Merz wird obduziert und das Auto auch. Also, der Käfer wird natürlich nicht seziert, sondern in einer Werkstatt auf brauchbare Spuren untersucht."

„Ich bin froh, dass du dich um die Sache kümmerst. Wenn ich daran denke, dass da draußen ein Mörder um unser Haus schleicht!" Georg Haller hob beschwichtigend die Hände. „Sie können ganz beruhigt sein, mein Büro ist doch gleich in der Nähe. Wenn Sie etwas Verdächtiges bemerken, melden Sie sich sofort bei mir." Frau König schien das nicht sonderlich zu beruhigen und so raunte Georg Haller der Friseurin hinter vorgehaltener Hand noch zu: „Und außerdem haben wir noch gar keine Hinweise auf einen Mord gefunden. Das wissen Sie aber nicht von mir." So, jetzt waren sie quitt für die Ehrenrettung zu Grundschulzeiten.

Der Hauptkommissar verabschiedete sich. Er war sich nicht sicher, welches Ergebnis der Untersuchung er sich wünschen sollte. Sobald ein Fremdeinwirken am Tatort ersichtlich würde, würde er den Fall an die Kollegen von der Mordkommission abgeben müssen. Nur weil es bislang keine Hinweise auf einen Täter gab, blieb die Leitung der Ermittlung in seinen Händen. Bärlingen war sonst eigentlich ein eher beschauliches Pflaster. In der schwäbischen Provinz war die Welt noch in Ordnung, da wurde am Samstag brav der Bürgersteig gekehrt. Er würde den Ball flach halten, seine Arbeit nach Dienstvorschrift erledigen und es genießen, dass der Wochenbeginn etwas turbulenter ausgefallen war als sonst üblich. Die Routine würde ihn schon schnell genug wieder einholen.

„Herr Hauptkommissar!" Georg Haller stand bereits auf dem Parkplatz vor dem Salon und drehte sich um. Das Lehrmädchen der Königs stand in der Tür. „Können Sie bitte nochmal reinkommen? Der Chefin ist noch was Wichtiges eingefallen." Georg Haller folgte der Kleinen und wurde erneut in das Separee der schwerhörigen Dame geführt. Der Hauptkommissar seufzte. Wenn es der Sache diente, dann würde er das eben noch einmal über sich ergehen lassen. Frau

König war jetzt damit beschäftigt, die Kundin von den Lockenwicklern zu befreien. „Schorsch, mir ist noch was eingefallen, was dich interessieren könnte. Gestern Abend, es muss so gegen halb elf gewesen sein, habe ich einen Streit vor dem Haus gehört. Ich hatte am Abend den Schnee vom Gehweg gefegt und bin gegen zehn ins Bett gegangen. Weil ich nicht sofort einschlafen konnte, habe ich noch mitbekommen, dass sich wahrscheinlich auf unserem Parkplatz ein Ehepaar gestritten hat."

„Was genau haben Sie denn gehört?" „Erst habe ich versucht, den Lärm nicht zu beachten, denn eigentlich wollte ich schlafen. Aber die Frau war einfach zu laut. Sie hat gemeint, dass er immer auf ihr herumhacke und sie ihm nie was recht machen könne." „Sind Sie sicher, dass die andere Person ein Mann war?" „Jetzt wo du es sagst eigentlich nicht. Ich habe nur die Frau zetern hören." „Hat Ihr Mann den Streit auch gehört?" „Wie schon gesagt, ich war allein und ich kann dir auch nicht sagen, wann der Otto nach Hause gekommen ist." Frau König wurde schon wieder blass um die Nase und sie musste sich auf dem Friseurstuhl der alten Dame abstützen. Jetzt fehlte wohlmöglich nicht nur ihr, sondern auch ihrem Mann ein Alibi. „Sind wir jetzt beide verdächtig?"

Die alte Dame hatte zwar nicht verstanden, worum es ging, aber dass es der Chefin nicht ganz wohl war, das hatte sie erkannt. Sie kramte in ihrer Handtasche und hielt Gerda König ein Fläschchen 4711 entgegen. „Nehmen Sie davon, das wird Ihnen gut tun." Die Friseurin war schon so mitgenommen, dass sie das Kölnisch Wasser ansetzen und sich einen Schluck genehmigen wollte. Georg Haller konnte sie gerade noch rechtzeitig davon abhalten. „Warten Sie, ich zeige Ihnen, wie man das macht." Frau Bartmann nahm das Kölnisch Wasser und benetzte sich die Handgelenke und die Schläfen. Bei ihr wirkte das Zeug. Die alte Dame lächelte entspannt und reichte ihr Wundermittel an Frau König zurück und bestand darauf, dass das Duftwässerchen auch beim Hauptkommissar Anwendung fand. „Danke, Frau König, ich werde dieser Spur auf alle Fälle nachgehen. Jetzt schau ich noch auf einen Sprung bei ihrem Mann vorbei." Nichts wie weg hier, bevor die alte Dame noch weitere Schätze aus ihrem Täschchen zauberte, dachte sich Georg Haller.

„Es standen zwei Autos auf unserem Parkplatz, als ich nach Hause kam." Otto König hatte gerade eine Pause und freute sich über ein wenig Abwechslung. Die Herren in Bärlingen drängte es nicht so sehr zum Friseur vor den Feiertagen wie den weiblichen Teil der Bevölkerung. „Stimmt es, dass die Tote im Wagen Elfi Merz ist?" Es war doch erstaunlich, wie schnell die Buschtrommeln diese Neuigkeit verbreitet hatten. Der Salon war einfach der Umschlagplatz für die wichtigsten Informationen der Stadt. „Ja, wir gehen davon aus, dass sie an einer Kohlenmonoxyd-Vergiftung gestorben ist. Hatte einer der Wagen den Motor an?" „Nein, ich habe auch sonst nichts Auffälliges bemerkt. Wobei ich zugeben muss, Schorsch, dass ich auch nicht mehr ganz nüchtern war. Mir ist nur wichtig, dass der Parkplatz morgens frei ist, wenn die Kunden kommen. Wenn am Abend die Kneipenbesucher hier parken stört mich das eigentlich nicht. Aufregen bringt auch gar nichts, sonst hätte ich mehrmals in der Woche den Abschleppdienst hier. Da muss man doch die Kirche im Dorf lassen." Georg Haller verabschiedete sich. Ihm folgte eine nicht unbedingt als dezent zu bezeichnende Duftwolke Eau de Cologne.

8

„Hier bist du also groß geworden." Alex ließ die beschauliche Kleinstadtkulisse auf sich wirken. „Das erklärt natürlich alles!" Susanne konnte nicht über den Scherz lachen, sie war ziemlich angespannt, schließlich hatte sie Alex zu Hause groß als neue Beziehung angekündigt. Was die Eltern wohl sagen würden? „Noch gibt es ein Zurück, Maus. Soll ich wirklich mitkommen? Meinst du nicht, das könnte alles ein bisschen zu viel werden für deinen Vater?" „Nein, ich bin bereit und meine Eltern müssen da jetzt einfach durch." Susanne bog in das Wohnviertel ein, in dem die Merz'sche Villa stand. In dieser gutbürgerlichen Ecke Bärlingens wohnten die Besserverdienenden der Stadt und sie zeigten gern, was sie erreicht hatten. Da gab es Wohnträume mit Erkern und Giebeln, rustikale Landhäuser mit Jägerzaun und renovierungsbedürftige Relikte aus den 60ern. Susanne versuchte, ihre Straße mit den Augen einer Fremden zu sehen. Es war schon alles ziemlich ordentlich hier. Die Bürgersteige sauber, die Vorgärten akkurat bepflanzt und alle hielten sich an Tempo 30.

Wie anders lebten da Alex' Eltern in Berlin. Susanne hatte sich zwar aus Erzählungen schon ein Bild gemacht, aber dass Gerd und Anschi tatsächlich Alt-Hippies waren, das hatte sie sich nicht vorstellen können. Sie fand es schon reichlich abgefahren, dass sie am Abend mit den beiden Alt-68ern auf dem Balkon saßen und gemeinsam einen Joint geraucht hatten. Die gleiche Szene musste sie sich in Gedanken mit ihren Eltern vorstellen. Susanne fuhr kichernd in die Einfahrt des elterlichen Hauses. Hier erwartete die beiden eine Gartenkomposition aus Rhododendron und Buchs, alles unter einer dicken Schneedecke verpackt.

„Ich freue mich, endlich deine Familie kennenzulernen. Du scheinst es wirklich ernst mit mir zu meinen." Alex beugte sich zu Susanne rüber und hielt ihr die Lippen zum Kuss hin. „Nicht hier, es können uns doch alle sehen." „Maus, ich will ja nichts sagen, aber du gehst jetzt langsam auf die vierzig zu. Du bist niemandem Rechenschaft schuldig und mit wem du im Auto knutschst geht nur dich was an." Susanne atmete tief durch, Alex hatte Recht, wie so oft. „Wenn ich dich nicht hätte, komm her." Wie zum Trotz gab sie Alex einen ziemlich verwegenen Kuss, der jedem Zuschauer die Schamesröte ins Gesicht getrieben hätte. „Das Gepäck lassen wir noch im Auto, Alex. Wir nehmen nur die Tasche mit den Geschenken mit."

Elfi Merz öffnete die Tür. Mit großer Geste umarmte sie Susanne. Alex war fast versucht, sich umzudrehen und zu schauen, für welches Publikum die Autohaus-Gattin dieses Theater veranstaltete. Nachdem Susanne mit Küsschen links und Küsschen rechts begrüßt worden war, blickte Frau Merz fragend auf Alex. Susanne war dieses Begrüßungsritual offensichtlich schon gewohnt, denn sie war nicht weiter irritiert, sondern stellte ihre Begleitung vor. „Mama, dies hier ist Alex. Alex, das ist meine Mutter." „Freut mich sehr, Frau Merz. Vielen herzlichen Dank für die Einladung. Susanne und ich freuen uns sehr, dass wir Weihnachten hier zusammen verbringen können." Elfi Merz konnte man viel nachsagen, aber die Rolle ihres Lebens beherrschte sie perfekt. Ganz Dame des Hauses bat sie die Ankömmlinge erst einmal herein. „Herzlich willkommen, ihr beiden. Katrin und Frank kommen auch gleich. Die Kinder freuen sich schon so sehr auf euch." Alex sah sich um, das Entree war großzügiger als erwartet und strahlte mit dem Marmorboden und den kleinen Kristall-Lüstern an den Wänden eine gediegene Geschmacklosigkeit aus. Arme Maus, gut dass du diesem Wohn-Alptraum entkommen bist, dachte sich Alex, als Pluto, der Rottweiler des Hauses müde um die Ecke schlich. „Ja, Pluto, alter Knabe, wie geht's dir denn?" Susanne hatte sich hingekniet und wuschelte dem alten Weggefährten liebevoll die schlabberigen Ohren. „Bitte geben Sie mir doch Ihren Mantel, Alex. Mein Mann kommt sicher jeden Moment runter." Und zu Susanne gewandt ergänzte sie noch: „Papa ging es nach dem Mittagessen nicht so gut und er hat sich ein wenig hingelegt."

Pluto hatte ihn als erster gehört und lief schwanzwedelnd zur Treppe. Alex sah einen müden alten Mann. Jeder Schritt schien ihm Beschwerden zu machen. Früher musste Susannes Vater ein vitaler Mann gewesen sein, jetzt hatte er eingefallene Wangen und wirkte ausgezehrt. Auch Karl Merz hatte jetzt einen Auftritt, allerdings war er kein so perfekter Schauspieler wie seine Frau. Ihm merkte man die Schmerzen an, auch wenn er lachte, als er Pluto mit Susanne unten an der Treppe auf ihn warten sah. Alex schien es, als ob sich Susannes Vater aus dem Leben schlich. Unter Aufbietung der letzten Kräfte wollte er seiner Tochter allerdings zeigen, dass er immer noch der Vater war, den sie in Erinnerung hatte. „Susi, komm her, lass dich von deinem alten Vater drücken!" Karl Merz konnte es nicht mehr erwarten, seine Tochter endlich in den Armen zu halten. Der Weg herunter war lang.

Susanne kam ihrem Vater ein paar Stufen entgegen und umarmte ihn etwas ungelenk auf der Treppe. Merkte er, dass ihm nicht mehr viel Zeit blieb? Sie dachte an die Giftkapsel, die sie in dem kleinen Futteral in die Tasche mit den Weihnachtsgeschenken gesteckt hatte, um sie nicht zu vergessen. Wie dieser Besuch wohl enden würde? Susanne führte ihren Vater die letzten Stufen herunter und Pluto legte sich gleich zu seinen Füßen hin. „Papa, das ist Alex." „Alexandra Bergmann, ich freue mich sehr, Herr Merz." Alex hielt Karl Merz die Hand zur Begrüßung entgegen. Im Gegensatz zu Elfi konnte Karl seinen Schock nicht verbergen. Seine Tochter hatte eine Frau mitgebracht! Es herrschte betretenes Schweigen und es dauerte mehr als eine Schrecksekunde bis Karl Merz Alex die Hand gab. Elfi wollte die Peinlichkeit überspielen und lotste alle ins Wohnzimmer, das man durch eine große Holztür von der Diele aus betreten konnte.

Alex hatte sich in Gedanken schon auf diese Situation vorbereitet und mit allem gerechnet. Dass die Unternehmer-Gattin, die sich auf dem gesellschaftlichen Parkett so gewandt fühlte, allerdings so wenig Feingefühl besaß, überraschte sie jedoch schon. Die übertriebene Freundlichkeit wirkte wie eine Fassade. Alex war schnell klar, dass sie Elfi Merz nicht besonders mochte und sie bezweifelte immer mehr, dass sie sich hier wirklich willkommen und zuhause fühlen konnte. In gewisser Weise war ihr da das abweisende Verhalten von Susannes Vater lieber. Da wusste sie wenigstens, woran sie war. Der heuchelte wenigstens keine Freude, sondern fragte sich wahrscheinlich gerade insgeheim, zu welchem Schweinkram die Lesbentussi mit ihren Cowboystiefeln sein kleines Mädchen verführt hatte. Alex wich dem Blick des Vaters aus. Zum Glück hatte sich Susanne bei ihrem Vater eingehakt und erkundigte sich gerade nach seinem Gesundheitszustand.

Elfi hatte eine Klappe in der raumfüllenden Schrankwand im Wohnzimmer geöffnet und zum Vorschein kam eine beleuchtete Hausbar. Passte irgendwie zu dem spießigen Wohnzimmer-Ensemble aus Bequemsofa in creme, Heimorgel und Gummibaum. Die Haustürklingel erlöste die Anwesenden aus ihrer verlegenen Lage. Die Enkel begrüßten ihre Großeltern und sofort verwandelte sich der Ausdruck in Karl Merz' Gesicht. Jetzt war er der liebe Opa, der die Bescherung ebenso sehnsüchtig erwartete wie Marie und Lukas. Selbst Elfi Merz gewann im Umgang mit ihren Enkelkindern an Natürlichkeit. Kinder sind etwas Wunderbares, dachte Alex und freute sich, dass sie von Susannes Nichte und Neffe ebenso überschwänglich begrüßt wurde wie Susanne selbst. Den beiden war es völlig wurscht, wen ihnen ihre Tante als ihre bessere Hälfte vorstellte. Tante Susi hatte bei den beiden einen dicken Stein im Brett und diese geballte Ladung an Sympathie wurde nun auch Alex zuteil.

„Kinder, wie schön, dass jetzt alle da sind. Papa und ich freuen uns, dass die ganze Familie zusammen Weihnachten feiert. Ich habe schon den Sekt kalt gestellt, lasst uns doch erst einmal anstoßen." Auf den Schreck oder was, dachte Alex und schaute fragend rüber zu Susanne. Die zuckte nur mit den Schultern, als sie von ihrer Schwester in die Küche bugsiert wurde. „Susanne und ich kümmern uns um den Sekt, Mama, wir sind gleich wieder bei euch." Karl Merz hatte den Lesben-Schock offensichtlich noch nicht verdaut, denn er verwickelte lieber seinen Schwiegersohn in ein Gespräch über berufliche Entscheidungen, anstatt sich mit Alex zu unterhalten. Beide Männer verschwanden kurz darauf ins Arbeitszimmer wo sie nur „ganz schnell über ein paar Papiere schauen" wollten. Die Kinder waren ebenfalls zum Spielen verschwunden. Alex war jetzt mit Elfi allein und wünschte sich, dass die Schwestern bald aus der Küche zurückkämen.

„Sag mal, Papa ist ganz schön schlecht beieinander, oder? Als er neulich bei mir anrief, da klang er ganz furchtbar am Telefon und heute war er so schwach, dass er kaum die Treppe runtergekommen ist." Susanne hatte sich an die Arbeitsplatte in der Küche gelehnt und sah ihre Schwester an. „Es geht mal bergauf und mal bergab. Gerade geht's ihm nicht so gut, da hast du Recht." „Hat Papa dich auch gebeten, die Kapsel - du weißt schon - mitzubringen?" „Ja, mir hat er das mit dem Gift auch gesagt." „Und, wirst du sie ihm geben, wenn er dich darum bittet?" „Ich habe sie nicht mehr." Susanne glaubte ihren Ohren nicht zu trauen. „Was? Sag das noch einmal! Du hast deine Zyankali-Kapsel nicht mehr? Wo ist sie? Weiß Papa davon?" „Nein, weiß er nicht. Ich werde es ihm sagen, wenn er dich nach deiner Kapsel fragt." Susanne war fassungslos. Sie hatten extra zwei Placebos anfertigen lassen, damit nicht eine von ihnen mit den quälenden Gedanken weiterleben musste, den Vater oder Ehemann umgebracht zu haben. Dass der Gifttod ein selbstgewählter Abschied war, machte die Sache auch nicht einfacher. Und jetzt gab es nur noch zwei Kapseln, die Chancen standen also fifty fifty, dass Susanne die Giftbotin war. Das Familientreffen fing ja gut an!

Susanne hatte genug, sie wollte jetzt nur noch den Sekt aus dem Kühlschrank holen und dann rüber zu Alex ins Wohnzimmer. Sie ahnte, dass ihre Freundin sich dort wie das Kaninchen vor der Schlange fühlen musste. „Sag mal, wussten Mum und Dad, wen du mitbringst?" Susanne verdrehte die Augen. Musste ihre Schwester sich denn gleich auf den nächsten wunden Punkt stürzen? „Schwesterchen, ich freue mich auch, dich zu sehen!" „Jetzt mal ehrlich. Mir persönlich ist es egal, mit wem du zusammen bist, Hauptsache du bist glücklich. Die Eltern haben nicht gewusst, dass Alex eine Frau ist, stimmt's?" „Ich wollte es ihnen schon so oft sagen, wirklich. Aber du weißt ja, mit Papa ist Telefonieren einfach schwierig und Mama hört einem sowieso nie richtig zu. Und als sie das letzte Mal bei mir in Berlin waren, da haben sie alle Versuche, es ihnen zu sagen im Keim erstickt." „Irgendwie habe ich es schon immer geahnt. Es war jedenfalls keine allzu große Überraschung für mich, dass dein Alex eine Frau ist. Seid ihr glücklich?" Susanne lächelte ihre Schwester dankbar an. Das war die richtige Frage! „Trotzdem finde ich, dass du die Eltern nicht so ins kalte Wasser hättest springen lassen dürfen. Papa geht es wirklich nicht gut und für Alex wäre es sicher angenehmer, wenn Mama sich seelisch und moralisch darauf hätte einstellen können, dass der Schatz ihrer Tochter eine Frau ist." „Ach, Katrin. Und das ist noch nicht mal alles! Die Eltern brauchen heute noch richtig starke Nerven. Ich habe nämlich noch zwei weitere Überraschungen auf Lager.

9

Kaum hatte der Kommissar den Salon verlassen, begann es in der Gerüchteküche zu brodeln. Die Damen, die auf ihren Friseur-Termin warteten, steckten die Köpfe zusammen. Was sich heute direkt vor ihren Augen abspielte, stellte alle Skandalgeschichten aus den Frauenzeitschriften in den Schatten. Da kam kein Goldenes Heft dagegen an! Und sie waren mittendrin im Geschehen schließlich hatte man die Leiche vor ihrem Friseur gefunden. Da waren sie als Ermittlerinnen doch prädestiniert!

Auch wenn sich der Hauptkommissar mit Frau König sehr diskret im Separee und nur im Beisein der schwerhörigen Kundin über die Identität der Toten unterhalten hatte, den aufmerksamen Beobachterinnen konnte man nichts verheimlichen. „Also, wenn Sie mich fragen, meine Damen, muss einen dieses Ende von Frau Merz nicht wundern." Frau Göppel machte eine bedeutungsvolle Pause. Diese Bemerkung verfehlte ihre Wirkung nicht und die drei anderen Frauen rückten sofort enger zusammen. Keine wollte etwas verpassen; die Chance auf eine derartige Unterhaltung bot sich nicht alle Tage beim Friseur! „Meinet se di Frau Merz vom Autohaus Merz? Warum wundert sie des net? Was isch denn der passiert?" Frau Schmied hatte sich als letzte in die Runde der Wartenden gesetzt und wollte alles genau wissen. Sie arbeitete im städtischen Hallenbad an der Kasse und der Informationsaustausch über den Klatsch und Tratsch in Bärlingen war ihr tägliches Brot. Weil sie bis Dreikönig Urlaub hatte, war sie mittlerweile quasi auf Entzug in Sachen Stadtgespräche. Endlich gab es wieder etwas Neues! Eine so prominente Tote würde locker Gesprächsstoff für die kommenden vier Arbeitswochen bieten, nicht daran zu denken, wenn es tatsächlich Mord war.

Jetzt konnte Valentina Felice, die Frau des *Venezia*-Wirts Adriano nicht mehr länger an sich halten: „Ich habe gehört, dass überall Blut war, sehr viel Blut! Irgend eine Verbrecher hat ermordet Frau Merz. Oh *Mamma mia*, mit eine lange Messer!" Wenn es um große Emotionen ging, war Frau Felice ganz in ihrem Element. „Ich habe solche Angst, dass ich könnte sein die nächste Opfer!" Die vierte Frau hatte das Theater der Italienerin ziemlich ungerührt betrachtet. „Beruhigen Sie sich doch. Die Polizei kümmert sich bereits um die Aufklärung des Falls." Valentina Felice wirkte beleidigt, weil ihr kurzerhand die Bühne für ihre Show entzogen worden war. „Ich frage mich nur, warum die Frau Merz ausgerechnet vor dem Salon König ermordet worden ist", überlegte Frau Göppel, die mit herausgewachsener Dauerwelle auf eine Rundum-Erneuerung wartete.

Die schweigsame ältere Dame, die Valentina Felice den Wind aus den Segeln genommen hatte, meinte nur, dass hier am Friseurgeschäft schließlich alle Leute vorbeikämen, wenn sie in der Innenstadt Besorgungen zu machen hätten. Frau Marpes hasste nichts mehr als das Tratschen um des Tratsches willen. Um das Gespräch in ein rationaleres Fahrwasser zu lenken, übernahm sie kurzerhand die Diskussionsleitung der Damenrunde. „Irgendjemand wollte, dass man Elfi Merz findet. Haben Sie zufällig mal einen genauen Blick auf das Auto geworfen, meine Damen?" Die Zuhörerinnen hatten stillschweigend akzeptiert, dass Frau Marpes ihre Spekulationen auf den Boden der Tatsachen zurückführen wollte und schüttelten nur die Köpfe. Sie hingen an den Lippen der Rentnerin, für die der Friseurbesuch mehr war als die Summe aus Waschen, Schneiden und Föhnen. „Ich kann mich noch gut an früher erinnern, als die junge Frau Merz mit diesem VW-Käfer unterwegs war. Damals gab es noch nicht so viele Autos wie heute und wenn ein junges Mädchen über einen fahrbaren Untersatz verfügte, dann war das schon etwas Besonderes. Auch die Elfi war was Besonderes, man sagte damals, sie war ein heißer Feger." Valentina Felice schaute fragend in die Runde. „Was ist das, ein heißer Feger?" Frau Schmied lachte: „Des isch a Mädle, das älle Mannsbilder den Kopf verdreht." „Die Frau Merz iste auch jetzt noch eine heiße Feger! Sie hat sich an meine Adriano rangeschmissen, letzte Silvester beim Ball. Mein armer Mann! Und ich habe so geschimpfte mit ihm, dass er sich hat so lieb entschuldigt für meine Eifersucht." Frau Felice streichelte liebevoll über das Geschenk ihres Mannes. Neben ihr an der Garderobe hing ein exklusiver Pelzmantel mit breitem Kragen und Kapuze.

„Wisset se au, mit welche Männer die Frau Merz sonst noch unterwegs war?" Frau Schmied hoffte auf pikante Details aus der Rubrik *sex and crime*. Da war sie bei Frau Marpes allerdings an der falschen Adresse. „Ich weiß nur, dass sich Frau Merz damals den Junior-Chef des Autohauses geangelt hat. Eine wirklich gute Partie. Karl Merz hätte alles für seine Frau getan. Er war in Sachen Beziehung und Familie eher ein Spätzünder und seine Eltern waren froh, dass ihr Sohn doch noch die Kurve bekommen hat. Es wurde dann auch recht schnell geheiratet. Elfi Merz' Liebe war aber so groß, dass ihr ein Mann nicht reichte." Die Damen rückten noch näher an Frau Marpes heran. Jetzt wurde es wieder spannend! Was diese Frau alles wusste! Frau Marpes dämpfte allerdings gleich alle aufkeimenden Erwartungen. „Was Genaues weiß ich da aber auch nicht. Es ging allerdings mal das Gerücht durch die Stadt, dass die Frau Merz als jung Verheiratete eine Affäre gehabt haben soll." Enttäuscht lehnten sich die Zuhörerinnen wieder zurück. Mit diesen Offenbarungen würden sie bei den Kaffeekränzchen ihrer Freundinnen keinen Pokal gewinnen.

Die Damen wurden von der Friseurin, bei der Frau Schmied ihren Termin hatte, unterbrochen. Nur ungern ließ diese sich zu ihrem Platz vor dem Spiegel begleiten. Am liebsten hätte Frau Schmied ihre Verabredung abgesagt und weiter den Ausführungen der älteren Dame gelauscht. Aber es half nichts und so verließ sie den Wartebereich und überließ sich den kundigen Händen der Friseurin. Sie standen doch schon so nah vor der Lösung des Falls und ausgerechnet jetzt musste sie gehen! Das war ein harter Schlag. Das Schicksal bereitete dem Klatsch und Tratsch ein jähes Ende. Valentina Felice wollte nicht das gleiche Schicksal wie Frau Schmied erleiden und drängte deshalb auf eine schnelle Fortsetzung des Gesprächs: „Wer iste denn jetzt die Mörder von Frau Merz, eh?" „Also der Mann von meiner Nachbarin arbeitet beim Merz. Und von meiner Nachbarin weiß ich, dass es dort in letzter Zeit viel Ärger gab." Frau Göppel legte gleich nach und sprach einen ganz konkreten Verdacht aus. „Alle haben gesehen, dass es dem Senior-Chef immer schlechter ging. Und die Frau Merz hat immer wieder recht deutlich gesagt, dass sich einiges ändern würde, wenn sie erst einmal das alleinige Sagen im Autohaus hätte."

„Wollen Sie damit sagen, dass Sie alle Mitarbeiter des Autohauses verdächtigen, ihre Chefin umgebracht zu haben, damit dort alles beim Alten bleibt?" Frau Marpes hatte gleich die Schwachstelle in der Argumentation ihrer Sitznachbarin gefunden. „Nein, natürlich nicht. Aber vielleicht hat Frau Merz dem einen oder anderen Mitarbeiter mit der Kündigung gedroht. Das wäre doch ein Motiv, oder?" Frau Marpes schien nachzudenken: „Die Menschen morden aus unterschiedlichen Motiven. Nehmen wir an, es war ihre Position als zukünftige Chefin, die Elfi Merz das Leben gekostet hat. Wem könnte eine Frau wie sie als Unternehmerin unbequem sein?" Die Italienerin und die Schwäbin zogen ratlos die Augenbrauen hoch. Frau Marpes hatte aber auch gar keine Antwort erwartet, sondern nur laut nachgedacht. „Wenn Elfi Merz ihr Unternehmen wirklich mit so eiserner Hand geführt hat, wie man es sich erzählt, dann wären auch ihre Erben im

Vorteil, wenn die Senior-Chefin den Sessel räumt. So weit ich weiß, sollen ihre Tochter Katrin und ihr Mann den Laden einmal übernehmen, wenn die Eltern nicht mehr sind. Vielleicht hatten die beiden keine Lust mehr, so lange auf die Thronfolge zu warten."

Valentina Felice schaltete sich in diese systematischen Überlegungen ein, denn dieses Vorgehen war ihr viel zu rational. „Warum wird eine Mensch gemordet? Eh? Das hat immer etwas zu tun mit Emotionen. *Grande emotione*! *Amore* oder Hass. Am beste beide." Frau Marpes schien dieser Gedanke gar nicht so abwegig. „Da könnten Sie Recht haben. Ich habe auch schon einmal gehört, dass die meisten Morde Beziehungstaten sind. Liebe ist ein starkes Motiv. Solange die Liebe erwidert wird, bleiben die Messer noch im Schrank und die Pistolen unter dem Kopfkissen. Zur Tat schreiten die Leute doch erst dann, wenn die Liebe verletzt oder enttäuscht wird."

„*Allora*, was sage ich? Die Liebehaber von die Frau Merz. Sie haben doch erzählt, dass die heiße Feger hatte eine Affäre. Und was iste mit die Mann passiert?" „Der Seitensprung von Elfi Merz wurde bekannt, weil die beiden in flagranti am Badesee gesehen wurden." „Oh la la, das iste aber unvernünftig gewesen! Etwas mehr *discrezione* wäre schlau gewesen!" „Gell, bei den anderen weiß man's immer besser!" Frau Göppel wollte nicht außen vor bleiben und erntete dafür einen strafenden Blick der Italienerin. „Vielleicht iste aber auch einer von die andere vernaschte Männer die Mörder von die Frau Merz?" Frau Marpes wollte sich nicht auf solche windigen Spekulationen einlassen, ihre Ermittlungen mussten wieder etwas mehr Struktur bekommen: „Wenn Frau Merz nicht von ihrem ehemaligen Liebhaber, von Mitarbeitern oder Konkurrenten ermordet wurde, wer bleibt dann noch aus ihrem engsten Umfeld übrig?" „Also die Töchter von der Frau Merz, die waren's bestimmt nicht", verteidigte sie Frau

Göppel. „Auch wenn die ältere der Merz-Töchter schon immer etwas eigenartig war. Unsere Tochter Beate war mit ihr in einer Klasse. Direkt nach der Schule ist Susanne Merz nach Berlin verschwunden und seither war sie nicht mehr oft in Bärlingen. Zu den Klassentreffen vor Weihnachten ist sie nie gekommen. Aber einen Mord traue ich ihr nicht zu. Katrin, die jüngere, war ganz anders. Die ist hier geblieben, hat eine Ausbildung gemacht und war immer für ihre Eltern da." „Vielleicht ist das trotzdem ein Motiv?" Frau Marpes prüfte kritisch die Argumente der Verteidigung. „Na ja, einfach hatte sie es mit ihrer Mutter wohl nicht. Da war sie aber keine Ausnahme. Ihr Mann, der Frank, ist ein gutmütiger Typ. Dass er jemanden umbringt, passt einfach nicht zu ihm."

„Frau Felice, wie machen wir's denn heute bei Ihnen?" Gerda König war bereit für ihre nächste Kundin. Für Valentina Felice hatte das Gespräch um Mord, Eifersucht und Liebe so vielversprechend begonnen. Jetzt hatte es allerdings an Reiz verloren. Dass die Deutschen aber auch immer alles zerreden mussten! Sie waren immer so kontrolliert und rational, große Gefühle kannten sie nur aus dem Kino. Und so verließ die Italienerin die Damenrunde ohne Bedauern und schaltete schnell auf das zentrale Thema ihres Lebens um: Schönheit und deren Optimierung. „Meine liebe Frau König, vielleichte sollten wir probieren etwas Neues." Gerda König wusste, dass sie mit Valentina Felice zwar eine treue, aber auch nicht ganz einfach zufriedenzustellende Kundin hatte. Sie war gespannt, mit welchen Ideen diese heute hergekommen war.

Frau Göppel und Frau Marpes blieben allein auf ihren Stühlen zurück, aber das investigative Gespräch hatte mit Valentina Felice sein belebendes Moment verloren und versandete beziehungsweise nahm eine neue Richtung. „Jetzt wo wir allein sind, muss ich Sie noch was fragen. Kann ich mich auf Ihre Verschwiegenheit verlassen?" Frau Göppel senkte verschwörerisch die Stimme und wartete die Zustimmung ihrer Gesprächspartnerin ab. „Ich weiß nicht, was ich machen soll. Gestern Abend sind mein Mann und ich noch ausgegangen und auf dem Heimweg haben wir uns gestritten." „Also, da kann ich Ihnen wirklich keinen Rat geben. Erstens kenne ich Ihren Mann gar nicht und zweitens lebe ich allein." Frau Marpes wollte sich jetzt auf gar keinen Fall eine Kummerkasten-Geschichte anhören. „Nein, darum geht es gar nicht. Vielleicht sind mein Mann und ich auch verdächtig im Mordfall Elfi Merz. Wir haben uns nämlich direkt vor dem Friseurgeschäft gestritten. Das heißt, mein Mann hat gar nichts gesagt und nur geraucht. Das macht er immer so, wenn ich wütend bin. Er sagt einfach nichts, egal, was ich ihm an den Kopf werfe. Bestimmt hat die Polizei unsere Spuren gefunden. Was sollen wir denn jetzt machen? In den Augen der Polizei sind wir doch mordverdächtig."

10

„Wo bleibt denn der Sekt?" Elfi Merz kam in die Küche gerauscht und ihre Töchter unterbrachen das Gespräch, als ob sie bei etwas Verbotenem ertappt worden wären. „Ist irgendetwas?" Katrin und Susanne sahen sich an und schüttelten die Köpfe. Elfi war viel zu sehr mit sich selbst beschäftigt, als dass sie sich ernsthaft dafür interessiert hätte, was ihre Töchter in der Küche zu besprechen hatten. Die Spannung, die in der Luft lag, bemerkte sie nicht. Die Vertrautheit des Gesprächs der beiden Schwestern war verflogen. Elfi schaffte es, allein durch ihre Anwesenheit, der Situation etwas Belangloses und Oberflächliches zu geben.

Katrin konnte diese Seite ihrer Mutter immer weniger ertragen. Sie musste flüchten. „Ich geh schon mal vor und hole die Kinder." Doch so einfach ließ Elfi sie nicht davonkommen. „Ja, dann können sie gleich ihre musikalische Darbietung zum Besten geben." „Ach Mama, lass uns das Vorspiel lieber nach der Bescherung machen, jetzt sind die beiden zu aufgeregt und können sich nicht richtig konzentrieren." „Man muss seinen Kindern auch mal was abverlangen. Du bist viel zu nachsichtig mit Marie und Lukas." „Nicht schon wieder Mama, lass uns wenigstens an Weihnachten nicht über Kindererziehung streiten."

Katrin wollte diesen Tag einfach nur hinter sich bringen, ohne Auseinandersetzung mit ihrer Mutter. Die aber schien direkt nach Gelegenheiten zu suchen, um ihre Tochter zu belehren und ihr ein schlechtes Gewissen zu machen. „Sei doch nicht so empfindlich, wenn ich mir als Oma mal eine Meinung erlaube! Euch beiden hat es auch nicht geschadet, dass wir euch nicht ständig in Watte gepackt haben." Katrin sah ihre Schwester an und verdrehte die Augen. „Ist gut! Früher war alles besser." Widerworte konnte Elfi Merz nicht ertragen und so fuhr sie Katrin harsch an: „Jetzt werde mal nicht frech, junge Dame!" Gleich gehen die beiden richtig aufeinander los, fürchtete Susanne. Deshalb bat sie ihre Schwester, nach Alex zu schauen. „Ich fürchte, die Arme muss sich gerade lauter Storys aus dem Autohaus anhören. Wenn Papa und Frank zusammen sind, dann gibt es doch nur ein Thema. Ich bleibe noch einen Augenblick, weil ich kurz allein mit Mama reden möchte." Katrin schaute ihre Schwester dankbar an und verschwand in Richtung Wohnzimmer.

„Sag mal Mama, habt ihr euch gut unterhalten, du und Alex?" Elfi wirbelte geschäftig in der Küche umher, um noch ein paar Schnittchen für den kleinen Sektempfang auf einer Platte zu drapieren. „Ja, ich habe ihr von unserem letzten Sommerurlaub und der Mittelmeerkreuzfahrt berichtet. Ach, das war eine schöne Reise und das Essen an Bord war wirklich vorzüglich. Leider waren viel zu viele Rentner auf dem Schiff, da kam ich mir schon vor wie in einem schwimmenden Altersheim. Besonders gut gefallen hat mir..." – „Und wie findest du Alex?" Susanne biss sich nervös auf die Unterlippe. Eigentlich war es sinnlos, ihre Mutter nach ihrer Meinung zu fragen. Schließlich hatte sie gerade gezeigt, dass sie sich nicht im Geringsten auf die neue Situation geschweige denn auf Alex einstellen konnte. Kreuzfahrterlebnisse waren so ziemlich das letzte, was Alex interessieren dürfte! Oh je, hoffentlich war ihr Schatz nicht total abgeschreckt von ihrer Familie. Vielleicht hätte sie die Eltern doch besser auf das Zusammentreffen vorbereiten sollen.

„Ja, Alex ist wohl ganz in Ordnung. Aber geht es dir wirklich gut, Schätzchen? Du hast ein paar Kilo zugelegt, seit wir uns das letzte Mal gesehen haben. Du solltest wieder ein bisschen mehr auf deine Linie achten. Ich habe da einen tollen neuen Diät-Drink ausprobiert, den muss man nur..." – „Ist schon ok, Mama. Ich habe alles im Griff." Susanne konnte ihre Schwester verstehen. Ihre Mutter war die Selbstbezogenheit in Person. Vielleicht war es Unsicherheit, vielleicht aber auch das wahre Wesen von Elfi. Susanne war froh, dass sie ihren Lebensmittelpunkt nicht mehr im Merz'schen Dunstkreis in Bärlingen hatte. Ihre Welt war größer und der Besuch hier ein Gastspiel auf Zeit. Zum Glück!

„Und, wie geht es Papa wirklich? Ich habe das Gefühl, dass er mir am Telefon nicht immer ganz die Wahrheit sagt. Vorhin hatte ich den Eindruck, als ob der verdammte Krebs ihn wieder stärker in der Zange hat." „Ach Mäuschen, das ist wirklich nicht leicht für deinen Vater und mich. Er kann einfach nicht mehr so wie früher. Es macht mir nichts aus, viele Dinge zu übernehmen, aber in der Firma nutzen viele Mitarbeiter die Situation richtig aus. Der Chef ist in ihren Augen einfach Karl und wenn der öfter ausfällt, dann denken die Angestellten gleich, dass sie machen könnten, was sie wollten. Der eine macht früher Feierabend, der andere hat Extra-Wünsche was den Urlaub angeht und die Pausen werden immer länger. Und ich darf das dann ausbaden. Es ist natürlich unangenehm, die Truppe wieder zur Räson zu bringen."

Susanne konnte es nicht fassen. Schaffte es diese Frau auch mal, irgendwann nicht nur über sich und ihre Probleme zu reden? Existierten in Elfis Welt überhaupt andere Menschen? „Das ist bestimmt nicht leicht für dich, das glaube ich gern. Aber was ist mit Papa? Wie geht es ihm?" „Also vorgestern war Dr. Michael noch einmal da, um nach ihm zu sehen. Papa fühlte sich so schwach und elend, lag mit Fieber im Bett. Er klagte wieder einmal über Knochenschmerzen, wollte nichts essen. Dr. Michael konnte auch nichts für ihn tun, aber er meinte, dass die Krankheit jetzt wohl schneller voranschreite. Er hat Papa eine höhere Medikamenten-Dosis verschrieben."

„Gibt es denn wirklich keine Therapie mehr? Die Medizin ist doch heute schon so weit!" „Der Arzt hat zwar gemeint, dass man die chronische Leukämie ganz gut mit einer

Stammzellentransplantation in den Griff bekommen könnte. Allerdings ist Papa dafür zu alt und sein Gesundheitszustand ist zu schlecht." „Und was heißt das jetzt im Klartext? Stirbt Papa bald?" Susanne hatte Tränen in den Augen. Das entging selbst Elfi nicht und sie nahm ihre Tochter in den Arm. „Tja, Mäuschen. Das kann ich dir nicht sagen. Aber weißt du, Papa ist ein zäher Knochen. So schnell geht das mit dem Sterben nicht." Susanne wischte sich die Tränen ab. Es war ein komisches Gefühl für sie, von ihrer Mutter in den Arm genommen zu werden. Sie konnte sich nicht erinnern, wann Elfi das zum letzten Mal getan hatte. Einfühlsame Nähe zu geben, war nämlich ganz und gar nicht ihr Metier und deshalb hatte Susanne noch nie bei ihrer Mutter nach Trost gesucht. Sie machte sich aus der Umarmung los. „Komm, die anderen warten bestimmt schon auf uns. Ich will eigentlich auch nicht in der Küche stehen und heulen. Papa hat sich so auf den Besuch gefreut." Elfi nickte und nahm das Tablett mit den kleinen Pumpernickel-Häppchen, Susanne die Sektflasche.

Im Wohnzimmer legten Katrin und Alex inzwischen zusammen mit den Kindern die Geschenke unter den Weihnachtsbaum. Karl unterhielt sich auf dem Sofa mit seinem Schwiegersohn. Ein Großfamilienidyll wie aus dem Bilderbuch, dachte Susanne. Der Hausherr ließ es sich nicht nehmen, den Sekt höchstpersönlich zu entkorken und alle verfolgten mit Spannung, ob es ihm tatsächlich gelang, den festsitzenden Korken zu entfernen. Blass war ihr Vater heute und alt war er geworden. Susanne sah die kleine Schatulle mit der Zyankali-Kapsel unter dem Weihnachtsbaum liegen. Schöne Bescherung! „Ich freue mich, dass ihr alle da seid! Weihnachten im Kreise der Familie ist doch einfach das Schönste!" Karl schien guter Laune zu sein und den Lesben-Schock mittlerweile verdaut zu haben. „Ein herzliches Willkommen auch an Susannes Freundin, die dieses Jahr zu Besuch ist. Zum Wohl!" Ihr Vater hatte da wohl etwas nicht ganz verstanden. Alex war kein spontaner Besuch, dem es an einer eigenen Familie mangelte und der froh war, Weihnachtsasyl im Hause Merz zu bekommen. Alex gehörte zu ihr, dachte Susanne. Sie sah zu ihrer Freundin hinüber, die ihr durch ein Kopfnicken signalisierte, dass alles in Ordnung sei und sie großzügig über die Bemerkung hinwegsehen solle. „Zum Wohl!" Karl erhob sein Glas.

Das also war Susannes Familie. Alex hatte Susannes Zögern, sie ihren Eltern vorzustellen, immer akzeptiert. Sie wusste, dass das der schwerste Schritt überhaupt war. Schließlich hatten die eigenen Eltern ein ganz bestimmtes Bild von ihren Kindern. Auch wenn dieses nicht der Wirklichkeit entsprach, hatte es doch realitätsstiftende Kraft. Die Kinder waren so, wie die Eltern sie sahen. Viele wurden auch zu dem, was die Eltern in ihnen sahen. Der eigene Weg kostete Zeit, das wusste Alex nur zu gut. Zum Glück konnte sie sich ihren Eltern früh anvertrauen.

Anschi und Gerd lebten getreu dem Hippie-Motto *„Make love not war"* und so nahmen sie die Lebensgefährtin ihrer Tochter mit offenen Armen in ihrer Kiez-Kommune auf. Ihre Eltern lebten in einer komplett anderen Welt, das wurde Alex im Hause Merz einmal mehr bewusst. Wie konnte man sich nur eine Schrankwand aus Eiche ins Wohnzimmer stellen? Aber irgendwie waren sich Susannes Eltern auch treu. Schrankwand im Wohnzimmer und Vorurteils-Schubladen im Kopf! Das passte doch wunderbar zusammen! Alex war nicht entgangen, dass Susannes Vater sie immer wieder musterte, wenn er sich unbeobachtet fühlte. Eine junge erfolgreiche Frau, die so gar nichts Weibchenhaftes an sich hatte und die ihm als Lebensgefährtin seiner Tochter präsentiert wurde, passte nicht in sein Weltbild. Sein Entsetzen nahm Alex ihm nicht übel. Karl Merz hatte nicht mehr viel Zeit, das konnte man sehen. Und was ihm noch vom Leben blieb, sollte er so verbringen, dass es ihm Seelenfrieden gab. Und wenn dazu gehörte, dass er in Alex nur eine spontane Begleitung seiner Tochter sah, würde Alex die Letzte sein, die ihm das ausreden würde.

„Und jetzt haben Marie und Lukas noch etwas ganz Besonderes für uns vorbereitet, nicht wahr? Setzt euch mal alle hin." Elfi Merz ignorierte den verärgerten Blick von Katrin einfach und nahm auf dem Sofa Platz. Immer musste es nach der Pfeife ihrer Mutter gehen! Konnte sie nicht einmal ihren Wunsch respektieren? Katrin verkniff sich einen bissigen Kommentar, sie wollte vor ihrem Vater und den Kindern keine Auseinandersetzung provozieren. Karl war ein passionierter Opa, der sofort einen Notenständer für Lukas improvisierte und Marie den Hocker für die Heimorgel richtig einstellte. Susanne setzte sich zu Alex aufs Sofa und flüsterte ihr ins Ohr. „Alles ok bei dir? Ist es sehr schlimm?" „Maus, mach dich mal ganz locker. Mir geht's gut."

Karls Augen leuchteten, Familie war sein Lebenselixier. Er war zwar immer noch schwach, aber er strahlte eine innere Ruhe und Zufriedenheit aus, als er der Darbietung von „Oh Tannenbaum", „Es ist ein Ros' entsprungen" und „Stille Nacht" lauschte. Nur zwei kleine Hänger sorgten zwischendrin für ein Luftanhalten bei Katrin, aber ihre Kinder brachten das Ständchen gut hinter sich. Mit roten Backen und glühenden Ohren verbeugten sich Marie und ihr kleiner Bruder vor ihrem Publikum. „Das habt ihr ganz wunderbar gemacht, ihr beiden. Wenn ich euch in meiner Nähe habe, dann geht es mir gleich viel besser. Ihr seid meine beste Medizin!" Karl war aufgestanden und drückte seine Enkel an sich. Denen war so viel Aufhebens um ihre Person ein wenig unangenehm. Marie und Lukas waren froh, sich bis zur Bescherung wieder zum Spielen zurückziehen zu dürfen. „Heute geht es mir gut, heute seid ihr da. Da brauche ich keine Pillen." Das war Susannes Stichwort. Sie holte das kleine Schächtelchen unter dem Weihnachtsbaum hervor und stellte es auf den

Tisch. „Das wolltest du zurückhaben." Karl nahm die Schatulle in die Hand und schaute fragend zu Katrin und seiner Frau. „Habt ihr eure auch dabei?" „Unsere steht doch oben im Badezimmerschrank. Oberstes Fach ganz hinten. Ich habe sie jedenfalls nicht rausgenommen." Elfi wollte das Thema so schnell wie möglich abhaken. Für Katrin gab es jetzt kein Drumherum mehr, sie musste gestehen. „Ich habe die Gift-Kapsel nicht mehr, Papa." „Katrin, damit macht man keine Scherze, ich will das Ding ja nicht gleich schlucken. Du kannst sie mir ruhig geben." Karl Merz wusste, dass er seinen Frauen eine schwere Bürde zu tragen gab. Es hatte ihn einige Überredungskünste gekostet, seine Töchter überhaupt so weit zu bekommen, ihm das Gift zu besorgen. „Ich habe sie wirklich nicht mehr, das war kein Scherz." Plötzlich schien alle Zuversicht aus Karl gewichen zu sein und er lehnte sich mit einem Seufzer zurück in die Polster. Er hatte nicht die Kraft, um wütend zu werden und so fragte er nur leise: „Was hast du mit dem Ding gemacht?"

Katrin hätte es ihrem Vater lieber unter vier Augen erklärt, aber die Situation war nun einmal wie sie war. Alle schauten sie gespannt an. Die junge Frau räusperte sich. „Als du mir die Kapsel zur Aufbewahrung gegeben hast, habe ich sie bei uns im Kleiderschrank eingeschlossen. Jeden Morgen, wenn ich mir meine Garderobe für den Tag rausgesucht habe, habe ich das kleine Kästchen gesehen. Anfangs konnte ich es ignorieren. Als es dir immer schlechter ging im letzten Sommer, fürchtete ich, dass du mich vielleicht bald bitten könntest, dir das Gift zu geben. Als ihr dann die Kreuzfahrt unternommen habt, wurde es ganz schlimm. Du hättest dich mal sehen sollen, Papa. Es sah wirklich so aus, als ob das dein letzter Urlaub sein würde. Ich war fest davon überzeugt, dass du nach deiner Rückkehr Schluss machen willst." „Wie ihr alle seht, bin ich noch da. Ich bin ziemlich lebendig und habe nicht vor, so bald abzutreten."

Da war sie schon wieder, diese schwächliche Empfindsamkeit, die Elfi Merz so überhaupt nicht ausstehen konnte. Nicht einmal eine Pillendose konnte man ihrer Tochter zur Aufbewahrung geben! „Was ist denn jetzt mit der Gift-Kapsel passiert, Schätzchen?" Elfi sah ihre Tochter ungeduldig an. Diese hatte das Gefühl, sich vor einem strengen Tribunal verteidigen zu müssen. „Ich finde die Idee vom selbstbestimmten Sterben grundsätzlich gut. Wenn jemand unheilbar krank ist und leidet, dann sollte er auch gehen dürfen. Niemand sollte gezwungen sein, Schmerzen zu haben. Allerdings hat mir der Gedanke, dass ich vielleicht für Papas Tod verantwortlich sein könnte, dann doch keine Ruhe gelassen. Ich musste mir einfach Klarheit verschaffen, ob ich die Gift-Kapsel oder ein Placebo hatte. Als ich während eures Urlaubs das Haus gehütet habe, habe ich Pluto die Kapsel in den Fressnapf getan. Ich konnte vor Sorgen keinen klaren Gedanken mehr fassen. Im Ernstfall wäre dieser Abgang für ihn sicher eine Erlösung gewesen. Er ist schließlich auch nicht mehr der Fitteste." Elfi schrie empört auf: „Du wolltest meinen Pluto vergiften?" Sie beugte sich zu dem Hund herunter, der sich über Karls Füße gelegt hatte und eingeschlafen war. Die Liebkosungen von seinem Frauchen waren ihm gerade überhaupt nicht willkommen und er knurrte unwillig. „Armes Hundi, wollte dich die böse Katrin einfach in den Hundehimmel schicken. Hasemausebärchen, bist doch Mamas Bester!" Auch hier bewies Elfi wieder einmal, dass Sensibilität nicht zu ihren Stärken gehörte. Pluto konnte sich nicht anders wehren, als mit hängendem Kopf seinen Lieblingsplatz zu verlassen und ins Esszimmer zu trotten, um sich dort unter der Heizung zusammenzurollen.

Karl versuchte, seine Frau zu beschwichtigen: „Es ist doch alles in Ordnung, Elfi. Der Hund lebt doch noch." Er wollte das Thema so schnell wie möglich wechseln, schließlich war Weihnachten, vielleicht war es sein letztes. Er stand auf und stellte die Pillendose oben in die Schrankwand neben den Nippes, den Elfi dekorativ verteilt hatte. „So, jetzt könnten wir doch eigentlich mit der Bescherung beginnen. Es wird schon langsam dämmrig. Soll ich die Kinder rufen?" „Einen Augenblick noch, Papa. Setz dich nochmal zu uns, ich muss dir auch noch was sagen." Karl hatte eigentlich keine Lust mehr auf weitere Überraschungen, er wollte jetzt die glänzenden Augen seiner Enkel beim Geschenkeauspacken sehen, sich am Kerzenschein des Tannenbaums erfreuen und den Abend am großen Esstisch mit seiner Familie verbringen.

Susanne rutschte nervös auf ihrem Platz hin und her und hatte ebenso rote Backen bekommen wie Marie und Lukas vorhin beim Vorspiel. „Na, das scheint der Tag der Geständnisse zu werden", versuchte Karl einen Scherz, um sich selbst Mut zuzusprechen. Auf der anderen Seite, was könnte ihn heute noch überraschen, dachte er. Die Nachrichten konnten nur besser werden!

Susanne sah in die Familienrunde. „Was wir euch noch sagen wollten, ist, dass Alex und ich im Frühjahr heiraten werden." Stille. Es war so ruhig, dass man sogar hier Plutos Schnarchen hören konnte. Susanne suchte Alex' Hand. Warum sagte denn niemand etwas? „Da ist noch etwas. Ich weiß, das ist sicher überraschend für euch, aber ihr werdet noch einmal Großeltern. Ich bin schwanger und im Juni kommt unser Baby zur Welt." Karl rang nach Luft und fasste sich ans Herz.

11

Das *Venezia* war rappelvoll. Jeder Tisch war besetzt und Georg Haller blieb erst einmal in der Tür stehen, um sich zu orientieren. Montags hatten alle anderen Wirtshäuser in Bärlingen Ruhetag, nur Adrianos Pizzeria war geöffnet. Sie war die inoffizielle Kantine all derer, die in der Innenstadt arbeiteten und keine Lust auf ein Butterbrot aus der Vesperdose hatten.

Das *Venezia* gab es schon so lange sich der Hauptkommissar erinnern konnte und Adriano hatte sich in all den Jahren kaum verändert. Die Haare waren zwar deutlich weniger geworden, aber der kleine Italiener wuselte immer noch jeden Tag geschäftig durch seinen Laden und bediente nach wie vor selbst. Er schleppte gleich mehrere der großen Pizzateller auf einmal zwischen den Tischen hin und her. Adriano war ein echter Superschwabe, ein sizilianischer Superschwabe. In seiner Brust wohnten nämlich zwei Seelen, die sizilianische und die schwäbische und nicht selten gerieten beide miteinander in Konflikt. Für seine Gäste hielt Adriano sein süditalienisches Erbe ein wenig im Zaum. In Bärlingen legte man großen Wert darauf, dass es ordentlich aussah im Lokal, dass alles sauber war und dass die Portionen groß und günstig waren. Nur in der Küche konnte der Chef Dampf ablassen, wenn es in der Gaststube mal wieder zu schwäbisch zuging. Er schimpfte dann im Dialekt seiner Heimatstadt und warf dem Koch zum Teil wüste Beschimpfungen an den Kopf, weil er der Meinung war, dass nur er wüsste, wie die Spezialitäten seiner Heimat zuzubereiten waren. Der Koch, ein Italiener vom Festland, war zwar der Dialekt-Salve des Chefs nicht gewachsen, stand diesem in Sachen Temperament aber in nichts nach. Als Rache klapperte er dann im Gegenzug lauter als nötig mit seinen Töpfen und hin und wieder ging auch mal ein Teller zu Bruch. Sobald Adriano jedoch die Küche verließ, war er wie ausgewechselt. Jetzt war er wieder der gut gelaunte Wirt, der für jeden ein freundliches „Ciao" auf den Lippen hatte, ganz gleich, wie sehr es gerade in der Küche gekracht hatte.

Endlich hatte Georg Haller seine Kollegin entdeckt. Er hatte sich ein bisschen verspätet und sie hatte zum Glück schon einen Tisch besetzt. Lisa-Marie Töpfer saß direkt am Fenster und studierte gerade die Speisekarte. Der Hauptkommissar blieb noch ein wenig an seinem Platz stehen, um die junge Frau zu betrachten. Die hatte ihn schon ganz schön Nerven gekostet. Eigentlich war sie gar nicht der Typ Frau, mit dem er sich verabreden würde. Aber heute hatte er sie dennoch gefragt, ob sie zusammen Mittagessen würden. Ihm gefiel die Vorstellung, dass alle hier sehen konnten, mit was für einer attraktiven Frau er verabredet war. Lisa-Marie hatte eine sportliche Figur und lange blonde Haare, ihr Pony war ganz gerade geschnitten und reichte ihr bis zu den Augen. Wenn sie lachte, konnte man sehen, dass sie ganz ebenmäßige Zähne hatte.

Die Polizeiobermeisterin schaute auf und winkte ihrem Kollegen zu, um auf sich aufmerksam zu machen. Georg Haller tat, als ob er sie erst jetzt entdeckt hätte und kam an ihren Tisch. „Tut mir leid, ich bin ein bisschen zu spät. Ich wurde noch aufgehalten. Ich hoffe, Sie haben nicht zu lange warten müssen." Georg Haller nahm seiner Kollegin gegenüber auf dem rustikalen Korbstuhl Platz. „Eigentlich bin ich es nicht gewohnt, dass mich Männer warten lassen. Aber bei Ihnen mache ich eine Ausnahme. Immerhin haben Sie sich auch richtig fein gemacht für unser Treffen." Die junge Frau schnupperte in seine Richtung. „Mmhh, Kölnisch Wasser. Zugegeben, das ist mal was anderes." Seine Duftwolke hatte der Hauptkommissar völlig vergessen. Er selbst hatte sich schon an den Geruch gewöhnt. Diese Oma mit ihrem Handtäschchen! Er musste schon ein seltsames Bild abgeben. Papas altes Hemd war heutzutage vielleicht schon wieder modern, aber Georg bezweifelte, dass Eau de Cologne jemals als Herrenduft in Mode kam. Lisa-Marie betrachtete ihren Kollegen mit einem verschmitzten Lächeln. Das war schon ein komischer Typ. Aber der hatte was. Der Schorsch war nicht so ein 08/15-Kerl, der war anders, interessant.

Die junge Frau merkte, dass ihr Tempo für den Kollegen ein wenig zu forsch war und bremste sich. „Und was gibt's bei Ihnen Neues, Chef?" Georg Haller war ihr in den letzten Wochen immer sympathischer geworden und sie wollte ihn nicht verärgern. Instinktiv wusste sie, dass dieser Mann sich nicht in die Riege ihrer schnellen Eroberungen einreihen lassen würde. Mit dem Hauptkommissar musste man es ernst meinen, wenn man sein Vertrauen gewinnen wollte. Lisa-Marie Töpfer war sich zwar nicht sicher, wohin sie ihr gemeinsamer Weg führen würde, aber sie hatte sich sehr gefreut, als ihr Kollege sie heute morgen gefragt hatte, ob sie zusammen zum Mittagessen gehen wollen. Bislang war Georg Haller immer ein wenig reserviert gewesen im Umgang mit ihr. Dass er mit der Toten vor dem Friseurgeschäft jetzt vor einer in Bärlingen noch nie da gewesenen beruflichen Herausforderung stand, schien den Hauptkommissar auch im zwischenmenschlichen Bereich zu beleben.

„Viel Neues kann ich Ihnen nicht berichten. Dass die Tote im Auto die Chefin des Autohauses Merz ist, wissen Sie bereits. Meine Befragung im Salon König hat uns leider nicht weitergebracht. Später kam noch eine Frau im Büro vorbei, die ganz aufgeregt erzählt hat, dass sie sich gestern Abend vor dem Salon noch mit ihrem Mann gestritten habe. Viel heiße Luft, aber keine brauchbaren Hinweise."

Adriano kam an den Tisch der Polizisten, um die Bestellung aufzunehmen. Georg Haller hatte noch keinen Blick in die Karte geworfen, aber er nahm sowieso immer das Tagesessen, das war günstiger als à la carte zu wählen. „Ich nehme einen gemischten Salat ohne Dressing." Lisa-Marie Töpfer reichte dem Wirt die Speisekarte zurück. „*Signorina*, vielleicht noch eine kleine Pizza dazu?" „Danke nein, ein Salat reicht mir." „Komme Sie, ich bine bekannt für die beste Pizze nördlich von die Alpe. Mit ihre Figur könne Sie sich alles von die Speisekarte erlaube." Der kleine Italiener ließ nicht locker. Georg Haller wollte eigentlich gern über den Fall und das weitere Vorgehen sprechen und hatte wenig Lust, sich das Süßholzgeraspel des Wirts anzuhören. Er fand diese Schmeicheleien peinlich, aber ganz offensichtlich gehörten sie zum Handwerk dazu. Vielleicht war es Teil der Ausbildung zum professionellen Pizza-Bäcker, zu lernen, wie man umsatzsteigernde Komplimente gezielt einsetzte.

Lisa-Marie Töpfer lachte den Wirt an. Freute die sich tatsächlich über so eine Schleimerei? Oder wollte sie den Macho vom Dienst nur nicht bloßstellen? Waren alle Frauen so? Wenn Adriano Felice mit dieser Nummer schon öfter Schiffbruch erlitten hätte, dann hätte sich der geschäftstüchtige Italo-Schwabe diese Masche doch ganz schnell abgewöhnt. Vielleicht standen die Frauen tatsächlich auf diese Art von Komplimenten. Eigentlich müssten sie doch wissen, dass die nächste Kundin genau das Gleiche zu hören bekommt von wegen sie könne sich doch eine dicke Pizza erlauben, bei ihrer Figur. Ganz egal, ob sie sich ihre Garderobe in der Übergrößen-Abteilung kaufte. Soviel zum Thema Glaubwürdigkeit, dachte der Hauptkommissar. Am liebsten hätte Georg Haller den obligatorischen Schnaps, den der Wirt immer nach dem Essen ausgab, bereits vor dem Essen bestellt. Zum Glück ließ Adriano seine Kollegin jetzt in Ruhe und kümmerte sich um ihre Bestellung.

„Ganz schön hartnäckig, der Bursche." Die Polizeiobermeisterin pustete von unten gegen ihren Pony, dass die Haare hochwirbelten. „Darf ich Sie mal etwas Persönliches fragen,

Frau Töpfer?" Lisa-Marie nickte. Taute ihr Kollege in dieser Umgebung etwa auf? Sie war gespannt. „Über welches Kompliment freut sich eine Frau wirklich? Ich meine, das eben war doch eine Lachnummer, oder?" „Stimmt, aber so eine Floskel tut doch keinem weh. Ein bisschen komisch finde ich es allerdings schon, wenn ältere Männer mir so kommen, zumal, wenn sie auch noch einen Kopf kleiner sind als ich. Vielleicht hat er's nötig." Lisa-Marie hatte die Stimme gesenkt und war Georg Haller über dem Tisch näher gekommen. „Komplimente müssen auch nicht immer ausgesprochen werden." Verwirrt wandte der Hauptkommissar den Blick ab. Adriano erlöste ihn aus seiner Befangenheit. Er brachte die Getränke und klebte mit seinen Augen förmlich an der jungen Frau fest. Nur mit einem resoluten „Danke!" konnte Georg Haller verhindern, dass der Schwerenöter seine Kollegin weiter anstarrte.

Lisa-Marie griff nach ihrem Glas: „Ich habe mich zum Beispiel gefreut, dass Sie mich heute gefragt haben, ob wir zusammen was essen gehen." Sie lächelte ihn offen an. „Jetzt arbeiten wir immerhin schon etwas mehr als sechs Monate zusammen und da wollte ich Sie fragen, ob wir uns nicht auch duzen wollen. Ich bin die Lisa-Marie." Sie sah ihn erwartungsvoll an und hielt ihm ihr Glas entgegen. Georg Haller war eigentlich kein Mann der schnellen Verbrüderungen und das „Sie" war ihm als Selbstschutz eigentlich ganz lieb. Wo sollten diese lockeren Sitten denn noch hinführen? Trotz aller innerer Widerstände nahm der Hauptkommissar aber sein Glas und sie stießen an. „Georg." „Ich weiß." Die junge Frau stand auf und beugte sich über den Tisch und drückte ihrem verblüfften Kollegen einen Kuss auf die Lippen. Dieser brachte vor Überraschung nur ein gestottertes „ähm, ja, gut" hervor. Lisa-Marie lachte jetzt richtig herzhaft. „Georg, das gehört dazu. Das macht man so. Wirklich."

Was war das denn gerade? Zweifellos waren sie jetzt in einer neuen Dimension angekommen. Eben war die Welt doch noch in Ordnung und Georg kannte sich aus. Jetzt saß ihm gegenüber eine Frau, die ihn geküsst hatte. Georg konnte keinen klaren Gedanken mehr fassen. Er konnte sich nicht erinnern, wann er das letzte Mal geküsst worden war. Ihm war fast ein wenig schwindelig geworden und er wusste nicht, wie er sich jetzt verhalten sollte. Lisa-Marie Töpfers Welt war nicht im Mindesten durcheinander geraten. Zum Glück war Adriano sehr geschäftstüchtig und brachte bereits das Essen. Ausnahmsweise war Georg ziemlich erleichtert, den Pizzeria-Wirt zu sehen. „*Prego Signorina*, einmal *insalata mista* ohne Dressing. Und für den Herrn *Canelloni al forno. Buon appetito!*"

„Adriano!" Der Angesprochene setzte den Teller vor dem Hauptkommissar ab und drehte sich um. Ein überaus gutaussehender Mann um die dreißig kam ihm entgegen und ließ sich von dem kleinen Wirt umarmen. Scheinen zwei alte Bekannte zu sein, dachte sich Georg noch, bevor er sich seinen Nudeln zuwandte. Lisa-Marie hatte nichts von der Befangenheit ihres Kollegen bemerkt. Sie nahm im Plauderton den Faden wieder auf. „Also von dem da", sie wies mit dem Kopf in Richtung Bar, an die sich der Fremde gesetzt hatte, „würde ich mir auch gern mal ein paar Komplimente machen lassen. Da wäre es mir auch ganz egal, wenn es nur windige Sprüche wären." Da war es wieder, das kleine Polizei-Küken, das noch nicht ganz trocken war hinter den Ohren, dachte Georg. Er konnte den Mann nur von hinten sehen, aber auch das reichte ihm, um zu erkennen, dass dieser optisch in einer ganz anderen Liga spielte als er selbst. Gut angezogen, dezenter Chic. Schlanke, sportlich-elegante Erscheinung, dunkle halblange Locken. Georg schluckte und kam sich in seinem Outfit mehr als deplatziert vor. Zum Glück konnten sie sich jetzt aufs Essen konzentrieren und schließlich hatten sie auch immer noch einen Todesfall, den sie zu klären hatten.

„Ich hätte die Akte Merz gern noch im alten Jahr geschlossen. Vielleicht können wir der Gerichtsmedizin ein wenig Feuer unterm Hintern machen, damit wir die Ergebnisse möglichst schnell bekommen. Die Untersuchungsergebnisse des Wagens liegen sicher auch bald vor. Solange konzentrieren wir uns auf die Zeugenaussagen. Was konntest du in Erfahrung bringen?" „Also, die Tote scheint nicht sonderlich beliebt gewesen zu sein. Bei der Hausbefragung waren sich die Anwohner eigentlich alle einig, dass Frau Merz eine arrogante Schnepfe gewesen sei." Der Hauptkommissar schaute seine Kollegin missbilligend an. „Das war ein Zitat, Chef. Eine der Frauen, mit der ich gesprochen habe, hat gesagt, dass es sicher viele Leute in Bärlingen gäbe, die froh seien, dass es sich bei der Toten um die Autohaus-Besitzerin handle." „Irgendeine konkrete Spur?" „Eine der Töchter von Frau Merz meinte, dass sich ihre Mutter noch mit ihrer verflossenen großen Liebe treffen wollte. Die beiden hätten nach Jahrzehnten den Kontakt wieder aufgenommen. Keine Ahnung, ob das eine heiße Spur ist." „Das ist nicht zufällig der Mann, mit dem Frau Merz als junge Frau eine Affäre hatte? Ich habe heute Morgen nämlich erfahren, dass die Tote in ihrer Jugend ein Techtelmechtel hatte, obwohl sie frisch verheiratet war." „Gut möglich. Peter Fuchs soll der Mann heißen, mit dem sie sich treffen wollte." „Ich schaue heute Nachmittag mal, was ich über diesen Peter Fuchs in Erfahrung bringen kann. Jetzt muss ich geschwind um die Ecke, bin gleich wieder da."

Georg Haller fühlte sich ein wenig unwohl, er hatte seine Nudeln vor lauter Aufregung viel zu schnell gegessen. Der gutaussehende Fremde hatte sich nur ein kleines *Panino* und einen Espresso bestellt. Dem würde nach seiner Mahlzeit nicht so verdammt der Ranzen spannen, dachte der Hauptkommissar. Nachdem er sich erleichtert hatte, wartete er an der Bar neben dem Schönling darauf, dass Adriano vorbeikam. Verstohlen musterte er den Fremden. Vielleicht sollte er sich doch etwas mehr um seine Garderobe kümmern. Kleider machten einfach Leute, dachte sich Georg Haller und hätte das Hemd seines Vaters liebend gern sofort gegen das Outfit seines Sitznachbarn getauscht. Der Wirt brachte schwer beladen einige Teller in die Küche und kam dann zurück an die Bar. „Ich hätte gern die Rechnung." Adriano Felice versprach, gleich an den Tisch zu kommen und wandte sich seinem Besucher zu, mit dem er sich auf Italienisch unterhielt. Der hatte ihn wohl nach einem Friseur gefragt, denn er fuhr sich mit den Fingern durch die langen Locken und von Adrianos Antwort konnte der Hauptkommissar nur „Salon König" verstehen. Der Wirt nickte mit dem Kopf in die Richtung, in der das Friseurgeschäft lag und schob seinem Bekannten einen gefütterten Briefumschlag über den Tresen. Der Fremde steckte den Umschlag ein und verabschiedete sich. Georg Haller war ganz in Gedanken stehen geblieben und hatte die Szene beobachtet.

Als der Hauptkommissar zurück zu seinem Tisch ging, sah er durch die Scheibe, dass der fremde Italiener in eine dunkle Luxus-Limousine stieg und in Richtung Salon König davonfuhr. Typisch Italiener, dachte der Polizist bei sich. Einen auf dicke Hose machen mit Nobelschlitten und Designer-Klamotten, aber das ganze Land korrupt und in der Krise! Und fünfzig Meter zu Fuß gehen, das war wohl zu viel für den feinen Herrn! Der Kommissar hätte zu gern gewusst, was Adriano seinem Freund wohl in dem Briefumschlag ausgehändigt hatte. Geld für den Friseur wird es wohl kaum gewesen sein, dachte Georg Haller.

Lisa-Marie Töpfer riss ihn aus seinen Gedanken. „Ich habe gerade mal bei der Gerichtsmedizin angerufen. Der Kollege war wirklich nett. Der Basti will sich ranhalten, damit wir die Ergebnisse vielleicht noch heute Abend bekommen. Ist doch super!" „Der Basti, so, so. Und bringt er dir die Ergebnisse dann gleich persönlich vorbei, der Basti?" „Sehr witzig. Sei doch einfach froh, dass es vorangeht, du alter Nörgelheini!" Seine Kollegin hatte Recht, sie machte ihre Arbeit gut und dass er sich nach diesem Mittagessen vielleicht Hoffnungen auf mehr machte und eifersüchtig war, das war schließlich sein Problem. In Sachen Frauen war Georg Haller einfach ziemlich aus der Übung. „Tut mir leid, Lisa-Marie. Ich bin froh, dass du das Telefonat mit den Kollegen von der Gerichtsmedizin übernommen hast. Wenn ich angerufen hätte, dann kämen die Ergebnisse bestimmt drei Tage später."

Adriano kam mit zwei Schnäpsen und der Rechnung an den Tisch. „Ich hoffe, es hate Ihnen gesmeckt?" „Ja, danke. Auf die Schnäpse müssen wir aber leider verzichten, wir sind im Dienst." So schnell war die Illusion eines Dates verflogen und Georg Haller wieder auf dem harten Boden der Realität angekommen. „Danke, war schon recht. Ich zahle." Der Hauptkommissar beglich die Rechnung und gab ausnahmsweise ein Trinkgeld. Nicht, dass er den Service des Hauses heute besonders honorieren wollte, es war vielmehr seine ganz persönliche kleine Rache für die Aufdringlichkeit des Wirts. Er wollte ihn spüren lassen, dass er nur der Dienstleister war. „Stimmt so." „*Gracie* und ich wünsche noch eine wunderschöne Tag für eine bezaubernde *Signorina*." Die Polizeiobermeisterin war aufgestanden und überragte den Wirt tatsächlich um fast einen Kopf. Das kümmerte den alten Don Juan aber nicht und er verabschiedete sie mit einem Handkuss. „Jetzt müssen wir aber wirklich." Georg Haller wurde ungeduldig und führte seine junge Kollegin durch das Lokal, das sich mittlerweile auch schon deutlich geleert hatte in Richtung Tür. „Danke", flüsterte sie ihm zu, „der Wirt zieht ja alle Register."

Georg Haller ärgerte sich über den *Venezia*-Wirt, so ein alter Schwerenöter! Aber die Küche war ausgezeichnet. Und wenn es das *Venezia* nicht gäbe, wäre der Hauptkommissar nach dem Auszug seiner Mutter kulinarisch wahrscheinlich vollkommen verwahrlost. Trotzdem blieb nach einem Besuch bei Adriano immer ein komischer Nachgeschmack. Irgendwie hatte Georg Haller das Gefühl, dass der Pizza-Bäcker in krumme Geschäfte verwickelt war. Beweise hatte er keine, aber er war sich sicher, dass irgendetwas mit diesem Adriano Felice nicht stimmte. Leider reichte sein Gefühl als Grundlage für eine Ermittlung nicht aus. Georg Haller musste vorsichtig sein. Der schwäbische Italiener hatte viele einflussreiche Freunde in Bärlingen, mit denen nicht zu spaßen war. Adriano war eine Person des öffentlichen Lebens und stand bei allen offiziellen Veranstaltungen auf der Gästeliste. Dort trat er gern mit großer Geste auf und seine Frau stand ihm in dieser Hinsicht in nichts nach. Wohin die Felices kamen, da wuchs kein Gras mehr. Ihren neureichen Wohlstand präsentierten sie mit einer aufdringlichen Geschmacklosigkeit. Autos, Pelze und Schmuck, sie zeigten gern, was sie hatten. Georg Haller würde den *Venezia*-Besitzer genau beobachten, das schwor er sich heute einmal mehr. Und dann dieser Fremde an der Bar. Das war doch ein Mafioso wie aus dem Bilderbuch! Georg Haller rief sich selbst zur Räson. Eigentlich war er für Hirngespinste überhaupt nicht empfänglich und hielt sich streng an die nüchternen Fakten. Deshalb waren ihm seine Gedanken auch schon fast ein wenig peinlich. Der Hauptkommissar war froh, dass er hinter seinem Schreibtisch vor weiteren Anfeindungen solcher Art sicher sein würde.

Draußen vor der Tür des Restaurants empfing die beiden Kollegen ein kalter Dezember-Wind. Lisa-Marie Töpfer hakte sich bei Georg Haller unter. „War doch ganz nett, mit uns beiden, oder? Sag mal, wann stellst du mich denn jetzt deiner Mutter vor?" Der Hauptkommissar war noch ganz in Gedanken, dass er nicht merkte, dass seine Kollegin versuchte, ihn erneut aus der Reserve zu locken. „Immer schön langsam. Ein Schritt nach dem anderen. Weißt du, meiner Mutter stelle ich nämlich nur die Frau vor, die mal ihre Schwiegertochter wird." Seine Kollegin machte ein gespielt enttäuschtes Gesicht. Und da merkte Georg, dass seine Antwort auf der Skala der Schlagfertigkeit knapp über eingeschlafenen Füßen rangierte. Lisa-Marie war er einfach nicht gewachsen, die hatte immer einen flotten Spruch auf den Lippen. Das gehörte nicht zu Georg Hallers Stärken. Er fühlte sich auch ein wenig gehemmt, weil er merkte, dass Lisa-Marie ihm immer besser gefiel.

Er wollte ihr beweisen, dass er auch Humor hatte und setzte zu einem zweiten Versuch an. „Vor dem Termin bei den Eltern kommt doch immer noch die Sache mit dem Knutschen und dem Fummeln. Oder hat sich seit meiner Jugend an diesem Ablauf was geändert?" Na also, ging doch. Diese Antwort hatte gesessen. Jetzt war Lisa-Marie Töpfer sprachlos, aber sie hatte noch einen Trumpf im Ärmel. Sie zog ihren völlig überraschten Kollegen zu sich herunter und küsste ihn direkt vor dem *Venezia* auf den Mund. „So, das hätten wir dann auch erledigt. Jetzt auf zu deiner Mama!"

12

"Also, ich freue mich! Endlich werde ich Tante. Herzlichen Glückwunsch, ihr beiden!" Katrin war aufgestanden und ging zu ihrer Schwester, die immer noch in angespannter Erwartung auf dem Sofa saß, um zu sehen, wie ihre Neuigkeiten aufgenommen wurden. Endlich sagte jemand etwas! Das Schweigen war für Susanne schon fast unerträglich geworden. Außerdem hatte ihr Vater allen einen Riesenschreck eingejagt. Jetzt hatte er durchgeatmet und saß blass und schweigsam in seinem Sessel. Katrin umarmte ihre Schwester und flüsterte ihr ins Ohr „du wirst bestimmt eine tolle Mutter." Erleichtert nahm diese die Gratulation ihrer Schwester entgegen.

Alex war ebenfalls aufgestanden, schließlich war es auch ihr Kind, gefühlt jedenfalls. Es konnte zwar nur eine von ihnen beiden das Kind austragen, aber bei der Zeugung hatte Alex eine ebenso wichtige Rolle gespielt und fühlte sich deshalb genauso als Mutter des Kindes wie Susanne. Sie erinnerte sich noch gut an den Abend, als es passierte. Ihre Freunde Kai und Stefan wussten von ihrem Kinderwunsch und hatten sich bereit erklärt, den Frauen zu helfen. Susanne und sie hatten ein raffiniertes Mehrgänge-Menü gezaubert und das befreundete schwule Pärchen eingeladen. Die Situation war zwar ein wenig seltsam, aber sie hatten viel Spaß an diesem Abend. Nach dem Essen zogen sich beide Paare in die stimmungsvoll beleuchteten Schlafzimmer zurück. Als Alex eine halbe Stunde später im Bad nachsah, konnte sie die beiden kleinen Becher mitnehmen, deren Inhalt in die dafür vorgesehenen Kanülen ziehen und ihrem Schatz ein Kind machen. Sie hatten verabredet, dass Kai und Stefan keine Fragen und Ansprüche stellen würden. Als gute Freunde gehörten sie sowieso fast zur Familie. Falls das Kind später den

Wunsch verspüren sollte, seinen leiblichen Vater kennenzulernen, dann wären beide Männer bereit, sich einem Vaterschaftstest zu unterziehen. Die beiden Väter freuten sich mit Susanne und Alex auf den Nachwuchs.

Katrin hatte sich von ihrer Schwester gelöst und wollte jetzt auch Alex gratulieren. Sie war ein wenig unsicher, ob eine Umarmung ebenfalls angebracht war, doch Alex nahm ihr diese Befangenheit. „Ja, die Tante darf die Frau Papa auch drücken." „Alex, ich hoffe, du weißt, was du dir da mit meiner Schwester angetan hast. Zur Not kannst du mit Frank eine Selbsthilfegruppe gründen, wir stehen im Telefonbuch." Bevor sich die allgemeine Anspannung jedoch in Heiterkeit auflösen konnte, polterte Karl Merz in die Runde: „Ein Kind von zwei Frauen? Und dann noch eine Hochzeit? Prost Mahlzeit, das ist ja eine schöne Bescherung!" Der Patriarch hatte ganz offensichtlich die Sprache wiedergefunden und hoffte noch, er habe sich verhört. Das konnte doch wohl nicht wahr sein!

Auch seine Frau hatte ihre Überraschung noch nicht verwunden: „Wie meinst du das, du bekommst ein Kind?" „Nicht ich, Mama, wir bekommen ein Kind. Alex und ich." Susanne rückte näher an Alex heran und ließ sich die Hand um die Schulter legen. So fühlte sie sich gegen die wenig erfreute Reaktion ihrer Eltern gewappnet. „Ich verstehe gar nichts mehr, Kinder. Alex ist doch eine Frau, oder?" Elfi Merz musterte die Begleitung ihrer Tochter aufmerksam wie um sich zu vergewissern, dass sie keinem Irrtum aufgesessen war. Alex merkte, dass der Schock des Coming Out auch bei der Hausherrin tiefer saß, als diese zugegeben hatte. Schwul ging vielleicht grade noch, aber ein Kind passte da einfach nicht ins Bild. „Unser Kind hat eben zwei Mütter. An der Entstehung war allerdings schon ein Mann beteiligt, wenn es das ist, was Sie wissen wollen." Elfi wurde rot. Sie war zwar in Sachen Sex noch nie ein Kind von Traurigkeit gewesen, aber was die Brüder und Schwestern vom anderen Ufer miteinander trieben, das wollte sie gar nicht so genau wissen. „Mama, ich möchte jetzt aber eigentlich nicht über die Entstehung unseres Kindes sprechen. Ich finde, das ist unsere Sache." Susanne strich über ihren Bauch, dem man sein süßes Geheimnis noch nicht ansah.

Der Großvater in spe hatte sich den Heiligabend anders vorgestellt, als sich über Homo-Ehe und die genauen Umstände der Enkel-Zeugung zu unterhalten. „Mit wem jemand ins Bett steigt ist seine Privatangelegenheit. Da will ich mich auch gar nicht einmischen. Aber es ist nun mal so, dass Kinder Vater und Mutter brauchen. Das war schon immer so und das wird auch immer so bleiben. Das hat die Natur nicht ohne Grund so eingerichtet. Zu einer Familie gehören ein Mann, eine Frau und Kinder!" „Also wirklich, Papa, wir leben doch nicht mehr in der Steinzeit! Ich denke, die Hauptsache ist doch, dass das Kind geliebt und umsorgt wird. Und das können Susanne und Alex bestimmt genau so gut wie ein Vater und eine Mutter." Katrin wollte das Thema auch möglichst schnell beenden. Erstens sollte sich ihr Vater in seinem Zustand möglichst nicht aufregen und zweitens wurde es langsam Zeit für die Bescherung. Marie und Lukas hatten vorhin ganz zögerlich den Kopf zur Tür hereingestreckt, um die Lage zu sondieren, dann aber schnell gemerkt, dass die Frage nach dem Christkind gerade gar nicht gut ankäme. Von Frank konnte Katrin keine Hilfe erwarten, ihr Mann hielt sich immer noch an seinem Sektglas fest und beobachtete das Merz'sche Familientheater wie ein Zuschauer. Im Zweifelsfall würde er wahrscheinlich sowieso Partei für ihren Vater ergreifen. Dann war es Katrin doch lieber, wenn er schwieg.

Frank bewunderte Karl und war ihm dankbar dafür, dass er ihm in seinem Betrieb die Chance zum Aufstieg gegeben hatte. Das war schon was, vom kleinen Monteur zum stellvertretenden Geschäftsführer! Für diese Karriere und die dank des väterlichen Nachdrucks geschlossene Ehe mit Katrin durfte der Auto-Patriarch mit treuer Gefolgschaft rechnen. Karl musste diese Erwartung nie aussprechen, Frank war loyal bis weit über die Schmerzgrenze seiner Frau hinaus.

„Papperlapapp. Zwei Mütter, so ein Unfug! Früher gab's so etwas nicht. Da konnte sich jedes Kind noch glücklich schätzen, in eine intakte Familie hineingeboren zu werden. Und überhaupt, hast du mal daran gedacht, Susanne, was das für den Betrieb bedeutet? Die Leute reden doch hier in Bärlingen." Susanne war sprachlos. Mit dieser Reaktion hatte sie nicht gerechnet. Es war ihr zwar klar gewesen, dass ihr Vater nicht in Jubelgesänge ausbrechen würde, aber dass er so eine ultra-konservative Chauvi-Seite hatte, das hätte sie nicht erwartet. Sie fand es ungerecht, dass sie ihre Liebe so verteidigen musste. Jeder dahergelaufene Kerl wäre ihrem Vater wahrscheinlich lieber gewesen. Aber die Frau, die ihr alles bedeutete und mit der sie den Rest ihres Lebens verbringen wollte, die stempelte ihr Vater als Bettgespielin ab. Susanne konnte sich auch noch gut daran erinnern, welche Begeisterung im Hause Merz herrschte als Katrin jeweils verkündet hatte, dass sie schwanger war. Und Enkel Nummer drei war noch nicht einmal auf der Welt, da musste ihn seine Mutter schon mit Zähnen und Klauen verteidigen. Susanne stiegen die Tränen in die Augen, gegen so viel Ignoranz fühlte sie sich machtlos. Wie sehr hätte sie sich gewünscht, dass ihr Vater sie einfach in den Arm genommen und ihr gesagt hätte, wie stolz er auf seine Tochter sei, dass sie eine klasse Partnerin gefunden habe und er noch einmal Opa würde.

„Tut mir leid, Papa, wenn dir das nicht gefällt. Aber es ist mein Leben. Es hat lange genug gedauert, bis ich mein Glück gefunden habe. Ich liebe Alex und wir werden heiraten, ob es dir passt oder nicht. Und auf unser Kind freuen wir uns sehr. Übrigens die Großeltern aus Berlin auch." Karl Merz war anzusehen, dass ihn die ganze Geschichte sehr mitnahm. Susannes Worte verfehlten ihre Wirkung nicht. Entrüstet stand ihr Vater auf. „Du willst mich wohl ganz schnell ins Grab bringen?" Das war zu viel für Elfi. Der Hausherrin platzte der Kragen, sie sprang auf und fuhr ihrem Mann voller Verachtung über den Mund: „Ich finde es großartig, dass Susanne sich zu ihrer Liebe bekennt. So mutig war ich früher nicht. Ich komme auf alle Fälle zu eurer Hochzeit."

Alex wurde die Sache unangenehm, jetzt schien das Ganze aus dem Ruder zu laufen und sie fürchtete, dass Susannes Eltern aufeinander losgingen. Vielleicht war es aber auch ganz gut, endlich einmal reinen Tisch zu machen, dachte sie. Für ehrliche Aussprachen war das Haus Merz bislang wohl eher nicht bekannt. Alex hatte lange Verständnis dafür gehabt, dass Susanne zögerte, sie ihren Eltern vorzustellen. Als sie jedoch immer öfter von einer gemeinsamen Zukunft und irgendwann auch von Kindern und Familie sprachen, war Alex nicht mehr bereit, ein Schattendasein zu führen. Sie drängte darauf, die Familie ihrer Zukünftigen kennenzulernen und war sich sicher, dass es Susanne auch besser gehen würde, wenn sie ihren Eltern nicht mehr ständig ein Theater vorspielen musste.

„Wenn man diese Hochzeit überhaupt so nennen kann, dann findet sie auf alle Fälle ohne mich statt." Karl Merz verschränkte die Arme und demonstrierte durch eisiges Schweigen, dass dies sein letztes Wort in der Angelegenheit war. Eigentlich sollte man bei solchen Eröffnungen im Familienkreis gefragt werden wie alles anfing und danach wie sich die Verlobten die Hochzeit ausmalten, dache Susanne. Die Sturheit ihres Vaters verletzte sie sehr und sie wusste nicht, was sie ihm noch entgegnen sollte. Sie war doch immer noch seine Tochter, es hatte sich nichts verändert bis auf das winzig kleine Detail, dass sie heiraten und ein Kind bekommen würde. Dass sie eine Frau liebte, konnte doch nicht alles in Frage stellen, was ihrem Vater sonst wichtig war. Alex wandte sich an ihren zukünftigen Schwiegervater und versuchte die Wogen ein wenig zu glätten und dem alten Mann eine Brücke zur Verständigung zu bauen. „Ich kann mir vorstellen, dass das alles ziemlich überraschend für Sie kommt. Vielleicht sollten wir erst einmal eine Nacht darüber schlafen und morgen weitersprechen." Die Atmosphäre im Wohnzimmer der Unternehmer-Villa hatte den Wohlfühlfaktor eines Gefrierschranks erreicht. Den diplomatischen Versuch von Alex ließ Karl Merz ohne weiteren Kommentar an sich abprallen. Er ging mit keinem Wort auf sie ein, sondern wandte sich an Susanne. „Wenn du alles, was du in diesem Haus an Erziehung und Werten mitbekommen hast, so mit Füßen trittst, dann bist du nicht mehr meine Tochter!" Alle zuckten unter dem Paukenschlag des väterlichen Richterspruchs zusammen. Das hatte gesessen!

„Karl es reicht! Das wagst du nicht!" Elfi Merz rang formlich nach Luft und holte zum Gegenschlag aus. „Du kannst keine Tochter verstoßen, die nie dein Kind war. Ja, du hast ganz richtig gehört. Susanne ist nicht deine Tochter. Sie ist ein Kind der Liebe. Weißt du überhaupt, was das ist?" Die beiden Ehepartner standen sich gegenüber, unversöhnlicher Hass blitzte aus Elfis Augen. Ob das die wahre Elfi Merz war? Kam das zum Vorschein, wenn die gutsituierte Unternehmer-Gattin ihre Fassade fallen ließ? Alex konnte solchen Situationen, in denen unverfälschte Emotionen das wahre Gesicht der Menschen zeigten, viel abgewinnen. Das war zwar nicht immer schön, aber immer interessant. Diese Szene hätte sie allen Beteiligten aber gern erspart.

Susanne war weit davon entfernt, das Geschehen von einer ähnlich neutralen Warte aus zu verfolgen. Das Geständnis ihrer Mutter hatte sie kalt erwischt. Sie musste sich setzen. Karl war nicht ihr Vater? Susanne wandte sich fragend an ihre Mutter. „Was hast du da eben gesagt, Mama?" Doch Elfi Merz beachtete ihre Tochter nicht, sie stand ihrem Mann gegenüber und wollte endlich loswerden, was sie ihm so oft schon hatte sagen wollen. Viel zu lange hatte sie auf diese Gelegenheit gewartet.

„Ja schau nicht so! Du hast dich nicht verhört. Susanne ist nicht deine Tochter! Punkt." Frank rutschte nervös auf seinem Platz hin und her. Er war sich nicht sicher, ob er Zeuge sein sollte, wenn sein Mentor derart die Leviten gelesen bekam. Sollte er bleiben, um Karl zu demonstrieren, dass er nicht allein war in dieser schweren Stunde oder sollte er gehen, um ihm die Peinlichkeit eines weiteren Zuhörers zu ersparen? Unschlüssig, welche Entscheidung er treffen sollte, griff er in die Schale mit Erdnüssen, die seine Schwiegermutter auf den Tisch gestellt hatte und begann sie zu essen. Katrin stieß ihm den Ellbogen in die Rippen und raunte ihm zu, dass sie hier doch nicht im Kino seien und er gefälligst das Knabbern sein lassen solle. Frank fügte sich und weil er sie nicht wieder zurücklegen wollte, behielt er die restlichen gesalzenen Kerne in seiner Faust.

Frank Ohler seufzte, seine Schwiegermutter war unerträglich. Wie schön hätte dieser Nachmittag sein können, wenn der Drachen, wie Frank seine Schwiegermutter immer dann nannte, wenn sich Katrin mal wieder über ihre Mutter aufregte, sich im Zaun gehalten hätte. Sie hätten nach dem Aperitif ein wenig small talk gehalten, den Plätzchenteller aus der Konditorei Huber niedergemacht, Elfi hatte noch nie selbst gebacken, und den Heiligabend nach der Bescherung mit dem obligatorischen Fondue beendet. Das Leben konnte doch so schön sein und so einfach ohne Elfi Merz, ohne die Kreditforderungen der Bank und ohne den jährlich ein wenig anwachsenden Bauchumfang des zukünftigen Autohaus-Erben.

Elfi Merz war noch lange nicht fertig mit ihrem Mann. „Du wolltest doch nur eine vorzeigbare Frau, mit der du angeben kannst. Und die anderen Männer haben dich beneidet, das weißt du so gut wie ich. Wie froh deine Eltern waren, dass ihr Thronerbe endlich auch eine Frau gefunden hatte! Du wusstest von Anfang an, dass du keine Heilige geheiratet hast. Und geschadet hat es dir schließlich auch nicht. Wenn ich mich nicht so gut mit der Kundschaft verstanden hätte, wäre dein Gewinn bei weitem nicht so groß gewesen. Mit dem Geschäft ist es erst dann so richtig bergauf gegangen, seit ich mitgearbeitet habe. Die Konkurrenten haben wir doch alle links liegen lassen."

Karl interessierte sich nicht für die Ausführungen seiner Frau, er konnte es nicht mehr ertragen, dass sie die alleinige Deutungshoheit über ihr Leben für sich beanspruchte. Ihr Geschwätz war ihm unerträglich, ihre Stimme zu schrill, ihre ganze Erscheinung verursachte ihm plötzlich körperliche Schmerzen. Er wollte nur eins wissen: „Wer ist es gewesen?" „Er war ganz anders als du. Ich..." „Wer?" „Sein Name ist Peter, Peter Fuchs und" – Karl Merz hatte genug gehört. „Macht mit dem Abend, was ihr wollt. Mir reicht es. Ich will jetzt meine Ruhe und heute niemanden mehr sehen." Der kranke alte Mann verließ ohne weiteren Gruß die Gesellschaft und zog die Tür geräuschvoll hinter sich zu.

Niemand wagte es, das Gespräch weiterzuführen. Selbst Elfi schwieg und dachte daran, dass sie die leidenschaftliche Affäre mit Peter begann, als die erste Begeisterung über ihre gute Partie mit Karl nachließ. Die Ehe mit dem Autohaus-Sprössling war von Anfang an ein Arrangement zu beiderseitigem Nutzen gewesen. Besser hätte sich Elfi in Bärlingen kaum verheiraten können. Im Hause Merz war immer schon Geld da und die Geschäftsaufgabe von zwei weiteren Konkurrenten festigte die fast alleinige Herrschaft über den Verkauf und die Reparatur von Autos in der schwäbischen Provinzstadt. Der letzte Konkurrent kämpfte zäh um seine Marktanteile und hatte erst seit Karls Erkrankung wieder etwas Oberwasser bekommen.

Susanne konnte es nicht fassen, was sie da eben gehört hatte. Nach vierunddreißig Jahren erfuhr sie, dass sie nicht das gemeinsame Kind ihrer Eltern war, sondern dass ihre Mutter als junge Frau fremdgegangen war. Die Aussicht auf besinnliche Feiertage im Kreise der Familie war in unerreichbare Ferne gerückt. „Warum hast du mir nie etwas davon gesagt, Mama?" Was aber hätte Elfi Merz ihrer Tochter sagen sollen? Dass sie sich mit ihrem Liebhaber im Sommer heimlich an den Seen der Umgebung getroffen hatte? Dass ihre Romanze wild und leidenschaftlich war? Oder vielleicht, dass die Affäre mit Peter Fuchs nur wenige Wochen dauerte? So lange bis Elfi Merz bemerkte, dass sie schwanger war. Sollte sie ihrer Tochter etwa sagen, dass sie ihrem leiblichen Vater den Laufpass gegeben hat, weil dieser ihr nicht annähernd das Leben hätte bieten können wie ihr Mann Karl? Was würde Susanne wohl dazu sagen, wenn sie wüsste, dass ihrer Mutter der Wohlstand und Luxus, den sie im Hause Merz kennengelernt hatte wichtiger war als die Liebe, die Peter Fuchs für sie empfand und die sie durchaus teilte. Susanne war tatsächlich ein Kind der Liebe, vielleicht eher noch der Leidenschaft, aber ihre Mutter hatte kühl kalkuliert, welches Leben für sie den maximalen Gewinn brachte. Die Währung, in der die Unternehmer-Gattin rechnete, waren materielle nicht ideelle Besitztümer. „Mama! Du hättest es mir sagen müssen und Papa auch!" „Ach Schätzchen, es tut mir alles so leid! Was wird denn jetzt aus dem Heiligen Abend?"

Alex war sich sicher, dass sie es jetzt mit der Elfi Merz zu tun hatten, die sich nicht mehr hinter bürgerlichen Konventionen versteckte und deren Leben eine einzige Inszenierung auf der Bühne der Eitelkeiten war. Auch die Töchter schienen ihre Mutter heute von einer Seite kennenzulernen, die ihnen bislang verborgen geblieben war. Ob der Kern, der sich unter der maskenhaften Oberfläche und der zur Pose erstarrten Freundlichkeit verbarg tatsächlich liebenswert war, bezweifelte Alex zunehmend. Die Selbstverleugnung, jahrelang die Maxime ihres Handelns, hatte Elfi Merz emotional verhärten lassen. Als einziges echtes Gefühl war jetzt nur noch die Verachtung für ihren Mann übrig geblieben.

„Ich glaube, wir sollten lieber gehen." Katrin war jetzt an Schadensbegrenzung gelegen. Sie dachte an ihre Kinder, die immer noch in ihrem alten Kinderzimmer spielten und auf die Bescherung warteten. „Holst du die Kinder, Frank, dann packe ich die Geschenke zusammen." Ihr Mann war froh, dass er aus seiner Rolle des unfreiwilligen Zuschauers erlöst wurde. Er hatte sich die ganze Zeit über wie ein Schaulustiger bei einem Unfall gefühlt. Fasziniert von der Tragödie, die sich vor ihm ausbreitete, war er bis jetzt nicht in der Lage gewesen, die Unfallstelle zu räumen. Frank steckte die Erdnüsse, die in seiner Hand mittlerweile ganz feucht geworden waren in den Mund, um sie aufzuräumen. Er rieb das Salz von den Händen, sodass es auf Elfis Perserteppich rieselte und ging kauend aus dem Zimmer.

„Vielleicht nehmen wir uns heute besser ein Hotelzimmer, was meinst du, Maus?" Alex wandte sich an Susanne, die mit abwesendem Blick auf dem Sofa saß. „Ich glaube, heute tut uns allen ein bisschen Ruhe ganz gut und morgen sehen wir dann weiter." Susanne war dankbar, dass Alex die Initiative ergriff und sie war froh, dass sie heute nicht in ihrem alten Kinderzimmer schlafen musste. „Wir können in den Goldenen Hirsch gehen, der ist direkt in der Innenstadt." Während Alex von der Diele aus im Hotel anrief, warf Susanne einen letzten Blick auf den Weihnachtsbaum. Die Geschenke waren bereits alle wieder eingepackt. Unter dem Baum blieb nur die Auto-Miniatur zurück. Aber keiner der Anwesenden beachtete den kleinen roten VW-Käfer mit seiner goldenen Schleife. Und Susanne war die Lust auf die Bescherung vergangen.

13

In der Mittagspause gab es schnelle Küche im Hause König. Dafür ließ es sich Otto am Wochenende nicht nehmen, seine Frau immer wieder mit neuen und ausgefallenen Gerichten zu überraschen. Er war ein passionierter Koch und er liebte es, im Internet und in seinem großen Fundus an Kochbüchern aus aller Herren Länder nach neuen Rezepten zu suchen. Selbstverständlich ging er dann selbst einkaufen, gern zum Feinkost-Günther, um die notwendigen Zutaten frisch zu erstehen. Gerda freute sich auch deshalb immer aufs Wochenende, weil sie dem Kochen überhaupt nichts abgewinnen konnte. Ihr reichte es schon, wenn sie dafür sorgen musste, dass unter der Woche ein schnelles Gericht auf die Teller kam. Und weil es vom gestrigen Sonntagsmenü keine Reste gab, köchelte heute eine Fleischbrühe mit Maultaschen auf dem Herd. Jetzt hatten Gerda und Otto zum ersten Mal an diesem Tag Zeit, in Ruhe miteinander zu reden.

Gerda König hatte sich eine Küchenschürze umgebunden und lehnte sich an die Arbeitsplatte, Otto hatte sich an den Tisch gesetzt und die Beine auf den Stuhl neben sich gelegt. „Heidanei Otto, heut war's ganz schön turbulent. Erst die Sache mit der toten Frau Merz, dann die Polizei im Haus und im Laden gab es auch keine ruhige Minute." „Das stimmt. Wie geht's dir denn nach dem ganzen Trubel?" „Zumindest habe ich keine Angst mehr davor, dass wir beide gleich als Mörder verdächtigt werden. Dafür kommen doch genügend andere in Frage, wenn man der Kundschaft Glauben schenken darf." „Haben die Damen mal wieder den Schnabel nicht halten können? Hätte mich auch gewundert." Otto König wusste, dass im Damensalon getratscht wurde; seine Frau klagte ihm am Abend des Öfteren ihr Leid. Es wurde eben nicht nur das Haar gewaschen, sondern auch viel dreckige Wäsche. Otto hatte seiner Frau schon oft gesagt, dass sie sich die boshaften Lästereien einiger ganz bestimmter Kundinnen verbitten und den Damen charmant aber unmissverständlich das Hand- beziehungsweise Mundwerk legen sollte, aber das war nicht Gerda Königs Stil. Sie dachte sich, dass auch diese Geschichten raus mussten und so versuchte sie eher wie eine Therapeutin oder Seelsorgerin behutsam zum Kern des eigentlichen Problems vorzudringen. Das war Otto zu gefühlsduselig und er war froh, dass er sich mit seiner Kundschaft über andere Themen unterhalten konnte.

„Klatsch und Tratsch gehört nun mal zum Friseurbesuch dazu. Und ich bin mir sicher, dass es einige Kundinnen gibt, die nur deshalb so regelmäßig kommen, weil sie hier erfahren können, worüber man in Bärlingen gerade spricht. Heute Morgen hatte ich die Frau Felice zum Färben und Schneiden da. Stell dir vor, die lässt kein gutes Haar an der Frau Merz. Und das obwohl die tot ist!" „Ich dachte, die sind ganz dick miteinander. Ich fand es immer schon übertrieben, wenn die beiden sich mit Küsschen links und Küsschen rechts begrüßt haben. Die sind doch richtig über einander hergefallen zur Begrüßung." „Davon verstehst du nichts, Otto. Das macht man so, wenn man zur besseren Gesellschaft gehört." Gerda König imitierte das affektierte Gattinnen-Geknutsche und verteilte Luftküsse in der Küche.

„Schätzle, wann ist die Suppe fertig? Ich hab richtig Hunger." Gerda stellte die Suppenschüssel auf den Tisch, gab ihrem Otto einen Kuss auf die Glatze und schöpfte ihm den Teller voll. „Wenn ich dir schon deine Brötchen weggefuttert habe, dann sollst du wenigstens am Mittag satt werden, du armer Mann." Otto widmete sich seinem Mittagessen. Für die Friseurin war das Thema Elfi Merz allerdings noch nicht beendet. „Von einer anderen Kundin habe ich gehört, dass die Frau Merz mal was mit dem Pizza-Adriano gehabt haben soll. Kannst du dir das vorstellen?" Dieser Art von Gesprächen konnte Otto König rein gar nichts abgewinnen, sie hatten für ihn ungefähr das Niveau wie die reißerischen Artikel in den Promi-Blättchen, die sie für ihre Kundschaft abonniert hatten. „Das ist mir eigentlich wurscht, wer in Bärlingen mit wem und wer nicht und überhaupt." Gerda König ging es aber gar nicht um den möglichen Skandal an sich. „Mensch Otto, denk doch mal nach! Das könnte ein Motiv sein, warum die Frau Merz sterben musste."

Seine Frau war klug, da konnte man nichts sagen. Otto zerteilte seine Maultaschen. „Zutrauen würde ich so eine Affäre jedenfalls beiden. Meinst du wirklich, dass Adriano für den Tod von Frau Merz verantwortlich sein könnte? Ich kann mir das eigentlich nicht vorstellen. Schließlich hat er sich mächtig dafür ins Zeug gelegt, dass wir seinem Kumpel Karl gestern die Ehrenmedaille des Gewerbevereins verliehen haben. Warum sollte er nur kurze Zeit später die Frau seines Freundes umlegen?" „Ich spreche auch nicht davon, dass Adriano der Mörder ist. Was ist denn mit seiner Frau? Eifersucht ist ein starkes Motiv. Und bei ihrem Temperament traue ich dieser Frau einiges zu."

Otto erinnerte sich an die Nikolausfeier des Gewerbevereins, bei der er unglücklicherweise neben der Italienerin saß und den ganzen Abend gelitten hatte. Valentina Felice hatte in Otto endlich einen Zuhörer gefunden, der höflich über ihre Scherze lachte und nur ab und zu als Stichwortgeber fungieren durfte. Die guten Ratschläge, die er seiner Frau im Umgang mit allzu redseligen Kundinnen gegeben hatte, hatten sich an diesem Abend angesichts des südländischen Temperaments seiner Tischdame in Luft aufgelöst. Otto leistete während der Veranstaltung mehrfach stille Abbitte bei seiner Frau und gelobte, sich Gerdas Klagen in Zukunft geduldig anzuhören und sich seine schlauen Sprüche zu verkneifen.

„Vielleicht hast du Recht, Gerda. Aber der Schorsch hat mir noch erzählt, dass die Polizei im Wagen von Frau Merz eine tödliche Kohlenmonoxyd-Konzentration gemessen hat. Ich finde, zu Frau Felice würde viel besser ein Mord im Affekt passen. Die hätte ihre Konkurrentin doch eher mit theatralischer Geste vergiftet oder auf großer Bühne erschossen." „Und mir hat der Schorsch gesagt, dass sie noch keinen Hinweis auf den Mörder haben. Es gibt anscheinend keine Spuren, um die Tat zu erklären. Das heißt doch, dass der Mörder die Apparatur, mit der er oder sie die Abgase ins Innere des Autos geleitet hat, nach der Tat wieder abgebaut hat." Otto König kratzte sich am Kopf und überlegte. „Das ist schon richtig aufwändig und man muss was von Autos verstehen, wenn du mich fragst. Noch ein Grund, warum ich nicht glaube, dass die Frau Felice als Mörderin in Frage kommt."

Gerda König hatte ihren Teller weggeschoben, sie konnte jetzt nichts mehr essen. „Otto, wir müssen uns in den Täter hineinversetzen. Fakt ist jedenfalls, dass die Frau Merz tot ist." „Clever erkannt, mein Schatz. Vielleicht solltest du über eine zweite Karriere als Profilerin nachdenken. Aber im Ernst, hätte sich Elfi Merz selbst getötet, dann hätte sie wohl kaum die Spuren eigenhändig beseitigen können. Es stellt sich also wirklich die Frage, wer die Frau Merz umgebracht hat. Damit soll sich der Schorsch beschäftigen. Das ist wirklich nicht unsere Aufgabe." „Aber spannend findest du es auch, oder? Heute Nachmittag soll ich jedenfalls noch schnell auf die Wache kommen, um das Polizei-Protokoll zu unterschreiben. Vielleicht erfahre ich bei der Gelegenheit noch was Neues." Otto machte sich langsam Sorgen um seine Frau. „Gerda, steigere dich da bitte nicht so rein! Der Schorsch ist ein fleißiger Junge, der sorgt schon dafür, dass hier wieder Ruhe und Ordnung einkehrt."

Otto kannte seine Frau, wenn die sich einer Sache angenommen hatte, dann ließ sie so schnell nicht mehr locker. Das hier war aber etwas anderes. Vielleicht lief da draußen tatsächlich ein Killer herum und dem sollte man besser nicht in die Quere kommen. Otto König wunderte sich über sich selbst. Jetzt fing er auch schon mit diesen krausen Gedanken an! So weit war es schon gekommen! „Vielleicht sollten wir nach den Feiertagen den Laden einfach ein paar Tage schließen und Urlaub machen. Nach der ganzen Aufregung und der vielen Arbeit würde uns das doch gut tun. Was meinst du, Gerda?" „Also dafür hab ich grad gar keinen Kopf. Lass uns später darüber sprechen. Wir müssen außerdem auch gleich wieder runter. Möchtest du auch noch einen Espresso bevor es wieder losgeht?" „Genieß du nur in Ruhe deinen Kaffee, ich schließ schon mal den Laden auf." Mittags war es Gerda, die es gern ein wenig langsamer angehen ließ. Otto gönnte seiner Frau diese Verlängerung der Mittagspause und ging schon einmal runter. Vor der Tür warteten schon die ersten Kunden.

„So, meine Damen, herein in die gute Stube." Otto König half den beiden Frauen, die bereits vor dem Eingang gewartet hatten, formvollendet aus den Mänteln. Meine Frau kommt jeden Augenblick, nehmen Sie doch bitte Platz. Darf ich Ihnen was zum Lesen bringen?" „Danke, ich werde bestimmt was finden." Die jüngere der beiden Frauen war vielleicht Mitte dreißig und nahm gleich die Zeitschriften-Auswahl in Augenschein. Die ältere Kundin packte ihr Strickzeug aus, ganz offensichtlich hatte sie sich eher auf eine Unterhaltung als auf die Lektüre der Illustrierten eingestellt.

Mittlerweile musste es sich in der ganzen Stadt herumgesprochen haben, was heute Morgen vor dem Salon König vorgefallen war. Die Mutter der jungen Frau war am Vormittag beim Friseur gewesen, sozusagen eine Ermittlerin der ersten Stunde, und die hatte nun ihre Tochter geschickt, um zu erfahren, ob es vielleicht schon Neuigkeiten im Fall der ermordeten Elfi Merz gäbe. Beate Göppel gab eigentlich nichts auf den Tratsch beim Friseur. Ihr war es am liebsten, wenn sie ungestört ein wenig in den anspruchsvolleren Frauenmagazinen blättern konnte und beim Haareschneiden möglichst in Ruhe gelassen wurde. Und das ging im Salon König auch. Niemand musste sich hier unterhalten. Wie gesagt, der Kunde war König.

Otto König widmete sich seinem ersten Kunden. Herr Ebert gehörte zu den treuen Stammkunden des Salons. Eigentlich hätte er mit dem Friseurbesuch noch ein wenig warten können, aber heute warf er seine schwäbische Sparsamkeit über Bord. Seine Nachbarin hatte ihm berichtet, dass sie gehört habe, dass die Chefin des Autohauses Merz vor dem Salon König ermordet in ihrem Wagen aufgefunden worden war. Herr Ebert wollte nicht warten, bis Georg Haller am Abend von der Arbeit heimkam und er ihn im Treppenhaus abpassen konnte. In so einem Fall konnte man nicht warten. Da war Zeit Geld! Und so leistete sich Herr Ebert schon heute außerplanmäßig einen neuen Haarschnitt und hoffte, mit dieser Investition an Informationen aus erster Hand zu kommen.

Otto König konnte es langsam nicht mehr hören. Alle Kunden kannten anscheinend nur noch ein Thema und jeder war bereits bestens informiert. Wenn der Friseur alles geglaubt hätte, was ihm an diesem Morgen von seinen Kunden erzählt worden war, dann wäre die Autohaus-Chefin auf den Stufen des Salons erschossen worden und anschließend blutend und mit durchgeschnittener Kehle zu ihrem Auto geschleift worden. Dort habe der Mörder dann die Handtasche der Toten durchwühlt, Geld und Schmuck gestohlen und zum Abschluss noch wüste Beschimpfungen auf das verschneite Auto gekritzelt.

Herr Ebert merkte, dass Otto König auf seine Fragen nur einsilbig antwortete. Er war enttäuscht, denn er hatte sich mehr von dem Besuch erhofft. Aber er hatte noch eine Chance. Dann würde er eben warten, bis der Hauptkommissar heimkäme. Der würde ihm sicher etwas über den Fall sagen können. Das Geld für den Friseur hätte er sich sparen können, dachte sich der Rentner. Sehnsüchtig schielte Herr Ebert zum hinteren Bereich des Friseurgeschäfts. In der Damenabteilung wäre er bestimmt leichter an die Informationen gekommen, die ihn so brennend interessierten. Aber es half nichts, die Herren wurden nun mal vom Chef persönlich bedient und hatten im Damensalon nichts zu suchen. Herr Ebert war sich nicht einmal sicher, ob er als Mann die Damenabteilung überhaupt betreten durfte. Bevor er sich weitere Gedanken über seine Möglichkeiten der Informationsbeschaffung machen konnte, war der Friseur auch schon fertig mit seinen Haaren, schließlich gab es nicht viel zu machen. Es gab also keinen Grund für Herrn Ebert, noch länger hier zu bleiben. Als er an der Kasse stand, betrat bereits der nächste Kunde den Salon, sodass auch eine Plauderei mit dem Chef zwischen Tür und Angel ausfallen musste.

Als Gerda König in den Salon kam, merkte sie gleich, dass etwas anders war als sonst. Sie hätte allerdings nicht sagen können, was es war. Alles sah wie immer aus. Otto stand bereits mit dem ersten Kunden an der Kasse. „Grüß Gott, Herr Ebert. Schön, dass man Sie hier auch mal wieder sieht." Der ältere Herr erwiderte den Gruß und ließ sich von Otto König noch die Tür aufhalten. Ihr Mann wandte sich dem nächsten Kunden zu, der bereits auf einem der Friseur-Sessel vor dem Spiegel Platz genommen hatte. Als Gerda König die zwei Stufen zur Damenabteilung hinunterstieg, sah sie, dass sowohl die wartenden Kundinnen, als auch ihre Mitarbeiterinnen gebannt in Richtung Herrensalon schauten. Verwundert drehte sich die Chefin um und sah im Spiegel ein Bild von einem Mann. Sie konnte sich nicht erinnern, dass ihr Otto jemals einen so attraktiven Kunden bedient hatte. Ob dieser dunkelgelockte Adonis ahnte, dass er der weiblichen Kundschaft und der halben Belegschaft den Atem raubte? Aber weder sie noch die Kundinnen waren da, um gedankenverloren in der Gegend herum zu starren. Gerda König wandte sich resolut ihren Kundinnen zu. „Welche der Damen kommt denn als erste dran?"

„Schlimm, das mit der Frau Merz, gell?" Die junge Frau hatte bereits den Frisier-Umhang an und Gerda König begann mit der Arbeit. Bei ihren Kundinnen gab es heute tatsächlich nur ein Thema. Schöner Mann hin oder her. „Ja, da haben Sie Recht. Ich habe heute Morgen schon Ihrer Mutter erzählt, dass ich die ganze Sache so furchtbar finde. Haben Sie die Frau Merz gekannt?" „Gekannt ist vielleicht ein bisschen zu viel gesagt. Ihre ältere Tochter Susanne war bei mir in der Klasse. Die hat ganz schön unter ihrer Mutter gelitten, wenn Sie mich fragen. Das habe ich mitbekommen, auch wenn ich nicht direkt mit ihr befreundet war. Ihre Eltern waren viel zu wenig zu Hause, mittags hat nur die Haushälterin auf Susanne und ihre Schwester gewartet. Und das hat man den Mädchen auch angemerkt. Die mussten einfach immer funktionieren. Kompensiert wurde die fehlende Aufmerksamkeit dann mit Taschengeld oder Geschenken. Die anderen in der Klasse waren ziemlich neidisch auf Susanne, weil die immer so tolle Klamotten hatte und so weiter. Für die Merz-Töchter war es aber schwer, den Ansprüchen ihrer Mutter zu genügen." Gerda König schaute die junge Frau im Spiegel an. „Das hört man öfter, dass es gerade die Mütter und Töchter nicht immer leicht miteinander haben." „Ja, und deshalb finde ich es auch ganz wichtig, dass jeder seinen eigenen Weg geht. Bei mir war das zum Beispiel der Absprung von zu Hause. Die Susanne ist auch direkt nach dem Abi weggegangen; nach Berlin, glaube ich. Ihre jüngere

Schwester ist nach der mittleren Reife in Bärlingen geblieben und arbeitet im Autohaus der Eltern. Das könnte ich nicht. Das wäre mir einfach zu eng."

Neue Gesichter sah man im Salon König nicht allzu oft. Man kannte sich in Bärlingen und so empfand Otto König es als angenehme Abwechslung, heute endlich einen Kunden zu bedienen, der nicht extra gekommen war, um ihn über die Tote vor seinem Salon auszufragen. Der Friseur wusste bereits, dass der junge Mann ein waschechter Italiener war, nicht so ein Italo-Schwabe wie der *Venezia*-Adriano und dass er einige Zeit in Deutschland als Kellner gearbeitet hatte. Otto packte die Gelegenheit beim Schopfe und wollte sich Reisetipps aus erster Hand besorgen. Vielleicht wäre Italien das richtige Ziel für Gerda und ihn. Die Urlaubs-Erholung würden sie auch bitter nötig haben, wenn es im Salon in den nächsten Tagen so weitergehen würde wie heute. Sobald es sich erst einmal in der ganzen Stadt herumgesprochen hatte, dass sie quasi in einen Mordfall verwickelt waren, dann würden ihm die Leute hier die Bude einrennen, da war sich Otto ziemlich sicher.

Leider erwies sich sein Gesprächspartner nicht als einfallsreicher Reiseratgeber. Auf Venedig als Reiseziel wäre Otto König auch alleine gekommen. Der Fremde schien sich dagegen sehr für das Leben in der schwäbischen Kleinstadt zu interessieren. Dass die Leute zum Teil auch von weither anreisten, um die sehenswerten Kirchen hier zu besuchen, das wusste der Friseur, aber dass die Touristen jetzt schon kamen, um sich ihre Friedhöfe anzusehen, das überraschte Otto König dann doch. Und genau deshalb schien der Fremde hier in der Stadt zu sein. Es gab schon seltsame Menschen!

„Meine Mutter glaubt, dass es jemand aus dem Autohaus war, der die Frau Merz umgebracht hat." „Ach ja? Warum?" „Der Nachbar meiner Eltern arbeitet dort. Da soll es in letzter Zeit ordentlich Stress mit den Mitarbeitern gegeben haben, weil die Chefin den Laden komplett umkrempeln will." Gerda König hätte jetzt gern das Thema gewechselt. Was sollte sie auch sagen zu den Spekulationen um den mysteriösen Todesfall der Autohaus-Gattin? Vielleicht würde das Gespräch im Sande verlaufen, wenn sie der Kundin keine weiteren Stichworte mehr lieferte. Sonst waren Gerda König Allgemeinplätze verhasst, aber heute griff sie im Gespräch dankbar zu den austauschbaren Floskeln. „Das ist schon schlimm, wenn es kein gutes Einvernehmen mit den Angestellten gibt. Da leidet dann auch das Geschäft."

Otto König war in die Damenabteilung gekommen. „Kannst du gleich, wenn du hier fertig bist, raufkommen? Der Herr möchte sich gern die Fingernägel machen lassen." „Ja, ich föhne noch zu Ende und dann komme ich. Vielleicht will der Mann in der Zwischenzeit einen Kaffee und was zu lesen? Frag ihn doch mal, ob man ihm was bringen kann." Diesen Botengang hätten alle Angestellten liebend gern übernommen und hinter den Kulissen, in der Kaffeeküche, gerieten die Frauen fast aneinander. Jede von ihnen hätte den Fremden gern bedient. Dieses Theater war Otto König zu viel, er sprach ein Machtwort und schickte die einzige unverheiratete Mitarbeiterin zu dem schönen Südländer. Man konnte nie vorsichtig genug sein! Schließlich wollte er nicht für irgendwelche Ehe-Dramen verantwortlich gemacht werden. Die Tote vor dem Salon reichte ihm. „Die Nicki soll ihm einen Kaffee bringen und etwas zu lesen." Die junge Frau ließ sich das nicht zweimal sagen und erntete neidische Blicke von ihren Kolleginnen.

Heute waren doch alle verrückt! Erst die Polizei im Haus und jetzt so ein Hühnerhaufen und das nur wegen eines Mannes, der vielleicht ein bisschen besser aussah als der Durchschnittstyp in Bärlingen, ging es Otto König durch den Kopf. Auf dem Rückweg in die Herrenabteilung blieb er noch einmal kurz bei seiner Frau stehen. Eigentlich waren sich die Eheleute einig, dass Vertraulichkeiten im Salon nichts zu suchen hatten. Aber heute war alles anders. Und deshalb legte Otto seiner Gerda beide Hände von hinten auf die Schultern und flüsterte ihr ins Ohr. „Alles wird gut." Sie lächelte ihn dankbar an. Sollten doch alle diesen Kerl im lockigen Haar mit ihren Blicken verzehren. Sie wusste, dass sie mit ihrem Otto keine bessere Wahl hätte treffen können.

Die Tür ging auf und die Ladenglocke bimmelte. „Jetzt bin ich schon wieder da, Herr König. Ich habe vorhin meinen Schirm vergessen. Ich dachte, heute schneit es noch und habe ihn deshalb vorsichtshalber mitgenommen. Jetzt ist es zum Glück trocken. Der Schirm steht hoffentlich noch in der Garderobe." „Einen Moment, Herr Ebert. Das haben wir gleich. Ich sehe mal nach und bringe Ihnen den Schirm." Otto König ging zur Garderobe und schob mit einer Hand die Mäntel zur Seite, um an den Schirmständer zu kommen. Dabei glitt ihm die wattierte Steppjacke des Italieners vom Bügel und fiel mit einem dumpfen Geräusch auf den Boden. Der Friseur erschrak. Hoffentlich war nichts kaputt gegangen. Dass die Leute sich aber auch immer die Taschen vollstopfen mussten! Er bückte sich, um das Kleidungsstück wieder an seinen Platz zu hängen. Die Jacke war schwerer, als das leichte Material es vermuten ließ. Als Otto König den Bügel in die Ärmel stecken wollte und die Jacke dabei öffnete, sah er auch, was der Italiener in der Innentasche seiner Jacke versteckt hatte. Aus dem Reißverschlussfach ragte der Griff einer Pistole heraus.

14

Das Arbeitszimmer im Hause Merz war Karls Reich. Hierher konnte er sich zurückziehen, wenn ihn seine Frau wieder einmal mit ihren belanglosen Geschichten über die Gattinnen der Bärlinger „High Society" ermüdete. Vor dem Fenster, das zum Vorgarten ausgerichtet war, stand ein großer schwerer Schreibtisch. Gediegenes Herrenzimmer-Ambiente. Karl Merz war froh, hier einen Rückzugsort zu haben, der von der Dekorationsleidenschaft seiner Frau verschont blieb. Wo sich überall sonst im Haus Ensembles aus Windlichtern, Vasen und Keramik-Figuren fanden, herrschte hier eine wohltuende Schlichtheit. An der Wand hing nur ein großformatiges Aquarell einer italienischen Landschaft im Abendlicht, ein Geschenk seines Freundes Adriano Felice. Früher hatte sich Karl Merz in sein Arbeitszimmer zurückgezogen, um in Ruhe wichtige Telefonate mit Kunden und Zulieferern zu führen oder Zeitung zu lesen. Elfi und die Kinder wussten, dass Papa nicht gestört werden wollte, wenn er im „Büro" war. Während dieser ruhigen Stunden, die er hier verbrachte, hatte Karl Merz auch die eine oder andere Zigarre geraucht, ein Vergnügen, das er sich seit seiner Krebserkrankung versagte.

Karl Merz hatte die Tür hinter sich zugemacht. Er musste nicht abschließen, die geschlossene Tür im Arbeitszimmer, das war ein ungeschriebenes Gesetz, sicherte dem Hausherrn seine Ruhe. Der alte Mann ließ sich auf dem breiten Ledersofa nieder, das im hinteren Teil des Raumes stand. Hier hatte er schon so manche Nacht verbracht, zum Beispiel wenn es bei einem Treffen des Gewerbevereins wieder einmal später und alkoholischer wurde als geplant. Um seine Frau im gemeinsamen Schlafzimmer nicht zu stören, war der Autohaus-Chef dann von der Eingangsdiele gleich rechts in sein

Arbeitszimmer abgebogen. Jetzt rutschte er so weit auf der Sitzfläche der Couch nach vorn, dass er den Kopf auf die gepolsterte Rückenlehne legen konnte und machte die Augen zu. Sein Bauch schmerzte. Wieder das Drücken im Oberbauch. Milzschwellung, hatten ihm die Ärzte gesagt, gehöre mit zu den typischen Symptomen der chronischen Leukämie. Karl Merz machte den Hosenknopf auf, vielleicht würde der Schmerz dadurch besser. Der Nachmittag hatte ihn sehr mitgenommen. Jede Anstrengung, körperlicher oder psychischer Art, beantwortete sein Körper mittlerweile mit Schmerzen.

Sein Leben lang war Karl Merz ein gesunder Mann gewesen. Einen Arzt hatte er nur aufgesucht, wenn es sich gar nicht vermeiden ließ. Die Vorsorgeuntersuchungen waren ihm lästig und unangenehm gewesen. Zum Arzt war er erst gegangen, als er merkte, dass er immer schwächer wurde. Er verlor an Gewicht und fühlte sich nicht mehr so leistungsfähig wie früher. Anfangs dachte er noch, dass jetzt das Alter begänne, von dem immer alle sagten, dass es kein Zuckerschlecken sei. Als er dann aber nachts immer öfter schweißgebadet aufwachte und starke Knochenschmerzen bekam, machte ihm seine Frau einen Termin bei seinem Hausarzt Dr. Michael.

Karl Merz fand keine Erleichterung in dieser Position und streckte sich nun doch ganz auf dem Sofa aus. Er fühlte sich elend. Es war Heilig Abend, er hatte sich so auf die Familie gefreut und jetzt lag er allein in seinem Arbeitszimmer statt bei der Bescherung in die leuchtenden Augen seiner Enkel zu schauen. Er wusste, dass er nicht mehr auf eine Heilung hoffen konnte. Das hatte ihm sein Arzt unmissverständlich klar gemacht. Aber er wollte die Zeit, die ihm noch blieb, egal ob sie kurz oder lang war, genießen. Kraft schöpfte der kranke Mann aus dem Zusammensein mit seinen Kindern und Enkelkindern. Die Familie war seine Medizin. Ihre Gegenwart machte die Schmerzen erträglich und wenn ihn die

Verzweiflung überkam, dann tröstete ihn der Gedanke, dass etwas von ihm nach seinem Tod weiterlebte. Seine Kinder und Enkelkinder würden nicht nur seine Firma weiterführen, sondern sie würden sich auch an den Menschen Karl erinnern, der ein strenger und vielleicht nicht immer ausreichend anwesender Vater, dafür aber ein ungeheuer passionierter Großvater gewesen war. Die Liebe seiner Enkel machte ihm den Gedanken an den Tod einerseits erträglich, andererseits sorgte sie dafür, dass sein letzter Gang die größte Herausforderung seines Lebens war.

Dr. Michael hatte Karl Merz vor den Feiertagen noch einen Hausbesuch abgestattet, weil der sich so schwach fühlte, dass er das Bett nicht verlassen konnte. Der Arzt hatte dem Kranken fiebersenkende Medikamente verschrieben und stärkere Schmerzmittel. Als Chef des Autohauses wie auch als Patient wollte Karl Merz genau über Haben und Soll informiert sein und so hatte ihn sein Hausarzt darüber aufgeklärt, dass sich die Leukämie jetzt nicht mehr in der chronischen Phase befände, sondern dass jetzt alle Symptome auf die Akzelerationsphase hindeuteten, in der sich die Krankheit rasch verschlechtere. Die schlechten Blutwerte des Patienten bestätigten diese Diagnose.

Karl starrte an die Decke. Was blieb ihm jetzt, am Ende seines Lebens? Mit den Schmerzen konnte er sich schon irgendwie arrangieren, als letzter Ausweg blieben schließlich noch die Zyankali-Kapseln. Die Furcht vor dem Tod machte er mit sich selbst aus, schließlich konnte niemand wirklich verstehen, wie es ihm ging. Seine Familie nahm zwar Anteil und umsorgte ihn, aber die Krankheit steckte nun mal in seinem Körper. Er war mit dem Krebs allein. Karl Merz gingen viele Gedanken durch den Kopf. War seine Familie überhaupt noch seine Familie? Seine Töchter Susanne und Katrin waren für ihn immer wichtiger geworden, je älter er wurde. Früher hatte er sich nicht in die Kindererziehung eingemischt, seine drei Damen hatten vieles ohne den „Chef" mit sich abgemacht. Karl wollte es nicht anders, blieb bei vielem außen vor. Erst als seine Töchter erwachsen waren, kamen sie sich langsam wieder näher. Karl bereute es oft, dass er sich selbst um so viele schöne Erlebnisse und Erinnerungen gebracht hatte, weil das Geschäft zu oft wichtiger gewesen war oder er zu bequem, um sich der Auseinandersetzung mit seinen Töchtern zu stellen. Und jetzt das! Susanne sollte nicht seine Tochter sein. Hatte Elfi das wirklich gesagt? Karl durchzuckte ein stechender Schmerz. Wusste Elfi, was sie ihm da angetan hatte?

Elfi! Hatte er diese Frau wirklich einmal geliebt? Karl konnte sich nicht mehr erinnern. Vielleicht war er verliebt gewesen, damals. Begehrt und bewundert hatte er seine Frau. Elfi war eine „heiße Braut", wie man damals sagte. Knackige Figur und eine Kanone im Bett. Karl Merz konnte auf diesem Gebiet eine Menge von seiner Frau lernen, denn er war in Sachen Frauen eher unerfahren. Doch, geliebt hatte er sie, vor allem für die Familie, die sie mit der Geburt ihrer zwei Töchter geworden waren. Dass keine Liebe ewig brennt, wusste er auch. Ihr Auseinanderleben im Alter war der normale Gang der Dinge. Diese Entwicklung konnte er doch so oder ähnlich bei allen Paaren gleichen Alters beobachten. Aber er und Elfi waren trotz allem ein gutes Team. Beruflich hatte seine Frau den Laden voll im Griff. Seit Karls Krankheit war sie die Chefin. Er hatte oft nicht mehr die Kraft, täglich im Autohaus vorbeizuschauen. Bei ihren vielen öffentlichen Auftritten in der Bärlinger Gesellschaft machte Elfi nach wie vor eine gute Figur. Sie war immer noch eine attraktive Frau, die sich geschmackvoll kleidete und optisch viele ihrer Altersgenossinnen ziemlich alt aussehen ließ.

Aber liebte er seine Frau jetzt immer noch? Karl spürte, dass heute etwas zwischen ihnen endgültig zerbrochen war. War das der letzte Rest Liebe, den er noch für seine Gattin empfand? Es war wohl eher so etwas wie die Macht der Gewohnheit, welche die beiden Eheleute ihr Zusammensein ertragen ließ. Man wusste den anderen tagein tagaus um sich, weil es immer schon so war. Der Partner gehörte sozusagen zum Mobiliar des eigenen Lebens wie die Wohnzimmerschrankwand in Eiche.

Warum hatte seine Frau das getan? Wenn sie schon nicht mehr rückgängig zu machen war, dann hätte sie ihm die Affäre doch wenigstens verschweigen können. Karl Merz' Gedanken kreisten immer wieder um diese eine Frage. War ihr Leben mit ihm inzwischen zu einer so unversöhnlichen Verbitterung geronnen, dass sie ihn nicht einmal mehr in Ruhe sterben lassen wollte? Denn sie musste gewusst haben, dass ihr Geständnis ihn bis ins Mark treffen und ihm keine Ruhe mehr lassen würde, daran zweifelte Karl Merz nicht. Warum hasste sie ihn nur so? Hatte er ihr nicht immer ein sorgenfreies, ja sogar luxuriöses Leben geboten?

Natürlich hatte Elfi zum Erfolg des Autohauses genauso beigetragen wie er. Karl schätzte schon immer ihren Pragmatismus und ihren Fleiß. Klaglos hatte sie Überstunden gemacht, wenn es erforderlich war oder bis spät in die Nacht über der Abrechnung gesessen. Der Wohlstand der Familie war auch ihr Verdienst und war ihr immer besonders wichtig. Sie hat ihn auch in vollen Zügen ausgekostet. Karl hat sie gewähren lassen und ihr dieses Vergnügen gegönnt. Ein anderer Mann hätte Elfis regelmäßigen Einkaufstouren durch die exklusivsten Boutiquen der Landeshauptstadt nicht mit der Großzügigkeit gebilligt, wie Karl es tat. Wenn seine Frau Spaß daran hatte, sich modisch und teuer zu kleiden, dann sollte sie es tun. So lange er von dem Modezirkus verschont blieb, war ihm alles recht.

Warum hatte Elfi ihm von dieser Affäre erzählt? Wollte sie sehen wie er sich quält? War es das? Karl Merz konnte sich mittlerweile gut vorstellen, dass dies nicht der einzige

Seitensprung seiner Frau gewesen war, sondern nur der folgenreichste. Die lebenslustige Elfi, die alle hätte haben können und in gewisser Weise auch sicher gehabt hat, hatte damals ihn, den Auto-Karle geheiratet. Hatte sie nur „ja" zum Autohaus und zu einem sorgenfreien Leben in Wohlstand gesagt oder hatte sie tatsächlich ihn gemeint? Karl Merz konnte keine Ruhe finden. Die Schmerzen ließen auch nicht nach. Er stand auf und ging zum Schreibtisch. Aber seine Gedanken drehten sich weiter im Kreis. Er betrachtete die Fotos seiner Familie, die auf dem Schreibtisch standen. Susanne war seine Tochter, egal was Elfi gesagt hatte. Karl fühlte einen heißen Stich in der Herzgegend. In seiner Ältesten sah sich Karl Merz so oft selbst. Die Unbeirrbarkeit, mit der seine Tochter ihren Weg ging, entsprang der gleichen Entschlossenheit, die sich bei Karl allerdings oft in einer Verbissenheit zeigte. Ebenso wie er hatte auch Susanne lang suchen müssen, um ihr Glück in der Liebe zu finden. Aber musste es denn unbedingt eine Frau sein?

Karl nahm einen der Bilderrahmen zur Hand. Das Foto zeigte Susanne und ihn bei der Geburtstagsfeier zu seinem Sechzigsten. Damals war die Welt noch in Ordnung. Und jetzt war Susanne schwanger und wollte heiraten. Sie wirkte so glücklich heute, als sie uns ihre Neuigkeiten verkündete, dachte Karl. Er war sich nicht mehr sicher, ob ihm seine heftige Reaktion nicht leid tun sollte. Er hatte ganz intuitiv, aus seinem Gefühl heraus gehandelt, ohne groß nachzudenken. Aber musste es denn wirklich eine Frau sein? Natürlich musste Elfi gleich Partei ergreifen. Was auch sonst? Wollte sie ihm so zeigen, dass er im Unrecht war? Wollte sie ihm seine Tochter nehmen? Susanne würde immer sein großes Mädchen bleiben, egal was Elfi behauptete. Niemand würde einen Keil zwischen ihn und seine Tochter treiben können. Das schaffte selbst Elfi nicht. Denn auch wenn er nicht der biologische Vater war, der emotionale war er dagegen umso mehr.

Elfi hatte mit ihrem Geständnis das ganze gemeinsame Leben mit einem Schwung vom Tisch gefegt. Das anfangs noch unbestimmte Gefühl wurde zur schmerzenden Gewissheit. Nichts anderes hatte Elfi vorhin getan. Ihre Familie, die sie einmal waren und die Ehe, die sie führten, existierten nicht mehr. Der Kranke fühlte sich um sein Leben betrogen. In seinem Zustand sah er nicht mehr viele Möglichkeiten, auf Elfis Geständnis zu reagieren. Wie so oft in letzter Zeit wurde Karl Merz bewusst, dass seine Zeit langsam aber sicher ablief. Das Leben würde ohne ihn weitergehen. Es machte keinen großen Unterschied, ob er da war oder nicht. Elfi würde ohne ihn weiterleben, vielleicht sogar glücklicher. Dazu hatte sie kein Recht, dachte Karl Merz. Reichte es nicht, dass er jahrelang ihre Eskapaden ertragen und keine Fragen gestellt hatte? Musste sie ihr gemeinsames Arrangement des Schweigens brechen, um ihm diese Verletzung zuzufügen?

Karl fühlte eine Woge kalten Hasses in sich aufsteigen. Das hätte sie nicht machen dürfen! Irgendwann war Schluss! Er musste reagieren. Elfi hatte ihn vor der gesamten Familie verhöhnt und ihm seinen einzigen Trost im Kampf gegen die Krankheit genommen. Mit ihrem Geständnis, das eher den Charakter einer Anklage gehabt hatte, hatte sie ihm die Chance genommen, dem immer näher rückenden Tod und der damit verbundenen Angst etwas entgegenzuhalten. Die Freude am Familienglück war zerstört. Sein Wissen um den Seitensprung seiner Frau änderte zwar nichts an den Gefühlen zu seiner Tochter, aber der Betrug und die Lüge würden wie der Krebs an seinen Lebenskräften nagen. Seine Familie würde für Karl Merz nicht mehr das sein können, was sie früher war. Elfi hatte ihren Mann an seiner empfindlichsten Stelle getroffen. Karl Merz stöhnte leise auf, presste die Hand auf seinen Bauch und musste sich setzen. Diese Schmerzen wurden immer schlimmer! Karl Merz schloss für einen Moment die Augen und im Geiste sah er die Szene im

Wohnzimmer noch einmal deutlich vor sich. Wie Elfi ihm die Affäre an den Kopf warf. Sie schien ihren Auftritt richtig zu genießen. Wie konnte man nur derart bösartig sein? Und so wie sich sein Ärger über Susanne und ihren Lebensentwurf verflüchtigte und einer Milde wich, so breitete sich die Verachtung für seine Frau immer weiter in seinem Herzen aus. Mit kaltem Hass sah er ihr Bild auf seinem Schreibtisch an und klappte den Bilderrahmen um. Er konnte ihren Anblick nicht mehr ertragen.

Was Elfi getan hatte, machte man nicht ungestraft mit ihm! So schwach war er nicht, dass er so mit sich umspringen ließ. Auch wenn sein Körper rebellierte und ihn für die Aufregung des Nachmittags strafte, eine Ruhepause konnte er sich jetzt nicht gönnen. Er musste handeln! Karl Merz schaute auf die Uhr. Es war noch zu früh. Wenn er jetzt anrief, würde er mitten in die Bescherung platzen.

Karl Merz dachte an seine Enkel. Er hatte vom Fenster aus beobachtet, dass Katrin mit ihrer Familie aufgebrochen war. Hoffentlich hatten Marie und Lukas trotz allem noch eine schöne Bescherung. Jetzt sollte er also noch einmal Großvater werden. Karl merkte, dass er sich freute. Seine Enkel waren sein Ein und Alles. Er war gern mit ihnen zusammen. Hier konnte er ein bisschen was von dem nachholen, was er bei seinen eigenen Kindern versäumt hatte.

Susanne und Alex hatten ebenfalls das Haus verlassen und waren weggefahren. Er musste dringend mit Susanne sprechen. Seine Tochter sollte unbedingt wissen, dass in seinem Herz auch für Enkel Nummer drei noch ausreichend Platz war. Und wenn er sich erst einmal an den Gedanken gewöhnt hätte, dann wäre bestimmt auch ein weiblicher Schwiegersohn kein Weltuntergang mehr für ihn. Hoffentlich blieb ihm noch genügend Zeit! Für den Fall allerdings, dass der Krebs schneller war, wollte Karl Merz vorsorgen. Er nahm sein Briefpapier zur Hand und beschriftete den ersten

Umschlag: „Für Susanne, zu öffnen nach meiner Beerdigung." Bis er den Briefbogen einstecken konnte, wanderten allerdings etliche angefangene Briefe zerknüllt in den Papierkorb. Zusammen mit einem Brief an Katrin legte er den Umschlag in die oberste Schublade des Schreibtischs. Hier würden die Mädchen als erstes nachschauen, wenn es so weit war. Seine Töchter sollten wissen, warum er es getan hatte. Es war ihm wichtig, dass sie ihn verstanden.

Draußen war es mittlerweile ganz dunkel und Karl zog die Vorhänge vor dem Fenster zu. Jetzt würde er zwar immer noch stören, aber das Festessen würden seine Gesprächspartner für ein kurzes Telefonat unterbrechen können. Es ging nicht anders. Karl griff zum Hörer und wählte die erste Nummer.

15

Otto König schluckte. Eine Pistole in seinem Salon! Das hatte gerade noch gefehlt. Er drehte sich um, aber niemand schien seine Entdeckung bemerkt zu haben. Der Fremde hatte sich eine Zeitschrift bringen lassen und trank seinen Kaffee. Das darf doch wohl nicht wahr sein, dachte der Friseur und bemühte sich, ruhig zu bleiben. Er holte Herrn Eberts Schirm von der Garderobe und brachte ihn zu seinem Besitzer, der an der Kasse gewartet hatte. Der schien die Aufregung Otto Königs nicht zu bemerken; er freute sich, sein Eigentum wohlbehalten ausgehändigt zu bekommen. „Gell, bei Ihnen hier im Salon ist die Welt noch in Ordnung. Da wird nicht geklaut. Hier müssen die Spitzbuben draußen bleiben." Wenn der wüsste, dachte sich der Friseur und verabschiedete Herrn Ebert ein zweites Mal. Um den Fremden unauffällig beobachten zu können, sortierte Otto König die Pflegeprodukte, die in einem Regal neben der Kasse standen. Von hier hatte er den Italiener im Blick. Was war das nur für ein Kerl? Hatte er eben einem Mafioso die Haare geschnitten? Musste er sich auf eine Schutzgelderpressung gefasst machen? Otto König schossen viele Gedanken durch den Kopf. Er musste Gerda unbedingt von seiner Entdeckung berichten. Die hatte bestimmt eine Idee, was zu tun war.

Der Fremde war vielleicht Anfang oder höchstens Mitte dreißig, hatte höfliche Umgangsformen, war allerdings nicht besonders mitteilsam. Auf die Fragen Otto Königs hatte er zwar geantwortet, aber er war anscheinend nicht besonders erpicht darauf, viel von sich preis zu geben. Für die Kirchen und Friedhöfe der Stadt hatte er sich interessiert. Hatte das etwas mit dem Revolver in seiner Jacke zu tun? Otto König überlegte, ob er die Polizei rufen sollte. Aber so viel er wusste, war allein der Waffenbesitz noch nicht verdächtig oder strafbar. Und der Fremde sah so harmlos aus wie ein italienischer Gastarbeiter auf Jobsuche und hatte so charmant mit seiner Angestellten geflirtet, dass er sofort in jeder Eisdiele den Posten des Chef-Verkäufers bekommen hätte. Der Kerl war sicher nicht der nette Typ von nebenan, der er vorgab zu sein, da war sich Otto König sicher. Denn nette Leute laufen nicht mit einer Knarre in der Jacke herum.

Endlich kam Gerda König in den Herren-Salon hoch. „Ich richte schnell die Sachen für die Maniküre her. Sei so lieb und mach du die Kasse für die Dame." Seine Frau verabschiedete sich von ihrer Kundin und verschwand in dem kleinen Nebenraum hinter dem Perlenvorhang. Für den flehentlichen Blick ihres Mannes hatte sie keine Augen. Der Laden war voll und Gerda König wollte die Kundschaft nicht unnötig warten lassen. „Gerda, ich muss dich kurz sprechen." Der Perlenvorhang tanzte mit einem klackernden Geräusch hin und her und Otto trat so dicht an seine Frau heran, dass er ihr ins Ohr flüstern konnte. Was er ihr zu sagen hatte, sollte niemand außer ihr hören. Gerda neigte den Kopf ein wenig zu ihrem Mann herunter und konnte es kaum glauben, was er ihr da aufgeregt berichtete. „Ja hört das denn gar nicht auf heute!", entfuhr es ihr. „Was machen wir denn jetzt, Gerda?" „Weißt du was, ich ruf schnell den Schorsch an, der hat mir extra seine Handy-Nummer gegeben, für alle Fälle. Ich glaube, jetzt haben wir so einen Fall." Gerda König nahm das Telefon aus ihrer Arbeitsschürze, die sie um die Hüften trug und in der sie ihre Scheren und Kämme jederzeit griffbereit zur Hand hatte. „Da geht nur die Mailbox dran. Der kann uns jetzt auch nicht helten. Pass auf, ich hab's. Die Fernseh-Kommissare sorgen doch als erstes dafür, dass alle Spuren gesichert werden. Das machen wir jetzt einfach auch so."

Wenn sie es bislang nicht wahrhaben wollte, spätestens jetzt fühlte sich Gerda König, als ob sie die Hauptrolle in einem Krimi spielte. Vielleicht liefen hier im Salon die Fäden eines Kriminalfalles zusammen, der nur mit ihrer Hilfe gelöst werden könnte. „Otto, sorg' du dafür, dass die Kaffeetasse von unserem Pistolero nicht in die Spülmaschine wandert, sondern steck' sie in eine Plastiktüte. Fass' sie aber nur mit einem Taschentuch an!" Gerda König wusste, was zu tun war. Das hatte sie oft genug am Sonntagabend im Fernsehen gesehen. Otto König verschwand, um seine kriminalistische Mission zu erfüllen und Gerda nahm ihre Utensilien für die Maniküre zusammen und begrüßte den Fremden. Als erstes nahm sie ihm den Frisierumhang ab, den er immer noch trug. Otto hatte zwar den Haarschnitt beendet, war dann aber von Herrn Ebert unterbrochen worden und hatte den Umhang völlig vergessen.

Die Entdeckung der Pistole hatte Otto König doch stärker mitgenommen, als er es sich eingestehen wollte. Die Kaffeetasse des Fremden hatte er nach Anweisung seiner Frau verstaut und hatte sich danach an den kleinen Tisch in der Kaffeeküche gesetzt. Dass Gerda in dieser Situation so überlegt handeln konnte! Otto wusste genau, warum er seinen Beruf mochte. Hier machte man die Menschen glücklich. Selbst wenn sie mit schlechter Laune hereinkamen, sie gingen alle gut frisiert und heiter aus dem Salon wieder hinaus. Otto liebte es, seinen Kunden eine kleine Auszeit vom Alltag zu ermöglichen, eine neue Frisur oder ein akkurater Haarschnitt wirkten oft Wunder. So manch teure Arztkonsultation, das hatte ihn seine lange Berufserfahrung gelehrt, könnte auch durch einen Besuch beim Friseur ersetzt werden. Optische Optimierung statt Pillen und Skalpell. Seine Kunden wussten das zu schätzen und kamen gern.

Otto stützte den Kopf in die Hände und seufzte. Was hatte dieser Fremde hier zu suchen? Und was wollte er mit der Waffe? Sobald dieser Wahnsinn vorbei war, würde er den Laden für ein paar Tage zumachen, sich seine Frau schnappen und in den Urlaub fahren. Egal wohin, Hauptsache weg.

Den Frisierumhang des Fremden faltete Gerda so zusammen, dass die restlichen Haare eingeschlagen waren und legte ihn beiseite und nicht wie sonst üblich in den Wäschekorb. Vielleicht brauchte die Polizei eine Haarprobe von diesem Verdächtigen, um ihm vielleicht seinen Drogenkonsum nachzuweisen. An ihr sollte es jedenfalls nicht scheitern, wenn es um die Verhaftung dieses Ganoven ging. Dass Verbrecher allerdings so gut aussahen, überraschte die Friseurin. Sie hatte immer gedacht, dass die Bösen auch gemein aussahen. Finstere Gesellen, pockennarbig und grobschlächtig. Dieser Adonis hier auf dem Stuhl hätte jeder Werbeanzeige für ein exklusives Herrenparfum oder einem Modemagazin entstiegen sein können. Gerda ertappte sich bei der Vorstellung, wie der Italiener sich wohl als Unterwäsche-Model machen würde. Die Friseurin schüttelte den Kopf, wie um diese Gedanken zu verscheuchen. Wickelte der Bursche sie jetzt etwa auch schon um den Finger? Ihre Angestellten hatten aufgeregt getuschelt und die Kundinnen fanden anscheinend immer noch kein Interesse an den ausgelegten Magazinen und betrachteten stattdessen den schönen Fremden im Spiegel. Na warte, Bürschchen, was du kannst, das kann ich schon lange, dachte Gerda König und begann mit der Nagelpflege.

Sie bemühte sich, mit dem Fremden ins Gespräch zu kommen. Und sie scheiterte. Das lag aber keineswegs daran, dass der Italiener sie nicht verstanden hätte. Der Fremde sprach gut Deutsch, mit dem gleichen Akzent wie Valentina Felice und ihr Mann. Nur wirkte es bei diesem attraktiven Mann charmant und nicht so bewusst kultiviert, wie bei den Italo-Schwaben. Man hatte den Eindruck, dass die Felices in ihrem Restaurant gern etwas südländisches Flair verbreiteten. Das allerdings hatte sich über die Jahrzehnte, die sie nun schon hier in Bärlingen lebten, abgenutzt und ließ sich auch nicht so leicht während des jährlichen Urlaubs in der „Heimat" rekultivieren.

Bislang hatte sich Frau König eingebildet, dass sie sich auf jeden ihrer Kunden einstellen konnte, egal wie schwierig er war. Sie traf meistens den richtigen Ton und wusste, wann sie nur zuhören sollte und wann es ihrer Kundschaft gut tat, dass sie sich einfühlsam nach ihrem Befinden erkundigte. Bei dem Fremden war Gerda König ratlos. Er lächelte ihre Fragen einfach weg. Der verschwieg doch absichtlich etwas! Gerda fiel auf, dass der Italiener ungewöhnlich gepflegte Hände hatte. Das sah man nicht oft bei Männern. Hart musste der Fremde jedenfalls nicht arbeiten, sonst sähen seine Hände nicht so aus. Ein Mann bei der Maniküre, das war auch eher ein seltenes Ereignis in Bärlingen. Gerda König musste ihren Kunden irgendwie aus der Reserve locken und herausbekommen, was er im Schilde führte. An der Kasse zückte die Chefin ein leeres Blatt aus der Kundenkartei. Damit würde sie ihn bekommen! Im Salon König hatte jeder Kunde eine eigene Karte im Stammkundenregister. So konnten die Angestellten auf einen Blick sehen, welche Tönung beispielsweise das letzte Mal verwendet wurde oder ob irgendwelche Allergien vorlagen. Hier vermerkte man auch, wie die Kundin ihren Kaffee wünschte, während sie die Dauerwelle einwirken ließ, mit oder ohne Zucker.

Stefano Zanolla hatte es schon fast bereut, zum Friseur gegangen zu sein. Seine freie Zeit hätte er sich auch anderweitig vertreiben können. Hier wurde man schon fast als Familienmitglied angesehen, wenn man nur einen neuen Haarschnitt bekam. Und jetzt wollte die Chefin auch noch seinen Namen samt Telefonnummer, um ihn in den Kreis der Stammkunden aufzunehmen. Sollte er der netten Dame etwa sagen, dass er garantiert zum ersten und zum letzten Mal in ihrem Laden war? Und dass er keine Lust hatte, Rechenschaft darüber abzulegen, was er in diesem Provinznest wollte. Er war schließlich nicht zum Spaß hier. Wenn es nach ihm ginge, dann hätte ihm sein Kumpel Adriano auch lieber einen Job in einer größeren Stadt vermittelt. Dort hätte er wenigstens noch ein wenig durch die schicken Geschäfte bummeln können. Hier auf dem Land reichte es den Leuten anscheinend, sauber gekleidet zu sein. Eleganz gehörte nicht zum Vokabular der einheimischen Männer, das hatte er bei seinem Besuch im *Venezia* vorhin gesehen. Wie konnte man nur so nachlässig sein? Das erste, was die anderen sahen, war doch *una bella figura*. Niemand hatte die Chance auf einen zweiten Eindruck. Kein Wunder, dass die deutschen Frauen mit den Komplimenten der einfachsten Sorte glücklich zu machen waren, wenn sie in Heerscharen in der warmen Sonne Siziliens am Strand lagen und ihre bleichen und oft unförmigen Leiber präsentierten. Die Schamgrenze verlief offensichtlich nördlich und südlich der Alpen an einer anderen Stelle. Die Nachbarinnen aus dem Norden waren eine leichte Beute für die jungen Einheimischen, die hier an ihrem Repertoire windiger Komplimente feilten.

Die Chefin hatte ihren Kugelschreiber in der Hand und sah den Fremden erwartungsvoll an. Wie er heiße und wo er wohne. Stefano Zanolla wollte sich auch nicht unnötig verdächtig machen. Deshalb tat er der guten Frau den Gefallen und ließ sich gleich noch ein Hotel hier in der Stadt empfehlen. Gerda König musste nicht lange überlegen. Ihr Schwager, Ottos Bruder, führte zusammen mit seiner Frau den Goldenen Hirsch. Das Hotel lag zentral in der Innenstadt und war das erste Haus am Platze. Um diese Jahreszeit waren sie immer froh über Kundschaft. Bärlingen sah zwar auch im Schnee zauberhaft aus, wenn die stattlichen Bürgerhäuser rund um den alten Marktplatz weiß gepuderte Dächer hatten, aber die meisten Touristen kamen im Sommer, wenn sie sich überhaupt hierher in die schwäbische Provinz verirrten.

Frau König verabschiedete den Italiener noch an der Tür und schaute ihm nach wie er in sein Auto stieg und davonfuhr, nicht allerdings ohne sich das Nummernschild zu merken. Sicher war sicher. Anschließend machte sie sich auf die Suche nach ihrem Mann. Otto König saß immer noch in der Kaffeeküche. Es ging ihm schon wieder besser. „Und, ist der Fremde jetzt weg? Hast du noch was rausgefunden?" Doch statt seine Fragen zu beantworten, musterte Gerda ihren Mann streng. „Sag mal, Otto, hast du jetzt die ganzen süßen Stückchen gegessen?" Gerda König wusste, dass ihr Mann immer für eine Nascherei zu haben war, aber dass er jetzt das ganze Kaffeegebäck verdrückt hatte, das für ihre Angestellten bestimmt war, um ihnen die zusätzliche Montags-Schicht zu versüßen, das wollte sie einfach nicht glauben. „Du, mein Kreislauf war einfach im Keller. Der Fremde mit seiner Pistole hat mir so einen Schrecken eingejagt, dass ich mich erst einmal stärken musste. Jetzt geht's mir aber schon viel besser." Was sollte sie da noch sagen? Ihr Otto war schon ein unverbesserliches Schleckermaul und die Sache mit der Pistole hatte ihn offensichtlich ziemlich mitgenommen. Gerda König beschloss, großzügig über diese Kuchen-Orgie hinwegzusehen, schließlich war heute kein Tag wie jeder andere. Sie würde später einfach noch einmal zum Bäcker gehen.

„Ja, der Italiener ist weg. Ich habe noch eine Haarprobe von ihm. Vielleicht hilft es der Polizei, wenn wir ausreichend Spuren des Verdächtigen abliefern können." „Apropos Polizei. Willst du's nicht nochmal beim Schorsch probieren? Irgendwann wird der Herr Hauptkommissar hoffentlich auch mal wieder erreichbar sein." „Ja, das mache ich gleich. Vorher will ich aber noch schnell im Goldenen Hirsch anrufen." „Warum das denn? Was willst du denn vom Fritz?" „Der Fremde hat sich ein Hotel empfehlen lassen und ich habe ihn zu deinem Bruder geschickt. Vielleicht sollten wir unseren Freund aus dem Süden ein bisschen im Auge behalten."

Gerda König wählte die Nummer des Hotels und besprach sich kurz mit ihrer Schwägerin, die für die Rezeption zuständig war. Otto König hing gebannt an ihren Lippen und konnte es kaum erwarten, bis seine Frau das Gespräch beendet hatte. „Und?" „Er ist tatsächlich im Goldenen Hirsch abgestiegen und hat gerade eingecheckt. Stell dir vor, unser Mario Paulini heißt dort Alessandro Ferrano. So stand es zumindest in dem Ausweis, den er der Margot vorgelegt hat." „Bestimmt sind beide Namen falsch. Einer, der mit einer Pistole in der Jacke zum Friseur geht, für den ist es bestimmt ein Kinderspiel, sich gefälschte Papiere zu beschaffen. Ich möchte nur wissen, was so einer hier bei uns in Bärlingen sucht." „Das kommt mir auch alles sehr verdächtig vor. Ich rufe jetzt nochmal beim Schorsch an und spreche ihm zur Not auch eine Nachricht aufs Band."

16

Endlich war das gesagt, was ihr schon so oft auf der Zunge gelegen hatte. Am liebsten hätte Elfi ihrem Mann ins Gesicht geschrien, dass Susanne nicht seine Tochter war. Nur die Anwesenheit ihrer Kinder hatte sie daran gehindert, ihren Gefühlen freien Lauf zu lassen. Ihr Leben mit Karl war zur Routine erstarrt und bot für die Autohaus-Gattin keinerlei Reiz mehr. Die wenigen gesellschaftlichen Termine, die Karl noch wahrnehmen konnte, reichten nicht aus, um Elfis Verlangen nach Aufmerksamkeit zu befriedigen. Die Krankheit hatte auch ihr Leben radikal verändert. Der Tod war in ihr Haus eingezogen und jeden Monat war eine Ratenzahlung fällig. Plötzlich standen im Bad, auf dem Sofatisch und sogar im Kühlschrank Medikamente. Elfi wusste am Abend nicht, in welcher Verfassung sie ihren Mann am nächsten Tag antreffen würde. Karl klagte nicht und behielt seine Sorgen und Ängste für sich. Für Elfi war es aber im Laufe der Zeit schon zur Zumutung geworden, allein wie er dasaß. Für sie bedeutete Krankheit Alter und Alter bedeutete Tod. Gedanken daran wollte sie keinen Platz in ihrem Leben geben, sie wollte nicht permanent daran erinnert werden, dass sie älter wurde.

Als sie Karl kennenlernte, fand sie seine etwas unbeholfene Art ihr gegenüber charmant. Sie fühlte sich geschmeichelt, dass sich der Sohn aus besserem Hause für sie interessierte. Karl hatte nie darüber gesprochen, aber Elfi war sich sicher, dass sie die erste Frau im Leben des schüchtern wirkenden Mannes war. Karl wusste, dass Elfi wie ein Sechser im Lotto war und dass er von vielen Männern der Stadt beneidet wurde, als die Hochzeitsglocken läuteten. Die meisten Frauen von Bärlingen dagegen dürften aufgeatmet haben, denn Elfi ließ in Sachen Männer nichts anbrennen und in der beschaulichen Kleinstadt war die Hoffnung nicht ganz unberechtigt, dass die verheiratete Elfi ruhiger werden und die Finger von den Männern der Stadt lassen würde. Und in der Tat wurde diese unter dem Einfluss ihres Mannes ein wenig bodenständiger und gefiel sich anfangs auch in der Rolle der Unternehmer-Gattin, die das Heim verschönerte. Karl blühte mit Elfi an seiner Seite auf und gewann an Selbstbewusstsein. Von seinen Eltern übernahm er das Autohaus und stand mit beiden Beinen im Geschäftsleben.

Bald jedoch hatte sich für Elfi der Reiz des Neuen erschöpft und sie begann, sich nach Abwechslung zu sehnen. Wäre ihr Mann ein wenig aufmerksamer und sensibler gewesen, er hätte vielleicht gemerkt, dass seine Frau immer häufiger zu ihren Einkaufstouren aufbrach und ihre Errungenschaften zu Hause nicht einmal mehr auspackte. Von einem Tag auf den anderen änderte sich dieses Verhalten allerdings schlagartig. Da wartete auf ihn eine gut gelaunte Elfi, die ihn fürsorglich bekochte und sich nach seinem Arbeitstag erkundigte. Karl bemerkte diese Veränderung nicht, er arbeitete sehr viel in dieser Zeit.

Die Konkurrenz in Bärlingen schlief nicht. Die erfahrenen Besitzer der anderen Autohäuser rechneten sich reelle Chancen aus, den jungen Mitbewerber, der eben erst das elterliche Autohaus übernommen hatte, aus dem Markt zu drängen. Die Konkurrenz spornte Karls Ehrgeiz an und er vergaß vor lauter Arbeit, dass zu Hause eine junge Frau auf ihn wartete, die sich mehr von ihrem Leben erhoffte, als am Abend einem müden Mann das Abendessen vorsetzen zu können.

Die Kinder waren gegangen und im Haus war es still geworden. Elfi nahm die Christbaumkugeln vom Baum, der Heilige Abend fiel dieses Jahr aus. Sollte sie sich jetzt etwa auch noch dafür schuldig fühlen, dass alles anders gekommen war als geplant? Wer hatte denn auf die Neuigkeiten Susannes reagiert wie der letzte erzkonservative Spießer? Wer hatte sich dazu hinreißen lassen, sie als Tochter zu verstoßen, nur weil sie ihren eigenen Weg zum Glück gehen wollte? Wusste Karl überhaupt, was Liebe bedeutete? Hatte er sie jemals wirklich geliebt? Oder war sie für ihn nur eine Eroberung, mit der man angeben konnte? War es damals seine Torschlusspanik gewesen, die ihn in ihre Arme getrieben hatte?

Wenn jemand sich fragen sollte, warum dieser Abend mit Pauken und Trompeten den Bach runtergegangen war, dann war das Elfis Ansicht nach ihr Mann. Allerdings zählte eine besondere Aufmerksamkeit seinen Mitmenschen gegenüber nicht zu Karls Stärken, dachte seine Frau. Elfi hatte das Spielzeugauto unter dem Baum entdeckt. Sie ging in die Knie und hob den Miniatur-Käfer auf. Das war ihr Käfer! Herrliche Zeiten waren das damals, dachte die Hausherrin. Die Sache mit Peter hatte ihr Mann nicht einmal bemerkt. Elfi seufzte. Die Erinnerung an ihre alte Liebe war ganz plötzlich aufgetaucht. Gedanken an die glücklichen Stunden mit Peter hatte sich Elfi nicht oft erlaubt. Heute war das anders, heute gab es keine Zensur. Elfi hatte den Weihnachtsbaumschmuck wieder in seiner Kiste verstaut und genehmigte sich einen Cognac aus der Hausbar. Mit ihrem Glas setzte sie sich in den Sessel, den Karl bevorzugte und legte die Füße auf den Couchtisch. Heute war alles egal.

Was Karl wohl jetzt machte? Ihr Mann hatte die Runde im Wohnzimmer verlassen und Elfi hatte nur noch die Tür zum Arbeitszimmer ins Schloss fallen hören. Während des Geständnisses war sie die Aktive gewesen und sie hatte es genossen, alle Fäden der Handlung in der Hand zu haben. Jetzt stand sie allein in dem großen Wohnzimmer und wusste nicht, ob sie heute noch irgendeine Reaktion von ihrem Mann zu erwarten hatte. Er hatte sich nur für den Namen des Mannes interessiert, der Susannes leiblicher Vater war. Kein Wort zu ihr, kein Kommentar zu der Affäre. Damit hätte Elfi nicht gerechnet. Im Fernsehen folgten solchen Offenbarungen doch eigentlich immer emotionale Szenen, in denen geschrien und geweint wurde. Im Hause Merz dagegen war es ganz still.

Elfi war einerseits erleichtert, dass sie ihre Lebenslüge losgeworden war, andererseits fühlte sie sich auch unsicher, weil es keine weitere Reaktion von Seiten Karls zu geben schien. Sie trank den zweiten Cognac in einem Zug aus und ging hinaus in die Diele. Auf Zehenspitzen schlich sie in Richtung Arbeitszimmer, um an der Tür zu lauschen. Lange hörte sie gar nichts. Schließlich schien ihr Mann zu telefonieren. Elfi presste den Kopf noch enger an die Tür. Durch den Lederbeschlag an der Innenseite drangen aber nur einzelne Worte an ihr Ohr. Sie verstand nur „Vertrauen" und „morgen zwölf Uhr". Was hatte das zu bedeuten? Was hatte ihr Mann vor? Musste sie Konsequenzen befürchten? Karl war nicht gerade bekannt für seine Konfliktfähigkeit im privaten Bereich. Auseinandersetzungen war er grundsätzlich aus dem Weg gegangen und so hatte Elfi oft ihren Kopf durchsetzen können. Warum sollte Karl also ausgerechnet jetzt, wo er so schwach war, etwas gegen sie unternehmen? Karl ging es seit ein paar Tagen deutlich schlechter. Sein Patient solle sich unbedingt schonen und jegliche Aufregung meiden, hatte Dr. Michael ihr eingeschärft, aber das spielte jetzt keine Rolle mehr. Elfi war sich sicher, dass ihr Mann die Neuigkeiten des heutigen Nachmittags nur schwer verwinden konnte. Mitleid empfand sie keines für ihn.

Karl hatte seine Frau noch nie ernsthaft in ihre Schranken gewiesen. Elfi war sich sicher, dass sie das Problem auch dieses Mal auf ihre Weise lösen und es einfach aussitzen könnte. Mit dieser Devise war sie im Hause Merz bislang ganz gut gefahren und hatte sich so ihre ganz persönlichen Freiräume schaffen können. Karl würde sich wieder beruhigen. Schließlich blieb ihm in seiner Situation auch nichts anderes übrig, dachte sich Elfi. Sie ging in die Küche und nahm sich den Teller mit Lachsröllchen, der Vorspeise des Weihnachtsessens, legte ein paar Scheiben Baguette dazu und schnappte sich die angebrochene Flasche Sekt. Damit hatten sie vorhin auf einen schönen Abend im Kreise der Familie angestoßen. Der war allerdings gründlich danebengegangen! Elfi wollte nicht allein im Esszimmer bleiben und zog sich deshalb in ihr Schlafzimmer zurück. Dort kniete sie sich vor ihren Schrank auf den Boden. Ganz unten musste die Kiste mit den alten Briefen von Peter sein. Auch wenn Elfi die Affäre aus Berechnung beendet hatte, die Liebesbriefe hatte sie aus nostalgischen Gründen aufgehoben. Als sie damals bemerkte, dass sie schwanger war, wusste sie instinktiv, was zu tun war. Peter hätte ihr außer seiner Liebe, die er ihr leidenschaftlich und zärtlich unter Beweis stellte, nichts zu bieten gehabt. Da blieb die jungverheiratete Elfi lieber im gemachten Nest und verkündete ihrem Mann eines Abends, als er wieder ausgelaugt bei ihr am Tisch saß, dass er Vater werden würde. Karl schien keinen Verdacht zu schöpfen, schließlich kam Elfi all ihren ehelichen Pflichten gewissenhaft nach.

Da waren die Briefe, die Peter Fuchs ihr vor über dreißig Jahren geschrieben hatte. Elfi hatte sie zu einem Bündel zusammengeschnürt und in einen Chiffonschal gewickelt. Bei jedem ihrer Treffen hatte Peter ihr einen Liebesbrief überreicht. Elfi setzte sich aufs Bett und nahm einen Schluck von dem schon etwas abgestandenen Sekt. Sie schnürte das Paket auf und begann zu lesen. Das war Balsam für ihre Seele. Wie jung sie damals war und wie begehrenswert! Karl hatte ihr nie solche Briefe geschrieben. Elfi konnte sich auch nicht daran erinnern, dass ihr Mann ihr jemals gesagt hatte, dass er sie liebe. Was wohl aus Peter geworden war? Bei dem Gedanken an ihre unbeschwerten Treffen am Schöneich-See wurde Elfi ganz wehmütig. Sie war zu den Treffen mit ihrem roten Käfer gefahren, Peter war geradelt. Sie trafen sich erst dort, um nicht ins Gerede zu kommen, schließlich war Elfi verheiratet.

Peter hatte zwar keine konkreten Pläne, aber er musste sich Hoffnungen gemacht haben, Elfi dauerhaft für sich zu gewinnen. Die Trennung traf ihn hart und er hörte erst dann auf, um Elfi zu kämpfen, als sie ihm sagte, dass sie ihn nie geliebt und nur einen kurzen Sommerspaß zwischendurch gesucht habe. Peter war am Boden zerstört und hatte seitdem nie wieder probiert, Kontakt zu Elfi aufzunehmen. Soweit sie wusste, hatte er im Winter nach ihrer Affäre die Stadt verlassen. Seine Mutter musste allerdings noch hier leben. Vielleicht könnte sie versuchen, über Frau Fuchs Kontakt zu Peter aufzunehmen. Aber was sollte sie ihm sagen nach all den Jahren? Sollte sie ihm etwa von Susanne erzählen? Das konnte sie unmöglich allein entscheiden. Sie hatte ihrer Tochter heute schon viel zu viel zugemutet; alle weiteren Schritte sollte sie mitbestimmen dürfen. Vielleicht wollte Peter seine Tochter aber auch gar nicht kennenlernen, nach allem, was Elfi ihm angetan hatte. Damit musste sie auch rechnen. Ob Peter sie wohl gehasst hat? Grund genug hätte er jedenfalls gehabt, dachte sich Elfi und griff nach dem Teller mit den Lachsröllchen. Was würde sie darum geben, noch einmal das Gefühl zu erleben, so begehrt und umworben zu werden wie damals! Elfi konnte sich noch gut an das Glück erinnern, das sie damals empfunden hatte. Die letzten Jahre mit ihrem Mann, der sich mehr und mehr in sich zurückgezogen hatte und den die Eigenheiten seiner Frau zunehmend anstrengten, erschienen ihr quälend lang. Elfi war unglücklich. Sie flüchtete in ihre Welt, die aus Shoppingtouren und Kaffeekränzchen mit den Bärlinger Gattinnen bestand.

Elfi legte die Briefe wieder zurück in den Schrank und strich liebevoll über ihren Pelzmantel, der neben ihren Designer-Kostümen und Maß-Hosenanzügen hing. So einen hatte keine der Bärlinger Schnepfen! Diese Möchtegern-Trendsetterinnen führten doch nur aus, was ihnen die einzige Boutique der Stadt als letzten Schrei der Mode diktierte. Elfi nahm ihren hellen Pelzmantel aus dem Schrank und schlüpfte in das aufwändig gearbeitete Cape. Sie legte die breite Kapuze über den Kopf und stellte sich vor dem Spiegel in Pose. So ein Stück gab es nur einmal, das war jetzt genau das Richtige bei diesen frostigen Temperaturen. Sie besah sich von allen Seiten und hängte ihren Mantel dann wieder zurück in den Schrank. Elfi liebte es, etwas Besonderes zu besitzen. Das hätte ihr Peter niemals bieten können.

Karl dagegen hatte etwas aus dem Autohaus seiner Eltern gemacht. Ohne sie wäre das Autohaus Merz allerdings nicht das, was es heute war. Und sie würde die Geschicke der Firma auch in Zukunft lenken. Elfi hatte genaue Vorstellungen davon, was sie in der Firma nach dem Tod ihres Mannes alles verändern würde. Wenn sie die Entscheidungen alleine zu treffen hätte, dann wäre Schluss mit dieser Weichspüler-Personalpolitik. Ihr Mann war einfach zu gutmütig und ging zu nachsichtig mit den Schlampereien der Mitarbeiter um. Elfi würde in den Laden erst einmal ordentlich Wind reinlassen und der eine oder andere Merzianer würde wohl mit einer Kündigung rechnen müssen. Seit Karl wegen seiner Krankheit die Leitung weitgehend Elfi überlassen hatte, legten die Mitarbeiter ein recht ambivalentes Verhalten an den Tag. Es gab diejenigen, die bereits ahnten, dass mit der Chefin nicht gut Kirschenessen war und die darum keine Möglichkeit ausließen, sich bei Elfi ins rechte Licht zu rücken. Und dann gab es noch die treuen Gefolgsleute Karls, die das Gefühl hatten, dass das Autohaus Merz nicht mehr das Autohaus war, für das es sich lohnte, auch einmal unbequeme Arbeitszeiten in Kauf zu nehmen. Diese Mitarbeiter fühlten sich schon auf dem Absprung und machten durch ihre Arbeitshaltung deutlich, dass sie für Elfi nicht den gleichen bedingungslosen Einsatz bringen würden wie für ihren Chef.

Elfi wusste, dass sie am längeren Hebel saß und dass es nur eine Frage der Zeit war, bis sie keine Rücksicht mehr auf die alte Verbundenheit der Belegschaft zu ihrem Senior-Chef nehmen musste. Ihrem Schwiegersohn, Frank Ohler, konnte Elfi leider nicht kündigen. Er war auch einer von den Kandidaten, die ihr auf die Nerven gingen. Für diesen Duckmäuser war Karls Wort Gesetz. Elfi würde bestimmt eine Lösung einfallen, die ihren Schwiegersohn zwar nicht aus dem Unternehmen ausschloss, die ihn aber so degradierte, dass er über kurz oder lang freiwillig gehen würde. Sie würde allerdings mit ihren Veränderungen warten, bis Karl nicht mehr eingreifen konnte. Das war sie ihm trotz allem schuldig. Auch wenn Elfi sich im Privaten einen temperamentvolleren Mann gewünscht hätte, der sie auf Händen getragen hätte, statt sie nur gewähren zu lassen, so war sie doch stolz auf das, was sie gemeinsam erreicht hatten. Jeder wusste, dass der Aufstieg des Autohauses ohne die Fähigkeiten des anderen nicht möglich gewesen wäre. Ihre Aufgabenbereiche hatten sie immer strikt getrennt. Und so hatte sich Elfi auch aus den „Geschäften" herausgehalten, die ihr Mann regelmäßig mit Adriano Felice machte. Diese Geschäfte waren immer ein Erfolg für alle Beteiligten. Nach den Treffen mit Adriano gelang es Karl oft, günstig eine Immobilie zu erwerben oder eine größere Marge Autos zu einem guten Preis zu verkaufen. Elfi fragte nicht weiter nach den Details; solange das Ergebnis stimmte, war ihr der Rest egal. Das Geld kam rein, das war die Hauptsache.

Es war spät geworden, als Elfi in ihrem Schlafzimmer das Licht löschte. In den Nachbarhäusern waren die Fenster noch hell erleuchtet und der weihnachtliche Glanz schien bis auf die Straße. Die Merz'sche Villa dagegen lag ganz im Dunkeln.

17

Georg Haller hatte seine Sprache noch nicht wiedergefunden. So etwas war ihm noch nie passiert! Lisa-Marie Töpfer schien nicht zu bemerken, wie sehr sie ihren Kollegen aus dem Gleichgewicht gebracht hatte. Der Hauptkommissar leistete keine Gegenwehr, als sie sich bei ihm unterhakte und nahm die junge Frau mit zu seiner Mutter. Es würde sowieso nur ein kurzer Besuch werden, denn ihre Mittagspause war in zwanzig Minuten vorbei.

Die Seniorenresidenz Gertrudenstift lag direkt in der Fußgängerzone von Bärlingen. Seine Mutter wohnte jetzt sozusagen *downtown*, eine echte Verbesserung im Vergleich zu ihrer Wohnung am Stadtrand. Das Altersheim war frisch renoviert und die Zimmer und Appartements gepflegt. Georg plagten immer wieder Gewissensbisse, dass seine Mutter seinetwegen ausgezogen war. Wenn er sie dann allerdings hier bei ihrer Binokel-Runde erlebte und sah, an welchen Angeboten sie noch teilnehmen konnte, dann war auch er überzeugt davon, dass es die richtige Entscheidung war. Dass es zu Hause am Abend so still war und dass er sich am Wochenende oft allein fühlte, das musste seine Mutter nicht wissen.

Im Foyer eines Seniorenstifts sah es genau so aus wie in jedem anderen Altersheim auch. Auch wenn man hier unwillkürlich nach distinguierten weißhaarigen Herren Ausschau hielt, die bei einem Pfeifchen die Lage der Weltpolitik oder in gediegener Clubzimmer-Atmosphäre die Entwicklung ihrer Aktien besprachen, die Bewohner des Gertrudenstifts unterschieden sich nicht von denen anderer Seniorenheime. Hier traf man auch nicht auf die vornehmen Damen von Welt, die eine Gelegenheit suchten, ihren Schmuck und Pelz auszuführen. Wer hier auf den Polstergarnituren mit Hygieneschutz saß, der wartete. Einige warteten auf Besuch, der vielleicht längst da gewesen war, was sie aber schon wieder vergessen hatten, andere darauf, dass die nächste Mahlzeit ein wenig Abwechslung in ihren gleichförmigen Tagesablauf brachte. Die meisten saßen einfach nur da und ließen die Zeit an sich vorbeistreichen.

Wenn er seine Mutter besuchen kam, hätte Georg sich am liebsten immer durch eine Hintertür ins Haus geschlichen. Es war ihm unangenehm, dass ihn die Alten ansprachen und ihm die Hand geben wollten. Er schämte sich insgeheim für seine Abneigung. Auch heute versuchte er, die Eingangshalle so schnell wie möglich zu durchqueren. Die Wartenden kannten ihn allerdings schon, denn er kam regelmäßig zu Besuch und dass er heute sogar noch ein unbekanntes Gesicht mitgebracht hatte, das löste bei den Senioren eine wahre Begeisterung aus. „Ja Schorsch, dass man dich auch mal wieder sieht!" Eine Bewohnerin, die noch etwas mobiler war, kam mit ihrem Rollator auf Georg Haller zu und reichte ihm ihre faltige Hand zum Gruß. „Grüß Gott, Frau Müller." Nur jetzt kein Gespräch beginnen. „Wen hast du uns denn heute mitgebracht?" Ein älterer Mann, der sich nicht mehr vom Sofa erheben konnte und offensichtlich auch schlecht sah, reckte den Hals nach vorne. Nicht schon wieder der Klaubinger, dachte sich Georg. Der fand immer kein Ende, wenn er erst einmal ins Erzählen kam.

„Grüß Gott, ich bin eine Kollegin vom Schorsch, die Lisa-Marie." Die Polizeiobermeisterin war auf den alten Mann zugegangen und reichte ihm die Hand. „Ja so ein nettes Mädchen, das bring mal ruhig öfter mit." Der zahnlose Opa lächelte beglückt. „Jetzt müssen wir aber wirklich, sonst ist die Mittagspause gleich rum." Georg führte seine Kollegin am Arm weiter. „Wenn man denen den kleinen Finger reicht, dann nehmen sie gleich die ganze Hand. Da kommst du dann unter einer Stunde nicht mehr weg." „Herr Haller, das wundert mich jetzt aber. Du bist doch sonst nicht so ein Eisklotz.

Die alten Leutchen hier sind bestimmt ganz einsam. Da wird doch wohl ein nettes Wort erlaubt sein." Georg Haller fand, dass seine Kollegin Recht hatte. Er freute sich, dass die oberflächliche Party-Maus, für die er sie bislang gehalten hatte, vielleicht doch mehr Tiefgang hatte, als er bislang annahm. Die Frau hatte das Herz auf dem rechten Fleck!

Das kleine Appartement seiner Mutter lag im zweiten Stock und sie hatte von ihrem Balkon aus eine wunderbare Sicht auf die prächtige romanische Stadtkirche am Marktplatz. Frau Haller freute sich über den unerwarteten Besuch. Sie hatte sich ihre Wohnung gemütlich und für eine Frau ihres Alters relativ modern eingerichtet. Als sie Georg über ihre Umzugspläne informierte, hatte sie ihm gleich eine Liste der Möbel vorgelegt, die sie sich neu anschaffen wollte. In ihren alten Möbeln habe sie jetzt lang genug gelebt, jetzt sei es Zeit für was Neues, so ihre Begründung. Deshalb sah es bei der Mutter auch eher nach „Schöner Wohnen" aus, während die Einrichtung des Sohnes den Charme der sechziger Jahre verströmte.

„Muddi, des isch die Lisa-Marie Töpfer, mei Kollegin." Die junge Frau sah ihren Chef erstaunt an. Hoppla, was war jetzt los? Wo kam denn jetzt dieses Schwäbisch her? Das hatte sie bei ihrem Kollegen noch nie gehört. „Ach, des freut mich jetzt aber, dass du mit so am netta Mädle zusammen schaffsch. Grüß Gottle." Die Polizeiobermeisterin schaute ihren Kollegen fragend an. Sie hatte ihre Ausbildung zwar in der Landeshauptstadt gemacht, aber ein Schwäbisch-Sprachkurs stand damals nicht auf dem Stundenplan. Den hätte sie vielleicht sogar freiwillig belegt, denn als gebürtiges Nordlicht hatte sie immer dann Probleme, wenn die Einheimischen so richtig in die Dialektkiste griffen. „Meine Mutter meint nur, dass sie sich freut, dich kennenzulernen und dass sie dich nett findet."

Die junge Polizistin reichte der sympathischen Siebzigjährigen die Hand. „Freut mich auch sehr, Frau Haller." „Wie lang schaffet Sie denn scho mit meim Schorsch zsammen?" Georg war plötzlich Luft für seine Mutter, sie schien sich nur noch für Lisa-Marie zu interessieren. „I mein, sind Sie schon lang ein Team?" „Ich bin erst seit etwas über einem halben Jahr hier in Bärlingen. Ihr Sohn und ich sind zwar in der gleichen Dienststelle beschäftigt, aber erst jetzt arbeiten wir eigentlich so richtig zusammen." Georg Haller machte seiner Kollegin ein Zeichen, dass sie lieber den Mund halten sollte. Er wollte nicht, dass seine Mutter mitbekam, dass sie den rätselhaften Tod von Elfi Merz aufzuklären hatten. Erstens würde sie dann alles ganz genau wissen wollen. Seine Mutter las leidenschaftlich gern Kriminalromane und würde es sich sicher nicht verkneifen können, ihm gutgemeinte Ratschläge zu geben, wie er seine Arbeit noch besser machen könnte. Zweitens wollte er nicht, dass in einer Stunde das ganze Altersheim über nichts anderes mehr sprach, als dass in Bärlingen ein ungeklärter Todesfall auf seine Lösung wartete. Dann nämlich würde er mit Sicherheit keinen Fuß mehr in die Eingangshalle setzen können, ohne dass ihm gleich ein ganzes Rentner-SEK seine treuen Dienste anbieten würde.

„Muddi, wie goht's denn dir, verzähl doch mal." Georg Haller versuchte es mit einem Ablenkungsmanöver. „Im Großen und Ganzen gehts scho. Aber woisch, die viele alde Leit, die ganga mir manchmal scho auf d Nerva. Aber sonschd fühl i mi wohl in meiner Umgäbung." „Und was gibt's sonschd Neus?" Lisa-Marie Töpfer musste schon sehr genau aufpassen und die Ohren spitzen, um mitzubekommen, worum es in dem Gespräch von Mutter und Sohn ging. Dass Frau Haller eigentlich ganz zufrieden war mit ihrer Situation, soviel hatte sie verstanden. „Schorsch, des soddsch doch du am beschda wissa, was es Neus gibt. Du wirsch doch von dem Mord an dr Frau Merz gehört habe. Obwohl, sicher isch des doch noch gar net, dass des koi Selbschdmord war." Seine Mutter überraschte ihn immer wieder. Dass die Buschtrommeln in Bärlingen funktionierten, das wusste er. Jeder kannte einen, der wiederum jemanden kannte, der dabei gewesen war und es mit eigenen Augen ganz genau gesehen hatte. Frau Gerlinde Haller aber tratschte nicht einfach eine im Vorbeigehen aufgeschnappte Sensation weiter, sie musste man erst einmal von der Seriosität der Nachricht überzeugen. Bei ihr konnte man nur mit Geschichten landen, die Hand und Fuß hatten. „Habe ich das richtig verstanden, Frau Haller, Sie glauben, dass Frau Merz sich eventuell selbst umgebracht haben könnte?" Die alte Dame, deren silberne Löckchen akkurat frisiert waren, richtete sich in ihrem Sessel auf und sah die junge Frau wohlwollend an. „Wisset Se, Mädle, wenn Se amol so lang auf dera Welt send wie i, dann habet Se bestimmt au eins glernt: S gibt nix, was es net gibt. I kann mir eigentlich net vorstella, dass d Frau Merz freiwillig aus em Leba ganga isch. Jetzt, wo der Peter wieder auftaucht isch. Wisset Se, die Mudder von dem Peter wohnt au hier und hat mir verzählt, dass ihr Bua in dr Schdadt isch." „Meinen Sie den Peter Fuchs, mit dem die junge Frau Merz eine Affäre hatte? Wollte sie sich vielleicht mit ihm treffen?"

Lisa-Marie Töpfer war froh, dass sie mit ins Altersheim gekommen war. Eigentlich hatte sie ihren Kollegen nur ein wenig aus der Reserve locken wollen. Sie musste zugeben, dass Georg Haller gar nicht so ein kleinkarierter Schreibtischbulle war, wie ihre Kollegen immer hinter seinem Rücken lästerten. Und seine Mutter fand sie auch nett, wenn nur dieser Dialekt nicht wäre. Die Leute hier sprachen schon ein verboten breites Schwäbisch!

„Oh, da kann i mi no gut dran erinnern, an den Sommer, wo d Elfi was mit dem Peter hatte. Damals hat sich d ganze Schdadt des Maul verrissa. Der oinzigschde, der nix gmerkt hat, war der Merza Karle. I fand des zwar net richtig, aber des warat alles erwachsene Leit und solang koine Kender da sind - . Komisch fand i damals nur, dass d Elfi a paar Monat später a Kend kriagt hat. Offiziell war des nadierlich dem Karl sei Dochter, aber wer woiß des scho so gnau?" Frau Haller hatte jetzt keine Lust mehr, noch länger über die alten Elfi-Geschichten zu plaudern. Ihr Sohn hatte schließlich eine Frau mitgebracht! Das war noch nie zuvor passiert. Für ihren Geschmack hatte es viel zu lange gedauert, bis ihr Schorsch in Sachen Frauen in die Gänge kam. „I fends ja gut, dass mei Bua endlich so a nette Kollegin an seiner Seite hat. Alloi macht die Arbeit halt au nur halb so viel Spaß." Die junge Frau lächelte die Mutter ihres Kollegen ein wenig verlegen an. Sollte Lisa-Marie ihr jetzt sagen, dass sie und Georg nur rein beruflich ein Team waren? Die alte Dame schien sich wirklich zu freuen, sie kennenzulernen und hatte vor Aufregung ganz rosigen Wangen bekommen.

Lisa-Marie war sich nicht sicher. War sie vorhin im *Venezia* vielleicht zu weit gegangen als sie ihrem Kollegen so nahe gekommen war? Wenn der wirklich so ein Spätzünder war, dann machte er sich sicher Hoffnungen auf mehr. Die junge Frau überraschten ihre eigenen Gedanken. Was hatte dieser Mann nur mit ihr gemacht? Bislang hatte doch sie die Spielregeln bestimmt und den Männern klar zu verstehen gegeben, was sie wollte und was nicht. Ihr Gegenüber schien all seine Jetons auf den Spieltisch gelegt zu haben. Mit diesem Einsatz musste sie behutsam umgehen, das spürte sie.

Frau Haller hatte die Unsicherheit ihrer Besucherin bemerkt und sich wieder ihrem Sohn zugewandt. Sie wollte wissen, wie er im Haushalt zurechtkäme. Georg berichtete ihr von der Kehrwoche, die er diese Woche zu erledigen hatte und dass ihm seine Nachbarin letzte Woche eine Tupperschüssel mit Linsen und Spätzle vor die Tür gestellte hatte. Seine kulinarische Verwahrlosung verschwieg er seiner Mutter, das brauchte sie nicht zu wissen.

Georg sah auf die Uhr, sie mussten los. Seine Mutter fasste ihn am Arm. „Nur oi Frog no, Schorsch. Was machsch du denn jetzt im Fall von dr Frau Merz?" „Ach Muddi, du woisch doch, dass i da nix saga kann. Du liesch doch Krimis. Mir machat au nix anders als die im Buch." Bei der Verabschiedung zog Frau Haller die Begleiterin ihres Sohnes noch ein wenig näher zu sich heran, als diese ihr die Hand gab. „Der Schorsch isch a weng schüchtern, aber sonsch an guter Kerl." Georg reichte es jetzt, Lisa-Marie war schließlich seine Kollegin und nicht seine Verlobte. „Muddi, jetzt müsset mir aber wirklich los."

„Tut mir leid, ich hoffe, es war nicht zu schlimm für dich." Dem Hauptkommissar war es ein bisschen peinlich, dass seine Mutter von ihm wie von einem kleinen Jungen gesprochen hatte. Was dachte seine Kollegin jetzt nur von ihm? Die Sache wurde komplizierter, als es Georg lieb war. Heute Morgen war seine Welt noch so schön geordnet. Er hatte sich auf seinen Dienstbeginn im Büro eingestellt und jetzt hatte er eine Leiche an der Backe und seine junge Kollegin hatte ihn geküsst. Vielmehr konnte ein Tag nicht mehr bieten.

„Also ich fand deine Mutter sehr nett. Aber ich gestehe, dass ich nicht alles verstanden habe. Ich wusste gar nicht, dass du auch den Schwaben drauf hast, Schorsch!" „Das klingt irgendwie komisch, wenn du Schorsch sagst. Du musst es weiter hinten sagen, der Rachen muss fast zu sein. Bei dir hört sich das eher wie Schooaasch an. Komisch eben." Lisa-Marie lachte. „Ich werde es üben, Schooaasch!" Georgs Handy vibrierte in der Tasche, er hatte es im Restaurant auf lautlos gestellt. „Ja. Wir sind gleich im Büro, in fünf Minuten." Der Hauptkommissar hörte bei der Gelegenheit auch gleich noch die Nachricht von Frau König auf dem Anrufbeantworter ab. „Ich muss nochmal schnell zum Salon König. Geh schon mal vor und sag den Kollegen, dass ich etwas später komme."

18

Der Kopfschmerz pochte in ihren Schläfen. Elfi richtete sich auf und musste einen Moment auf der Bettkante sitzen bleiben, weil ihr schwarz vor Augen wurde. Sie war es nicht gewohnt, Alkohol zu trinken und gestern hatte sie nach dem Begrüßungs-Sekt noch zwei Gläser Cognac geleert, ganz zu schweigen von der angebrochenen Sektflasche, die sie sich mit nach oben genommen hatte. Auf ihrem Nachttischschränkchen stand noch der Teller mit einem letzten Lachsröllchen. Elfi musste sich abwenden; schon der Geruch verursachte ihr Übelkeit. Jetzt schnell unter die Dusche, dachte sie, dann würden ihre Lebensgeister schon wieder zurückkehren. Die Badezimmertür war allerdings geschlossen und Elfi hörte das Plätschern der Dusche. Karl war also bereits aufgestanden. Er musste im Arbeitszimmer übernachtet haben, denn sein Bett war unbenutzt, wie sie durch die geöffnete Schlafzimmertür erkennen konnte. Karl und Elfi Merz hatten schon seit über zehn Jahren getrennte Schlafzimmer. Karl war in das ehemalige Gästezimmer umgezogen und hatte seiner Frau das große Schlafzimmer überlassen. Anfangs ging es nur darum, den anderen nicht zu stören, wenn man lieber noch länger lesen wollte oder in der Nacht öfter mal raus musste. Mit der Zeit schätzten beide Ehepartner die getrennten Schlafzimmer auch deshalb, um sich noch mehr aus dem Weg zu gehen.

Karl würde mindestens noch eine Viertelstunde im Bad brauchen, das wusste Elfi aus jahrelanger Erfahrung. Sie war mit einem Schlag hellwach. Diese Zeit musste sie nutzen! Schnell warf sie sich ihren Morgenmantel über und stieg die Treppen hinab. Die Tür des Arbeitszimmers war angelehnt und Elfi betrat zögernd den Raum. Karl war im Bad, er konnte sie nicht sehen und trotzdem kam sie sich wie ein Eindringling in eine fremde Welt vor. Auf dem Sofa lagen

Kissen und eine Wolldecke, hier hatte Karl geschlafen. Elfi sah sich um. Was wollte sie eigentlich hier? Glaubte sie, Hinweise darauf zu finden, wie ihr Mann auf ihr Geständnis reagiert hatte? Elfi setzte sich an den Schreibtisch, auf dem die gerahmten Fotos ihrer Kinder standen. Ein Bilderrahmen lag mit der Fotoseite nach unten auf der Arbeitsplatte. Elfi drehte es um. Es war ein Bild von Karl und ihr, das während ihres letzten Urlaubs auf dem Kreuzfahrtschiff entstanden war. Elfi legte das Bild hin und lehnte sich in dem bequemen Schreibtischsessel zurück.

Als sie gestern Abend an der Tür gelauscht hatte, glaubte sie gehört zu haben, dass Karl telefoniert hatte. Mit wem er wohl gesprochen hat? Immerhin war es Heilig Abend, eigentlich kein passender Zeitpunkt für Telefonate. Elfi nahm den Telefonhörer und drückte die Wahlwiederholung für die letzte gewählte Nummer. „*Buon Giorno*. Sie sind verbunden mit dem Restaurant *Venezia* in Bärlingen. Wir haben vom 25. bis einschließlich 26. Dezember geschlossen. Ab dem 27. Dezember haben wir wieder für Sie geöffnet und freuen uns auf Ihren Besuch. Wir wünschen allen unseren Kunden *Buon Natale*."

Warum hatte ihr Mann gestern Abend bei Adriano Felice angerufen? Wollte er sich etwa noch eine Pizza bestellen, nachdem das Festessen ausgefallen war? Elfi schaute auf dem Display des Hörers nach. Ihr Mann hatte noch ein weiteres Gespräch geführt. Gespannt drückte Elfi auch für diese Nummer die Wahlwiederholung. Auch hier ging ein Anrufbeantworter dran. „Grüß Gott. Dies ist der Anschluss der Familie Riebel. Wir sind gerade nicht erreichbar, freuen uns aber über eine Nachricht nach dem Signalton. Danke!"

Warum hatte Karl gestern Abend zuerst bei Riebels angerufen? Was wollte er von Heinz? Ihn vielleicht auf eine Pizza einladen, weil er sich so einsam fühlte? Wohl kaum. Heinz Riebel war ein Anwalt, der mit allen Wassern gewaschen war. Er hatte Karl schon gelegentlich aus brenzligen Situationen herausgeholfen, wenn die Geschäfte mit Adriano sich etwas zu weit an den Rand dessen herangewagt hatten, was gesetzlich noch vertretbar war. Riebel war immer eine Lösung eingefallen und Karl wusste, dass er auf seinen Freund zählen konnte, wenn er in der Klemme saß. Was also wollte er von dem Anwalt? Musste Elfi sich Sorgen machen, dass der gestrige Abend Konsequenzen haben würde? Ihr wurde mulmig, schließlich hatte sie ihren Mann noch nie so verletzt gesehen. Vielleicht fand sie noch weitere Hinweise.

Der Schreibtisch war ordentlich aufgeräumt, gearbeitet hatte Karl gestern Abend also nicht. Ihr Blick fiel auf den Papierkorb neben dem Schreibtisch und sie nahm sich eines der zerknüllten Papiere heraus. „Liebe Susanne, es tut mir leid. Ich bin ein alter Trottel." Auch bei den restlichen Zetteln handelte es sich um Briefanfänge, die Karl verworfen hatte. „Liebe Susanne, in meinem Herzen bist du immer meine Tochter. Kinder sind das größte Glück für ihre Eltern und ich hoffe, dass du mich irgendwann verstehen kannst."

Auch an Katrin hatte Karl offensichtlich geschrieben. Über seine Gefühle zu sprechen gehörte noch nie zu den Stärken des Autohaus-Chefs und so fanden sich auch etliche angefangene Briefe an die jüngere Tochter im Papierkorb. „Liebe Katrin, denke nicht schlecht von deinem Vater und verzeih mir, dass ich..." Elfi konnte sich keinen Reim darauf machen, was Karl dazu bewogen haben könnte, diese Briefe zu schreiben. Hatte er die Briefe überhaupt beendet oder es bei den unbeholfenen Versuchen, die im Papierkorb gelandet waren, belassen? Elfi zog die Schubladen des Schreibtischs auf und fand in der obersten Lade die Briefe an die Töchter. Seltsam, dachte sie. Warum hatte Karl Briefe verfasst, die erst nach seinem Tod zugestellt werden sollten? Elfi legte die Briefe wieder zurück an ihren Platz. Sie würde eine Gelegenheit finden, sich über den Inhalt Klarheit zu verschaffen.

Als sie die unterste Schublade aufzog, stockte ihr der Atem. Dort lag eine Pistole! In Karls Schreibtisch lag ein Revolver! Elfi traute ihren Augen nicht. Warum hatte ihr Mann eine Waffe? Und warum wusste sie nichts davon? Was wollte er mit dem Ding? Mit zitternden Fingern schob Elfi die Schublade wieder zu und zuckte vor Schreck zusammen. Sie hatte Karls Schritte auf der Treppe gehört! Gleich würde er in der Diele sein und sie im Arbeitszimmer entdecken. Er durfte sie auf gar keinen Fall hier sehen! Plötzlich hatte Elfi Angst vor ihrem Mann. Er war nicht mehr der kranke schwache Karl, der sich von einem Arzttermin zum nächsten schleppte. In seinem Schreibtisch lag eine Pistole! Würde er die Waffe gegen sie richten?

Elfi sah sich in dem Zimmer um. Es gab keine Möglichkeit, sich zu verstecken. Panik stieg in ihr auf. Vorsichtig schob sie den Schreibtischsessel zurück. Jetzt bloß kein verdächtiges Geräusch machen! Ihr Herz hämmerte so hart gegen ihre Rippen, dass sie schon befürchtete, dieses Geräusch könnte sie verraten. Auf Zehenspitzen schlich sich Elfi an die Wand und stellte sich so hin, dass sie verdeckt werden würde, sobald ihr Mann die Tür ganz öffnete.

Ihr Mann hatte anscheinend nicht vor, ihr Geständnis einfach so hinzunehmen. Wenn er sie jetzt dabei erwischte, wie sie in seinem Arbeitszimmer herumschnüffelte, dann wollte sie lieber nicht daran denken, wie er reagieren würde. Elfi hielt den Atem an, die Schritte näherten sich der Tür. Elfis Blick fiel auf den Schreibtisch. Das durfte doch nicht wahr sein! Sie hatte die zerknüllten Briefbögen auf der Arbeitsplatte liegen lassen! Wie ein Feuerstoß raste ein Adrenalinschub durch ihren Körper und verhinderte, dass ihr Kreislauf sie im Stich ließ. Sie sah, dass sich die Türklinke bewegte. Jetzt war alles zu spät! Elfi lehnte den Kopf an die Wand und schloss die Augen. Sollte eben geschehen, was unvermeidbar schien! Doch nichts geschah. Als Elfi die Augen wieder öffnete, sah sie, dass die Tür zwar weiter geöffnet war als zuvor, aber Karl war ganz offensichtlich nicht ins Zimmer gekommen, sondern hatte es sich anders überlegt. Elfi wusste, dass sie keine zweite Chance bekam und nicht zögern durfte. Sie knüllte die Bögen wieder zusammen und schmiss sie in den Papierkorb.

Nachdem sie sich vergewissert hatte, dass Karl nicht in der Diele stand, zwängte sie sich durch den Türspalt. Unbemerkt gelangte sie nach oben und verharrte mit klopfendem Herzen auf der Treppe, um zu hören, was weiter geschehen würde. Karl war offensichtlich in die Küche gegangen. Zwischendurch verschwand er kurz im Arbeitszimmer und telefonierte, um dann wieder in die Küche zu gehen. Zehn Minuten später verließ er das Haus und Elfi konnte aus dem Fenster oben im Flur erkennen, dass er in ein Taxi stieg. In der Küche fand Elfi die Spuren seines Frühstücks. Als sie noch einmal ins Arbeitszimmer zurückging und im Schreibtisch nachsah, stellte sie fest, dass der Revolver verschwunden war ebenso die beiden Briefe an die Töchter.

„Du Arme, wie konnte denn das passieren?" Elfi hatte sich wie jeden Tag um zehn Uhr mit ihrer Freundin Gabriele getroffen, um die Hunde gemeinsam auszuführen. Pluto war zwar schon ein älteres Semester, aber die täglichen Gassi-Runden brauchte er trotzdem. Gabi hatte wie üblich an der kleinen Brücke bei den Schrebergärten gewartet, bis Elfi und ihr Begleiter um die Ecke bogen. Die beiden Hunde kannten sich seit vielen Jahren, beschnüffelten sich aber trotzdem jedes Mal aufs Neue. Gabi war fünf Jahre älter als Elfi und nannte sie „Schätzchen" oder „Kleine". Von jeder anderen Person hätte Elfi sich solche Kosenamen verbeten, aber bei Gabi war das was anderes. Man konnte ihr nicht böse sein. Und jetzt wartete die Freundin im dicken Wollmantel und mit einer Pelzmütze auf Elfi, um erst die Schrebergärten zu durchqueren, bevor der Weg dann an Feldern vorbei in einem großen Bogen wieder zu dem Wohngebiet führte, in dem die beiden Frauen lebten. Elfi in der repräsentativen Merz'schen Villa und Gabi in einem etwas bescheideneren klinkerverzierten Einfamilienhaus. Gabis Mann Alfons war auch im Bärlinger Gewerbeverein, ihm gehörte ein kleines Schreibwarengeschäft am Marktplatz und die beiden Frauen hatten sich angefreundet, als sie früher noch gelegentlich zu den Treffen des Gewerbevereins mitgegangen waren.

Gabi hatte vom Warten schon eine rote Nase und breitete die Arme aus, um Elfi an sich zu drücken. Elfi versank in den Armen der Freundin, die einen guten Kopf größer war als sie und sicher doppelt so viel auf die Waage brachte wie die zierliche Autohaus-Gattin. „Schätzchen, was macht ihr nur für Sachen?"

Elfi kam erst aus der besorgten Umklammerung ihrer Freundin los, als die beiden Hunde so an ihren Leinen zogen, dass die Frauen ihre Position verändern mussten. Elfi fragte sich, woher Gabi wissen konnte, was Susanne ihnen gestern Abend eröffnet hatte? Waren sie und Alex etwa Hand in Hand durch Bärlingen gelaufen, um allen zu zeigen, dass die Tochter vom Merz vom anderen Ufer war? Elfi war sich nicht sicher, was die Freundin meinte und wollte lieber auf Nummer Sicher gehen: „Was meinst du denn für Sachen?" „Ach Kleine, du musst jetzt nicht die starke Elfi spielen. Wir kennen uns doch schon so lange! Und weißt du, die Welt geht auch nicht unter nach einer Scheidung." Scheidung? Moment, hatte sie da irgendetwas verpasst? Elfi blieb stehen und sah die Freundin erstaunt an. „Wer hat hier was von Scheidung gesagt?"

Elfi verstand jetzt gar nichts mehr. Das konnte doch nicht sein! Niemals hatten sie und Karl über Scheidung gesprochen. Sie hatten zwar ihre Differenzen und sich auch langsam aber sicher auseinandergelebt, aber Trennung war kein Thema gewesen. Wenn Elfi sich wieder einmal über ihren Mann ärgerte, dann tröstete sie sich mit dem Gedanken, dass es nur noch eine Frage der Zeit war, bis dass der Tod sie schied. Und zwar bei voller Erbberechtigung.

„Komm schon, Elfi. Du weißt doch, dass es in Bärlingen kein Geheimnis gibt, sobald man einem Menschen etwas Vertrauliches erzählt hat." Da hatte Gabi Recht. Es war allerdings ein großer Unterschied, ob man mit heimlicher Schadenfreude die Lebenstragödien der anderen verfolgte oder ob man selbst plötzlich im Mittelpunkt des öffentlichen Interesses stand. Und jetzt sollten die Buschtrommeln eine Neuigkeit verkündet haben, von der sie noch nichts wusste und die sie so existentiell betraf, dass es Elfi schwindelte. Elfi konnte es einfach nicht glauben. „Gabi, ich weiß nichts von einer Scheidung. Ich hatte zwar gestern Abend eine Auseinandersetzung mit Karl, aber von Trennung war keine Rede." „Schätzchen, das tut mir so leid für dich, du Arme! Aber weißt du, dein Karl hat dem Heinz Riebel gestern Abend auf den Anrufbeantworter gesprochen, dass er sich scheiden lassen will. Die Frau vom Riebel hat die Nachricht abgehört und es ihrer Schwester im Vertrauen weitererzählt. Und den Rest kannst du dir denken." Elfi war sprachlos. Das steckte also hinter dem Telefonat. Karl bereitete hinter ihrem Rücken die Scheidung vor! Es war ganz offensichtlich, er wollte sie enterben. Das konnte er nicht machen! Elfi war empört. Vielleicht war aber alles auch nur ein Irrtum. Schließlich liebten die Leute nichts so sehr wie das Gerücht, das sich um das Verderben ihres erfolgreichen Nachbarn rankte. Elfi nahm sich vor, bei Riebels anzurufen, gleich wenn sie zu Hause war und den Heinz persönlich zu fragen, was an dieser Geschichte dran war. Sie verwarf diesen Gedanken jedoch sofort wieder. Als Anwalt würde er ihr bestimmt nichts sagen und sich hinter der Schweigepflicht verstecken. Und seine Frau bekäme sicher kalte Füße, wenn sie erführe, welche Kreise ihre Indiskretion bereits gezogen hatte.

Dann musste sie es eben bei Adriano Felice probieren. Schließlich hatte ihr Mann gestern Abend auch mit dem Italiener telefoniert. „Gabi, nimm es mir nicht übel, aber ich gehe lieber nach Hause. Ich merke, dass das doch alles ein bisschen zu viel für mich ist." „Mach das, meine Kleine. Und melde dich, wenn ich etwas für dich tun kann. Ja? Du weißt, ich bin immer für dich da!" Küsschen links und Küsschen rechts, dann hatte Elfi ihre Ruhe und Zeit zum Nachdenken.

Pluto machte es nichts aus, dass er kürzer als gewohnt draußen war. Der alte Rottweiler war langsam geworden und freute sich, dass er wieder ins Warme kam. Elfi hängte ihren Pelz an die Garderobe und ging ins Wohnzimmer. Der Anrufbeantworter blinkte. „Hallo Mama, hier ist Katrin. Uns sitzt der Abend gestern noch ziemlich in den Knochen und deshalb fände ich es besser, wenn du heute beim Essen nicht dabei wärst. Lass uns die Tage mal in Ruhe miteinander über alles sprechen." Elfi musste die Nachricht zweimal abspielen bevor sie glaubte, was sie da eben gehört hatte. Ihre Tochter hatte sie tatsächlich ausgeladen. Katrin wollte nicht, dass sie heute mit beim Essen dabei war, das traditionell am ersten Weihnachtsfeiertag bei ihr stattfand und meist nahtlos ins Kaffeetrinken überging. Elfi stand wie vom Donner gerührt vor dem Telefontischchen. Sie war es doch, die Susanne verteidigt hatte und jetzt wurde sie bestraft. Das war ungerecht! Und Karl? Der war natürlich willkommen.

Auf dem Sofatisch stand noch ihr Cognac-Glas vom Vorabend. Elfi setzte sich hin. Sie überlegte nicht lange, schenkte nach und leerte das Glas in einem Zug. Dann griff sie zum Telefonhörer und rief bei den Felices zu Hause an. In der Pizzeria war schließlich Ruhetag und sie musste unbedingt mit Adriano sprechen. Sie mochte den *Venezia*-Wirt nicht besonders, schon die Art wie er redete, war ihr zuwider. Aber heute ging es nicht anders, sie brauchte seine Hilfe. Adriano Felice ließ sich auch nicht lange bitten. Er sei um zwölf Uhr mit Karl in der Pizzeria verabredet. Worum es ginge, wisse er auch noch nicht. Karl habe ihm gesagt, dass er nach ihrem Treffen noch von seiner Familie zum Essen erwartet würde. Aber heute Nachmittag könne er sich nochmal für ein halbes Stündchen davonstehlen, um Elfi zu treffen. Die Verabredung stand. Um sechzehn Uhr in der Pizzeria. Elfi schloss die Augen und lehnte sich auf dem Sofa zurück. Was für ein Tag!

19

Georg Haller verließ das Friseur-Geschäft. Die ganze Sache war wohl ein bisschen zu viel für Gerda König. Die Ärmste! Jetzt hatte sie ihm tatsächlich von einem Unbekannten erzählt, der mit einer Waffe in der Jackentasche bei ihnen im Salon aufgetaucht war. Die ganze Geschichte kam dem Hauptkommissar ziemlich unwahrscheinlich vor. Die ganze Aufregung war vielleicht eine Spur zu heftig für die Salon-Chefin. Um sie zu beruhigen, hatte er ihr versprochen, dieser Spur auf alle Fälle nachzugehen. Vorerst erschien es ihm allerdings wichtiger, diesen Peter Fuchs ausfindig zu machen. Möglicherweise war er der Letzte, der Elfi Merz lebend gesehen hatte. Verschmähte Liebe war durchaus ein nachvollziehbares Mordmotiv. Der Hauptkommissar sagte seiner Kollegin Bescheid, dass er noch im Goldenen Hirsch vorbeischauen würde. Dort wartete er in der kleinen Lobby auf Peter Fuchs, der seinen Aufenthalt im Hotel eigentlich heute beenden wollte wie Margot König, die Schwägerin von Gerda und Otto König, dem Hauptkommissar anvertraute. Um sich nicht vorwerfen zu müssen, dass er Gerda Königs Bedenken auf die leichte Schulter nahm, hatte Georg Haller die Hotel-Chefin noch um eine Kopie des Ausweises des Italieners gebeten. Die Daten sollte Lisa-Marie heute Nachmittag überprüfen. Sicher war sicher.

Peter Fuchs war immer noch ein attraktiver Mann mit einem gewinnenden Lächeln. Eine seriöse Erscheinung, graue Haare, gediegen gekleidet und eine teure Uhr am Handgelenk. Aber das bemerkte nur ein Kenner, denn Peter Fuchs war ein Mann der leisen Töne, der keinen Gefallen an Statussymbolen fand. Ganz offensichtlich hatte er es in seinem Leben zu Wohlstand gebracht, ganz entgegen Elfis Vermutungen. „Guten Tag, Herr Haller. Mein Name ist Fuchs. Sie wollten mich sprechen?" Sie setzten sich etwas abseits an einen kleinen Zweiertisch in bequeme tiefe Clubsessel. „Sie wissen, dass Elfi Merz tot ist?" Sein Gegenüber nickte. Georg Haller konnte aus seinem Gesicht nicht lesen, ob ihr Tod ein Verlust für ihn war. „Wann haben Sie und Frau Merz sich denn zum letzten Mal gesehen?" „Das kann ich Ihnen ganz genau sagen. Das war am 25. August 1978."

Georg Haller zog die Augenbrauen hoch. „Das überrascht mich jetzt schon. War das ein besonderer Tag, dass Sie sich heute noch so genau an das Datum erinnern können?" „Allerdings. Elfi hat mir an dem Tag mitgeteilt, dass sie mich nicht mehr sehen wolle. Sie hat Schluss gemacht, wie man heute dazu sagen würde." „Ich kenne die Geschichte. Wie lange waren sie denn ein Paar und was können Sie mir über Elfi Merz noch sagen?" „Wir haben uns nur wenige Wochen getroffen, allerdings jeden Tag. Wir waren sehr verliebt, das glaubte ich jedenfalls. Mir war es egal, dass Elfi verheiratet war und sie schien die Ehe mit ihrem Mann auch nicht als Hindernis zu betrachten. Vielleicht machte ich mir Hoffnungen, dass sie sich von ihm trennen würde." Peter Fuchs schaute gedankenverloren aus dem Fenster auf die belebte Fußgängerzone. „Was soll ich Ihnen zu Elfi sagen? Sie war wunderbar. Wir haben uns kennengelernt, als ich mir einen Anzug kaufen wollte. Sie arbeitete damals stundenweise als Aushilfe in dem Herrenausstatter-Geschäft ‚Pfisterer', das es aber auch schon lange nicht mehr gibt. Zu Hause war ihr wohl die Decke auf den Kopf gefallen und für Mode hatte sie sich schon immer interessiert. Jedenfalls war ich damals gerade dabei, mich zu bewerben und wollte mir für die Auswahlgespräche eine passende Garderobe zulegen. Elfi hat mir auf Anhieb gefallen. Sie war eine Frau, die sich nahm, was sie wollte. Wenn Sie verstehen, was ich meine." Das passte ins Bild, das sich Georg Haller bereits von der Autohaus-Chefin gemacht hatte.

„Warum hat Frau Merz die Beziehung beendet? Ihre Ehe schien sie jedenfalls nicht an einer Affäre gehindert zu haben." „Ich weiß es bis heute nicht. Sie war plötzlich wie ausgewechselt. Sie wollte nicht einmal mehr mit mir sprechen. Erklärt hat sie mir ihren Entschluss nicht." „Das muss sehr enttäuschend für Sie gewesen sein." „Ich war unwahrscheinlich verletzt. Nach den ganzen Liebesschwüren, die ich für bare Münze genommen hatte. So wie sie mich damals abgewiesen hat, jagt man nicht einmal einen Hund vom Hof."

„Und warum sind Sie jetzt in Bärlingen? Herr Fuchs, wo waren Sie gestern Abend zwischen achtzehn und zweiundzwanzig Uhr?" „Ich weiß, dass Sie mich das fragen müssen. Immerhin ist Elfi tot und ich hätte wahrlich ein Motiv. Aber es war ganz anders. Gestern Abend war ich mit Elfi Merz verabredet. Aber sie kam nicht." „Weil sie zu diesem Zeitpunkt schon in ihrem Wagen an einer Kohlenmonoxyd-Vergiftung erstickt war. Warum waren Sie gerade jetzt mit Elfi Merz verabredet? Nach so vielen Jahren?" „Meine Mutter lebt noch hier im Gertrudenstift. Ich komme alle Vierteljahre zu Besuch. Und letzte Woche rief mich meine Mutter an, um den obligatorischen Besuch nach den Weihnachtstagen zu besprechen und meinte, dass sie die Todesanzeige von Karl Merz in der Zeitung gesehen habe. Ich hatte meiner Mutter zwar nie von Elfi und mir erzählt, aber Sie kennen das vielleicht, seiner Mutter kann man nichts vormachen." Der Hauptkommissar nickte. Oh ja, das kannte er. Seine Mutter las in ihm wie in einem offenen Buch.

„Jedenfalls dachte ich, das sei eine gute Gelegenheit, endlich ein Kapitel in meinem Leben abzuschließen, das noch unvollendet war. Die Sache mit Elfi hatte mich nie ganz losgelassen, obwohl ich sehr glücklich verheiratet bin, vier Kinder und zehn Enkelkinder habe. Ich habe Elfi letzte Woche eine Kondolenzkarte geschickt. Daraufhin hat sie sich tatsächlich bei mir gemeldet und das Treffen vorgeschlagen. Sie meinte, sie wolle sich bei mir entschuldigen und müsse mir auch noch etwas sehr Persönliches sagen." „Haben Sie eine Ahnung, was Frau Merz Ihnen sagen wollte?" „Nein. Aber ich hatte das Gefühl, dass sie das Thema sehr bewegt. Ich wollte sie am Telefon auch nicht danach fragen. Die erste Kontaktaufnahme nach so vielen Jahren war auch für mich nicht einfach." „Was ist gestern Abend genau passiert?" „Ich bin schon am 28. Dezember angereist und habe den Samstagnachmittag und auch den ganzen Sonntag mit meiner Mutter verbracht. Spazierengehen durch die Stadt, Kaffeetrinken im Stadtcafé und Geschichtenanhören im Altersheim. Um halb acht hatte ich mich mit Elfi zum Abendessen verabredet. Die Küche hier im Goldenen Hirsch war schon immer ausgezeichnet. Ich hatte einen schönen Tisch bestellt und war pünktlich in der Lobby. Dort wartete ich auf Elfis Anruf. Wir hatten vereinbart, dass sie sich meldet, sobald sie ihr Auto geparkt hätte. Ich wollte sie dann direkt am Wagen abholen. Es war ihr wichtig, dass das erste Wiedersehen nicht vor Publikum stattfand. Sie war wohl genauso aufgeregt wie ich."

„Und, hat Frau Merz sich gemeldet?" „Anfangs ärgerte ich mich, dass Elfi nicht pünktlich war und mich warten ließ. Ich kam mir vor wie bestellt und nicht abgeholt. Nach vierunddreißig Jahren hatte ich eigentlich erwartet, dass auch Elfi erwachsen geworden wäre. Als ich dreißig Minuten hier herumgesessen hatte, versuchte ich, sie auf ihrem Handy zu erreichen. Aber ich landete immer auf der Mailbox. Ich konnte es nicht fassen, dass mich diese Frau offenbar ein zweites Mal hatte sitzen lassen!" „Was haben Sie dann gemacht?" „Das Abendessen habe ich ausfallen lassen, der Appetit war mir vergangen. Ich habe mich mit zwei Flaschen Rotwein auf mein Zimmer zurückgezogen. Als ich dann heute Morgen mit einem ziemlichen Schädel aufwachte, musste ich erstmal an die frische Luft. Bei meinem Stadtrundgang habe ich den Menschenauflauf vor dem Friseur entdeckt."

„Wussten Sie gleich, dass die Tote Elfi Merz war?" „Den Käfer habe ich natürlich sofort erkannt. Mit dem kam Elfi immer zu unseren Treffen. Sie war wahnsinnig stolz auf ihr erstes Auto. Dass sie das alte Schätzchen aber immer noch hatte, überraschte mich. Auf die Tote konnte ich nur einen kurzen Blick werfen. Es war ziemlich viel los vor dem Salon König. Soweit ich das sagen kann, hat Elfi sich in all den Jahren kaum verändert. Die Haare waren früher allerdings kürzer und von Natur aus braun. In ihrem Alter dürften sie jetzt wohl gefärbt gewesen sein. Wissen Sie schon, wie sie zu Tode kam?" „Es tut mir wirklich leid, Herr Fuchs, aber da Sie kein Angehöriger von Frau Merz sind, darf ich Ihnen keine Auskunft erteilen. Ich habe gehört, dass Sie heute abreisen wollen. Wenn ich mir eine persönliche Bemerkung erlauben darf, dann rate ich Ihnen, doch noch einmal Ihre Mutter zu besuchen. Schauen Sie bei der Gelegenheit doch auf einen kurzen Sprung bei meiner Mutter, Frau Gerlinde Haller, vorbei. Sie wohnt im zweiten Stock. Sagen Sie ihr einen schönen Gruß von ihrem Sohn und sie soll Ihnen ihre Elfi-Version erzählen. Sie weiß dann schon, was ich meine. Sie werden von ihr einen guten Grund erfahren, um noch bis morgen zu bleiben." Peter Fuchs verstand, dass sich Georg Haller schon mit diesem Hinweis über seine Befugnisse hinweggesetzt hatte und fragte nicht weiter nach.

Als Georg Haller um halb vier zurück in sein Büro kam, setzte sich Lisa-Marie mit einem breiten Grinsen auf seinen Schreibtisch. „Willst du wissen, was ich weiß?" „Klar, leg los." „Was krieg ich dafür?" Georg sah seine Kollegin unsicher an. Nicht schon wieder! Was sollte er auf so eine Frage nur antworten? Ein bisschen vermisste Georg seine gleichförmige Arbeit von letzter Woche. Die Tote und seine Kollegin hatten für ganz schön viel Wirbel in seinem Alltag gesorgt. „Ich könnte dir zum Beispiel erzählen wie das Gespräch mit Peter Fuchs lief." „Abgemacht. Was erzählt der

Ex-Lover?" „Der Ex-Lover, wie du ihn nennst, hat ein lupenreines Alibi. Ich habe mit den Hotel-Angestellten gesprochen, unter anderem mit dem Kellner, der dem Mann gestern Abend noch zwei Flaschen Rotwein verkauft hat. Nachdem Elfi nicht zu ihrer Verabredung aufgetaucht war, hat sich Peter Fuchs allein in seinem Zimmer die Kante gegeben. Der einzige Ausgang aus dem Hotel war zum fraglichen Zeitpunkt besetzt. Peter Fuchs hat das Hotel nicht verlassen. Außerdem passen seine Angaben auch zu den Anrufen, die wir auf dem Handy der Toten gefunden haben. Zum Zeitpunkt des Anrufs musste die Frau also bereits tot gewesen sein. Und jetzt du."

„Also, der Basti war echt fix. Er und sein Kollege von der Gerichtsmedizin wollten den Fall wahrscheinlich auch noch vor Silvester vom Tisch haben. Jedenfalls waren sie vorhin noch hier und haben mir das Ergebnis der Obduktion mitgeteilt. Das Protokoll kriegen wir voraussichtlich in den kommenden Tagen." „Mach's doch nicht so spannend! Was haben die Experten herausgefunden?" „Die Merz ist an einer Vergiftung durch Kohlenmonoxyd gestorben. Es gab keine weiteren Hinweise auf eine andere Todesursache. Organisch war die Frau total gesund. Die beiden Gerichtsmediziner haben mir das dann noch ganz ausführlich erklärt und beschrieben, dass man eine Vergiftung zweifelsfrei an einem Lungenödem erkennen könne. Ich fand es etwas eklig, als sie mir erklärt haben, wie sie die Lungenflügel aus dem Brustkorb entnommen und gewogen haben. Die brachten mehr als das Doppelte des sonst Üblichen auf die Waage und waren gefüllt mit einer schaumigen hellrosa Flüssigkeit." „Ist gut, die kurze Version reicht mir völlig aus. Dass Kohlenmonoxyd im Spiel war, ist jetzt auch nicht so eine große Neuigkeit; gab es irgendwelche Hinweise auf ein Fremdeinwirken?" „Negativ. Basti und sein Kollege meinten, wenn jemand Elfi Merz im Wagen hätte umbringen wollen, dann hätten sie entweder Abwehrspuren an der Toten gefunden, denn niemand lässt sich wohl freiwillig in einen Wagen setzen, in den die Abgase geleitet werden oder das Opfer hätte betäubt werden müssen. Auch hierfür gab es keinerlei Anhaltspunkte. Es fanden sich weder Spuren von Betäubungsmitteln im Blut noch irgendwelche Fesselungsmale."

„Scheint ganz so, als habe sich Elfi Merz doch selbst das Leben genommen. Fragt sich nur wie. Haben sich die Kollegen von der Kriminaltechnik schon gemeldet, die das Auto untersuchen?" „Nö, aber ich kann dort gern mal anrufen." „Alles klar. Ich mach mich dann ans Protokoll. Die Staatsanwaltschaft wird auch erleichtert sein, dass der Fall so schnell von ihrem Schreibtisch ist. Wer geht schon gern mit Altlasten ins neue Jahr?"

Georg Haller freute sich auf seinen Feierabend wie schon lange nicht mehr. Dass zu Hause heute niemand auf ihn wartete, störte ihn ausnahmsweise überhaupt nicht. Ganz im Gegenteil. Er konnte es kaum abwarten, endlich seine Ruhe zu haben. Zu gern hätte er schon gewusst, wie es zu der Kohlenmonoxyd-Vergiftung der Toten gekommen war. Die Gerichtsmediziner schlossen einen Mord aus, aber sie hatten am Tatort keinerlei Spuren gefunden, die auf einen Suizid hindeuteten. Leider waren die Kollegen von der Kriminaltechnik nicht so schnell. Das heißt, sie arbeiteten schon flott, aber es hatte einfach länger gedauert, den Käfer zu verladen und in die nächste Stadt zu bringen. Der starke Schneefall hatte den Transport des Beweismittels auch nicht gerade leichter gemacht. Jedenfalls lagen noch keine Ergebnisse vor, als Georg an diesem Montagabend das Büro verließ. Da konnte man nichts machen. Lisa-Marie hatte garantiert ihren ganzen Charme spielen lassen, als sie sich bei den Kollegen nach dem VW-Käfer erkundigt hatte, da war sich der Hauptkommissar sicher. Es blieb ihnen nichts anders übrig, als zu warten.

Georg Haller parkte sein Auto. Die Parklücke direkt vor dem Hauseingang hielten die Hausbewohner immer für ihn frei. Es war ein ungeschriebenes Gesetz in der Schubartstraße Nummer 5, dass dieser Parkplatz reserviert war. Schließlich musste „ihr" Schorsch, der Hüter von Recht und Ordnung, das Auge des Gesetzes in Bärlingen, allzeit einsatzbereit sein. An ihnen sollte es nicht liegen, wenn Georg nicht rechtzeitig zu seinem Dienst kam. Georg Haller hinterfragte dieses Privileg schon lange nicht mehr. Das war eben so. Und er fand es auch nicht unangenehm, nach einem langen Arbeitstag direkt vor dem Haus parken zu können.

Als er seinen Briefkasten leerte, kam ihm Herr Ebert von oben entgegen. Endlich war der Schorsch da! Herr Ebert hatte schon eine dreiviertel Stunde im dunklen Zimmer hinter dem Vorhang ausgeharrt und auf die Straße gespäht, um zu sehen, wann der Hauptkommissar endlich nach Hause käme. Jetzt sollte ihre Begegnung im Treppenhaus etwas Zufälliges haben und Herr Ebert bemühte sich um einen beiläufigen Tonfall. „Ach, schau her, der Schorsch hat auch Feierabend. Gell, dein Arbeitstag ist schon ziemlich lang." „Da haben Sie Recht, Herr Ebert. Einen schönen Abend wünsche ich Ihnen." Georg wollte nur noch in seine Wohnung, ein kühles Bier aus dem Kühlschrank holen und die Beine vor dem Fernseher hochlegen. „Sag mal, stimmt das, was die Frau Schäufele mir erzählt hat, dass du in einem Mordfall ermittelst? Ich dachte immer, dafür sei die Kriminalpolizei zuständig." Es sah im Augenblick leider so aus, als ob Georg Hallers Feierabendbierchen in unerreichbare Ferne gerückt wäre.

Wie sollte der Hauptkommissar dem älteren Herrn erklären, dass sie unter den gegebenen Umständen zwar eine vom Staatsanwalt angeordnete Obduktion der Leiche vorgenommen hatten, wie es bei unnatürlichen Todesfällen nun einmal vom Gesetzgeber vorgesehen war, dass der Fundort aber keine Rückschlüsse darauf zugelassen hatte, dass hier ein Fremdverschulden vorlag. Sie hatten also eine Tote, die zwar ganz zweifelsfrei tot war, die sich aber allem Augenschein nach nicht selbst in diese Lage gebracht haben konnte, weil es keine Spuren einer Selbsttötung gab. Da es aber überhaupt keine Spuren gab, gab es eben auch keinen sichtbaren Hinweis auf einen Täter. Deshalb durfte er die Ermittlungen so lange leiten, bis die Gerichtsmedizin oder die Ergebnisse der kriminaltechnischen Untersuchung Anhaltspunkte dafür lieferten, dass Elfi Merz unfreiwillig von jemandem ins Jenseits befördert worden war.

Georg Haller entschied sich für die einfache Version. „Im Augenblick gibt es nur eine Tote und sonst keine weiteren Spuren. Erst wenn sich Hinweise auf einen Täter verdichten, wird der Fall was für die Kollegen von der Mordkommission. Mehr kann ich Ihnen aber wirklich nicht sagen, Herr Ebert. Sie wissen doch, Berufsgeheimnis." „Das weiß ich doch, Schorsch. Es ist nur so, dass ich die Elfi auch von früher kannte. Die hat ihren Mann ganz schön an der Nase herumgeführt, wenn du mich fragst. Und der Merz hat es nicht mal bemerkt, dass seine Frau ihm nicht nur einmal Hörner aufgesetzt hat." Der ältere Herr zwinkerte dem Hauptkommissar verschwörerisch von Mann zu Mann zu. „Ich pack's dann mal, Herr Ebert. Gute Nacht!" „Dann toi toi toi für deine Arbeit. Du machst das schon, Junge." Georg Haller konnte die Treppenstufen bis zu seiner Wohnung ohne weitere Zwischenfälle erklimmen. So, jetzt nur noch aufschließen und dann rein in den Feierabend! „Ach Schorsch, gut dass ich dich treffe!" Der Hauptkommissar hielt inne, seufzte und drehte sich um. Hinter ihm kam Frau Schäufele die Treppe hochgeächzt. Was war denn heute mit seinen Oldies los hier im Haus? Frau Schäufele wohnte schräg unter ihm und musste ihm durch ihren Spion in der Tür aufgelauert haben. „Schorsch, warte kurz. Ich hab doch noch deine Hemden."

Sie überreichte Georg die Bügelwäsche. Akkurat gebügelt hingen die Hemden wie eine Eins auf den Kleiderbügeln. „Sag mal, weißt du schon, wer der Mörder von der Frau Merz ist?" Aha, daher wehte der Wind, etwas anderes hätte Georg Haller auch gewundert. Hatte seine Nachbarin die Hemden etwa extra so lange als Pfand zurückbehalten, bis sie die Kleidungsstücke gegen Informationen, Bärlingens inoffizielle Währung, umtauschen konnte? Georg freute sich einerseits, seinen Kleiderschrank endlich wieder auffüllen zu können und sich weitere Peinlichkeiten aus der väterlichen Garderobe zu ersparen, andererseits war das Vergnügen, morgen in die eigene Wäsche zu schlüpfen wirklich hart erkauft. „Danke für die Hemden, Frau Schäufele. Die sehen wieder ganz klasse aus." Die Hausfrau freute sich offensichtlich über dieses Lob, vergaß darüber aber keineswegs, warum sie eigentlich gekommen war.

„Der Tod von der Elfi Merz hat sich schon in der ganzen Stadt rumgesprochen. Die meisten weinen ihr keine Träne nach. Sie war schon auch ein rechter Besen. Stell dir vor, sie hat sogar angedroht, einige von den langjährigen Angestellten des Autohauses zu entlassen, wenn sie erst einmal allein auf dem Chefsessel säße. Vielleicht hat sie letzte Woche schon die ersten Kündigungen ausgesprochen und dann..." Frau Schäufele fuhr mit dem Zeigefinger ihre Kehle entlang. „Tatsächlich, erzählt man sich das in Bärlingen?" „Ja. Und manche glauben sogar, dass hinter dem Tod ihre eigene Tochter und ihr Schwiegersohn stecken. Die haben Schulden, sogar ziemlich hohe. Wenn Elfi Merz vielleicht auch ihrem Schwiegersohn mit Entlassung gedroht hat? Jedenfalls war wohl auch das Verhältnis von Elfi zu ihrer Tochter ziemlich angespannt. Aber was Genaues weiß ich da auch nicht."

„Frau Schäufele, Sie zaubern ja immer neue Verdächtige aus dem Hut." Die Nachbarin hatte vor Aufregung ganz rote Backen bekommen und Georg hatte seine Hemden über den

Arm gelegt und suchte nach dem Absprung. Zwischen ihm und dem Feierabend lag nur noch die Wohnungstür! Sein Handy klingelte, Gott sei Dank! „Tut mir leid, Frau Schäufele. Ich muss rangehen, ich habe Bereitschaft." „Ich will die Suche nach dem Mörder bestimmt nicht behindern. Geh du nur ans Telefon." Georg Haller nickte seiner Nachbarin zu, nahm ab und drückte die Wohnungstür von innen mit dem Hintern zu. Lisa-Marie war am Apparat. „Ja, ich bin schon zu Hause, was gibt's denn?" „Die KTU hat sich noch gemeldet. Ich dachte, das würde dich interessieren." „Erzähl!"

20

Karl Merz hatte schlecht geschlafen. Seine Gedanken drehten sich im Kreis. Immer und immer wieder ging er das Gespräch im Wohnzimmer durch. Er bereute es inzwischen, seine Tochter so schroff abgewiesen zu haben. Heute Mittag musste er ihr und Alex unbedingt sagen, dass er überreagiert hatte. Grundsätzlich hatte er seine Meinung zwar nicht geändert und er blieb dabei, der Schwiegersohn seiner Träume war nun einmal keine Frau, aber er wollte seine Tochter nicht verlieren. Und wegen der anderen Sache würde er seinen Freund Heinz Riebel heute Abend noch einmal anrufen. Die Angelegenheit duldete schließlich keinen Aufschub. Jetzt hatte er allerdings noch etwas anderes vor.

Auf das Taxi musste er nicht lange warten. Karl Merz war froh, dass er seiner Frau heute Morgen nicht begegnet war. Es wäre ihm schwer gefallen, ihr in die Augen zu sehen. Er wollte auch keine Rechenschaft darüber ablegen, wohin er ging. Die letzten Wochen hatte er nur noch selten das Haus verlassen, weil er so schwach war. Auch heute mutete er seinem Körper eigentlich mehr zu, als ratsam war. Aber auf seine Gesundheit konnte Karl Merz keine Rücksicht nehmen, bei dem, was er heute vorhatte. Wenn Elfi wider Erwarten ein schlechtes Gewissen bekommen haben sollte und sich um ihn sorgen würde, war ihm das egal. Vielleicht würde sie seine Abwesenheit aber nicht einmal bemerken. Ausmachen würde es ihr nichts, wenn er weg war, da war sich Karl sicher. Schließlich hatte sie gestern nicht einmal einen Versuch unternommen, mit ihm zu sprechen. Zwischen ihnen war alles gesagt. Eine Entschuldigung gab es weder für den Zeitpunkt des Geständnisses, noch für die Wortwahl und ganz sicher nicht für die Fakten, die seine Frau damit geschaffen hatte.

„Grüß Gott, Herr Merz. Wo soll es denn hingehen?" „In die Stuttgarter Straße, ins Autohaus." Sein Bekanntheitsgrad schmeichelte ihm und er genoss es, nur von „dem Autohaus" zu sprechen. Karl Merz machte es sich im Fond des Wagens bequem. Endlich hatte er wieder einmal das Gefühl, aktiv ins Geschehen einzugreifen und nicht nur darauf angewiesen zu sein, dass ihm Informationen zugetragen wurden oder dass Elfi ihm von ihren Entscheidungen berichtete. Karl Merz hatte schon vor einiger Zeit die Geschicke des Autohauses in die Hände seiner Frau gelegt. Eigentlich hatte er vorgehabt, die Entscheidungen von zu Hause aus zu treffen. Aber der Krebs hatte ihm in den letzten Monaten so zugesetzt, dass es ihm schon zu anstrengend geworden war, sich von den Vorgängen auch nur berichten zu lassen und Arbeiten zu delegieren. Sein Lebenswerk war ihm nach und nach entglitten und dieser Verlust wurde ihm jetzt wieder einmal mehr schmerzlich bewusst. Aber er freute sich auch auf seinen Besuch im Autohaus. Allerdings hatte er auch Angst davor, dass es vielleicht sein letzter sein könnte. Er lebte lang genug mit der Diagnose „Chronische Leukämie", dass er wusste, wie sich der Krebs anfühlt, wenn er zwar da ist, ihm aber noch genügend Luft zum Leben ließ. Seit ein paar Wochen war das anders. Karl merkte, wie seine Kräfte schwanden und er war Realist genug, um sich einzugestehen, dass es jetzt jeder einzelne Tag war, der zählte.

„Und, hatten Sie auch schöne Weihnachten, Herr Merz? Waren die Töchter da und die Enkel?" „Das Übliche, Sie kennen das bestimmt." Karl Merz war nicht zum Plaudern aufgelegt. Der Gedanke an seine Enkel machte ihn wehmütig. Er würde sie nicht mehr aufwachsen sehen. Was wohl aus ihnen werden wird? Marie, die so schön Klavier spielte. Ob sie vielleicht später mal was mit Musik machen würde? Besser nicht, dachte sich ihr Großvater. Sie sollte lieber einen Beruf erlernen, mit dem sie auch ihr Geld verdienen konnte. Und

Lukas? Der kleine Kerl war gerade ein halbes Jahr in der Schule und ein begeisterter ABC-Schütze. Hoffentlich konnte er sich diese Freude am Lernen bewahren. Und dann war schließlich noch ein Enkel unterwegs. Karl Merz musste schlucken. Der Gedanke, dass er es vielleicht nicht mehr erleben würde, wie das Kind von Susanne zur Welt kam, schnürte ihm die Kehle zu. Zum Glück ließ ihm der Fahrer keine Zeit, in seinen schweren Gedanken zu versinken. „Bei uns war gestern auch ordentlich Trubel im Haus. Die Kinder waren alle da. Deshalb bin ich heute sogar ganz froh, dass ich Dienst habe und ein bisschen rauskomme. Sie brauchen wohl auch eine kleine Auszeit, gell?" Der Taxifahrer schaute Karl Merz im Rückspiegel an, dieser nickte nur zustimmend.

Vor dem Autohaus angekommen, stieg der Senior-Chef aus und blieb noch eine Weile stehen, nachdem das Taxi schon wieder weggefahren war. „Merz" stand in dicken Leuchtbuchstaben über dem Autohaus. Karl betrachtete seinen Laden, als würde er ihn zum ersten Mal bewusst ansehen. Sie hatten sich über die Jahre ganz schön vergrößert. Als er das Autohaus von seinen Eltern übernahm, war es noch eine reine Reparatur-Werkstatt. Mittlerweile machte der Verkauf von Neu- und später auch Gebrauchtwagen den größten Teil des Umsatzes aus. Sein Vater hatte ihm noch abgeraten, als er ihm davon erzählte, dass er ins Gebrauchtwagen-Geschäft einsteigen wolle. Zum Glück hat er nicht auf ihn gehört. Damit hatte er den richtigen Riecher bewiesen. Hier in der schwäbischen Provinz zeigte man seinen Erfolg gern, indem man ein entsprechendes Auto fuhr, am besten einen Neuwagen. Wenn der Geldbeutel das allerdings nicht zuließ, dann kam auch ein Gebrauchter in Frage, Hauptsache er sah nach etwas aus. Die viel belächelte schwäbische Sparsamkeit konnte man zwar auch in Bärlingen an der einen oder anderen Stelle beobachten, ausgenommen jedoch in der Garage.

Karl Merz zog den Mantel enger um sich, er fror. Seit er so stark an Gewicht verloren hatte, machten ihm die Temperaturen hier in Schwäbisch Sibirien noch mehr zu schaffen. Der Senior-Chef schloss die Tür zum Personaleingang auf. In der Fahrzeughalle standen die auf Hochglanz polierten Limousinen und auch einige SUVs, die in letzter Zeit so gut liefen. Über diesen Anblick konnte Karl Merz sich immer wieder freuen. Es war schon phänomenal, welche Fortschritte die Autoindustrie seit seiner Jugend gemacht hatte. Heute musste man im Auto auf keinen Luxus mehr verzichten. Die meisten seiner Kunden allerdings wählten eher ein Modell, das von außen repräsentativ aussah, schließlich wollte man die Nachbarn damit beeindrucken und vielleicht auch übertrumpfen. Bei der Innenausstattung sparten die Bärlinger dann aber doch gern. Schließlich sah man das Innenleben des Autos nicht von außen und für den eigenen Gebrauch tat es auch die kostengünstigste Version.

Karl war kein schlechter Verkäufer. Ihm war sehr daran gelegen, zufriedene Kunden zu haben. Und wenn die sich mit einer spartanischen Innenausstattung zufrieden gaben, dann respektierte er diesen Wunsch. Elfi war da ganz anders. Sobald der Interessent sich auf ein Modell festgelegt hatte, zog sie alle Register der Überzeugungskunst, um doch noch ihre Provision an dem luxuriösen Innenleben zu verdienen. Sie manipulierte die Männer dabei so geschickt, dass es diesen ganz wichtig war, vor ihren Frauen nicht wie Geizkragen dazustehen, die ihnen keine komfortable Ausstattung gönnten. Diese Masche funktionierte meistens. Karl mischte sich nicht ein, aber er musste den Raum verlassen, wenn Elfi mit den Kunden flirtete und charmanten Psychodruck aufbaute.

Karl Merz fuhr mit den Fingern über die Motorhauben der ausgestellten Autos. Das hier war sein Lebenswerk. Was hatte er hier nur an Zeit und Energie reingesteckt. Und jetzt? Was blieb von all dem übrig? Er war draußen. Das Geschäft lief auch ohne ihn und würde das auch in Zukunft tun. Die Frage war nur, wie würde es weiterlaufen? Elfi würde nach seinem Tod die Geschäfte des Autohauses in alleiniger Verantwortung weiterführen. Beratend stünden ihr Katrin und Frank zur Seite, die später einmal das elterliche Erbe antreten sollten. Aber würde Elfi tatsächlich auf ihre Tochter und ihren Schwiegersohn hören? Frank hatte Andeutungen gemacht, dass Elfi alle Entscheidungen wie eine Alleinherrscherin traf und nur wenig Bereitschaft zu Team-Entscheidungen zeigte. Karl Merz wusste, dass sein Schwiegersohn nicht das beste Verhältnis zu Elfi hatte, was sicherlich auch daran lag, dass Elfi und Katrin immer wieder aneinander gerieten. Das Autohaus durfte auf gar keinen Fall in einen internen Machtkampf geraten, das war dem Senior-Chef klar. Das konnte sonst das Todesurteil für den Laden bedeuten. Sein Lebenswerk sollte seine Familie stolz machen und ihr Sicherheit bieten. Auch den Angestellten gegenüber fühlte sich Karl Merz wie einer der alten Firmen-Patriarchen verpflichtet. Er bot ihnen sichere Arbeitsplätze und war stolz darauf, dass seine Mitarbeiter dem Unternehmen treu waren. Trotz Konjunkturschwankungen, die auch an seinem Geschäft nicht spurlos vorübergegangen waren, hatte er in seinem ganzen Berufsleben noch keinen seiner Mitarbeiter entlassen.

Karl Merz ging in das Büro, das man erreichte, wenn man von der Ausstellungshalle mit den bodentiefen Schaufenstern eine Freitreppe zu einer Galerie im ersten Stock hochstieg oder wenn man den zweiten Personaleingang auf der Rückseite des Autohauses benutzte und durch das fensterlose Treppenhaus nach oben ging. Karl Merz genoss den Anblick seiner Autos vom ersten Stock und öffnete die Tür zum Büro. Der Senior-Chef ging direkt in den fensterlosen Seitenraum, der von dem Büro abzweigte, in dem Elfi und Katrin normalerweise arbeiteten. Hier befand sich der Safe des Autohauses und Karl öffnete den Panzerschrank, indem er die Kombination einstellte und den Schlüssel ins Schloss steckte. Er hatte immer Wert darauf gelegt, eine größere Menge Bargeld im Haus zu haben. Erstens konnte man nie wissen, welche Geschäfte sich spontan ergaben. Und zweitens konnte er dem Finanzamt nur einen Teil des Geldes, das im Autohaus Merz über den Tresen ging, melden und es auf ein normales Sparkassen-Konto einzahlen.

Heute war Karl froh, dass er niemandem eine Erklärung abgeben musste. Schließlich war er immer noch der Chef und konnte hier tun und lassen was er wollte! Er griff in den Safe. Die Geldbündel steckte er in einen dicken wattierten Umschlag. Einen Aktenvermerk über den Verbleib des Geldes würde er ganz sicher nicht schreiben. Bevor er den Tresor schloss, nahm er noch einen Autoschlüssel heraus, der an einem Schlüsselanhänger baumelte, der an eine Diskokugel erinnerte.

Um zwölf Uhr hatte er sich mit Adriano Felice im *Venezia* verabredet, es blieb ihm also noch gut eine Stunde, bevor er sich auf den Weg machen musste. Karl stieg wieder in die Fahrzeughalle hinab und ging durch den Glaskorridor zum Pavillon, einem gläsernen Anbau an den Verkaufsraum des Autohauses. Den Pavillon hatten sie vor zwanzig Jahren bauen lassen, um die inzwischen stattliche Sammlung an Oldtimern unterzubringen. Bis dahin hatten die Sammlerstücke in einer großen Garage im hinteren Teil des Firmengeländes gestanden. Die Autos waren schon etwas Besonderes und Karl sprach gern von seinem kleinen Museum, wenn er Besuchern die Raritäten des Hauses präsentierte. Ganz vorn am Fenster stand auch Elfis roter Käfer. Sie hing sehr an ihrem ersten Auto und jeden Sommer unternahm sie in dem alten VW eine Spritztour. Nur eine Fahrt. Dann stand das gute Stück wieder ein Jahr in der Ausstellung. Dass Elfi ihren Käfer-Ausflug „Peter-Fuchs-Gedächtnis-Tour" nannte wusste niemand außer ihr. Ihr Mann ahnte nicht das Mindeste.

Heute ging der Senior-Chef direkt auf den Wagen seiner Frau zu und stieg ein. Der Käfer war gut gepflegt, keine Lackkratzer, die Chromteile waren poliert. So mancher Sammler hätte ihm viel für diesen Oldtimer geboten. Karl Merz legte den Geldumschlag auf den Beifahrersitz und lehnte sich zurück. Er hatte Elfi das Auto zur Hochzeit geschenkt und damit genau ins Schwarze getroffen. In den Siebzigern gab es noch nicht viele Frauen in Bärlingen, die ein eigenes Auto hatten. Meistens gab es in der Familie nur einen Wagen, Emanzipation hin oder her. Autos waren hier in der Provinz schon immer Männersache und daran hatte sich bis heute nicht allzu viel geändert.

Er hatte seiner Frau doch alles geboten, wonach man sich sehnen konnte. Warum hatte sie ihr gemeinsames Leben nur so verraten und ihn derart verletzt? In seine Wut auf Elfi mischte sich Trauer über das Scheitern seines Lebenstraumes, der heilen und glücklichen Familie. Seine Frau hatte alles zerstört, was ihm wichtig gewesen war. Deutlicher hätte sie ihm nicht zeigen können, wie sehr sie ihn verachtete, wie gleichgültig ihr die Gefühle anderer und wie wertlos das gemeinsame Leben für sie war. Wie hatte es nur so weit kommen können? Warum war seine Frau so eine verbitterte und bösartige Person geworden? Karl Merz fand keine Antworten auf seine Fragen.

Vielleicht war es seine Schuld, dachte Karl Merz. Er war viel zu nachsichtig mit ihr gewesen! Er hätte ihr nicht alle Verrücktheiten durchgehen lassen sollen! Hätte er sie doch nur rechtzeitig in ihre Schranken gewiesen! Aber es war sinnlos, sich jetzt Vorwürfe zu machen. Was geschehen war, war geschehen und nicht mehr rückgängig zu machen. Jetzt musste Elfi die Konsequenzen tragen. Einmal in ihrem verdammt rücksichtslosen Leben sollte diese Frau spüren, dass alles seinen Preis hatte, beschloss Karl Merz. Sie sollte ihre Rechnung bekommen und er würde sie ausstellen.

Entschlossen steckte der Senior-Chef den Schlüssel in die Zündung und drehte ihn um. Der Wagen sprang sofort an und der Motor gab das gewohnt rasselnde Geräusch von sich. Frank war für die Wartung der Oldtimer zuständig und es gab nichts auszusetzen. Die Anzeige, bei diesem Modell noch recht übersichtlich, gab keinen Grund zur Beanstandung. Karl Merz drückte das Gaspedal durch und schaltete den Motor danach aus. Elfi war seine große Liebe gewesen und der Wagen ihr ganzer Stolz. Konnte er so ein Trottel gewesen sein? Er hätte doch irgendetwas bemerken müssen. Wie blind musste er gewesen sein! Wahrscheinlich war seine Frau auch noch in diesem Wagen zu ihren heimlichen Treffen gefahren! Welche Rolle der Käfer dabei noch gespielt haben könnte, wollte Karl Merz sich lieber nicht vorstellen. Und bevor er weiter darüber nachdenken würde, stieg er lieber aus. Um die Vorstellung eines Rendezvous im Käfer loszuwerden, schlug er die Fahrertür kräftig zu und verpasste ihr noch einen kräftigen Tritt mit dem Fuß. Das tat gut! Allerdings reute ihn sein Gefühlsüberschwang sofort, als er die Delle und die Lackkratzer sah, die sein Wutausbruch zur Folge hatte.

Als Karl zurück in die Verkaufshalle kam, um den Schlüssel wieder im Büro zu deponieren, hielt er erschrocken inne. Er glaubte seinen Augen nicht zu trauen. Da war doch jemand oben im Büro! War ihm etwa jemand gefolgt? Hatte er vielleicht vergessen, die Tür hinter sich zu schließen? Alle Mitarbeiter hatten an diesem Tag frei. Wer also konnte das sein? Und was wollte diese Person hier? Karl Merz griff sofort in seine Manteltasche und das Gefühl des kalten Metalls gab ihm ein wenig Sicherheit. Zum Glück hatte er die Pistole aus seinem Schreibtisch mitgenommen. Er hatte sie vor ein paar Jahren von Adriano Felice bekommen. Damals hatten die beiden mit ihren Geschäften begonnen und der Italiener kam eines Tages zu seinem Freund Karl und schob ihm die Waffe über den Schreibtisch. Er solle sie als Leihgabe betrachten, schließlich könne man nie wissen. Sicher sei sicher. Karl Merz war es zwar ein wenig unangenehm, eine Waffe im Haus zu haben, aber er wollte vor Adriano nicht als Weichei dastehen. Deshalb hatte er keine Fragen gestellt, die Pistole mitgenommen und sie in seinem Arbeitszimmer versteckt. Selbst Elfi wusste nicht, dass er einen Revolver im Haus hatte. Jetzt war es an der Zeit, dass Adriano sein Eigentum zurückbekam. Aber vielleicht würde er die Waffe jetzt doch noch brauchen. Karl war sich gar nicht sicher, ob er, wenn es darauf ankäme, überhaupt auf einen Menschen schießen konnte. Er nahm die Waffe aus der Manteltasche und entsicherte sie, so wie Adriano es ihm damals gezeigt hatte und hielt die Pistole fest in der Hand. Die Person oben im Büro ging auf und ab. Sie schien etwas zu suchen. Mehr konnte Karl nicht erkennen, weil die Fenster zum Verkaufsraum mit Papier-Jalousien bedeckt waren. Es wussten eigentlich nur die Familienmitglieder darüber Bescheid, dass in dem Safe eine größere Summe Bargeld gelagert war. Wer also hielt sich dort oben auf?

Langsam stieg Karl Merz die Stufen in den ersten Stock hoch. Sein Atem ging schwer, jeder Schritt war eine Anstrengung für ihn. Vielleicht sollte er lieber die Polizei rufen? Niemand verlangte von ihm, dass er hier den Helden spielte. Karl Merz verwarf diesen Gedanken sofort wieder, ein Polizeieinsatz käme ihm heute mehr als ungelegen. Diese Angelegenheit musste er selbst in die Hand nehmen. Der Senior-Chef war oben angekommen. Er näherte sich langsam der angelehnten Tür. Durch den Spalt konnte er nichts erkennen. Der Eindringling musste sich in dem kleinen Nebenraum mit dem Safe befinden. Karl Merz wusste, dass es für ihn jetzt kein Zurück mehr gab. Es blieb ihm nur noch die Flucht nach vorne. Beherzt stieß er die Tür auf. Wenigstens das Überraschungsmoment wollte er auf seiner Seite haben und nutzen. Vielleicht hatte er so eine Chance gegen den Einbrecher. „Kommen Sie sofort raus! Hände hoch, ich habe eine Waffe! Keine Tricks, ich schieße!" Karl stand keuchend in der Bürotür und hatte den Durchgang zum Nachbarzimmer fest im Blick. Es schien eine Ewigkeit zu dauern, bevor sich dort etwas rührte.

„Karl, ich bin's Frank, dein Schwiegersohn! Nimm die Waffe runter. Ich komme jetzt langsam raus." Mit erhobenen Händen erschien Katrins Mann in der Türöffnung. Er war kreidebleich im Gesicht und der Schreck, den ihm sein Schwiegervater eingejagt hatte, war ihm anzusehen. Karl nahm mit einem erleichterten Seufzer die Pistole runter. Er schien förmlich in sich zusammenzufallen, als die Anspannung nachließ. Und so musste der mutmaßliche Einbrecher mit wackeligen Knien dafür sorgen, dass sein Schwiegervater sich schnell hinsetzte, bevor er sich selbst auf einen der Stühle fallen ließ.

„Was machst du denn hier? Heute ist der erste Weihnachtsfeiertag!" Karl hatte als erster seine Sprache wiedergefunden. „Ein Kumpel von mir hat mich gestern noch angerufen. Der Anlasser in seinem Wagen spinnt und er will morgen mit der ganzen Familie in den Ski-Urlaub. Ich habe ihm versprochen, mir die Sache mal anzusehen." „Und was machst du dann hier oben? Die Werkstatt ist soviel ich weiß, immer noch unten im Hof." „Ja, aber ich konnte meinen Schlüssel zu Hause nicht finden. Gestern Abend ging's bei uns noch ziemlich drunter und drüber. Und da wollte ich mir den Universalschlüssel aus dem Safe holen. Den Safe-Schlüssel habe ich von Katrins Schlüsselbund abgemacht, aber die Kombination wusste ich nicht." „Und du glaubst tatsächlich, dass die hier irgendwo mit einer Haftnotiz am PC klebt?" „Ja, das habe ich jetzt auch gemerkt. Mann, Karl, du hast mir vielleicht einen Schrecken eingejagt! Ich wusste gar nicht, dass du eine Pistole hast." Karl hielt die Waffe immer noch umklammert. Jetzt sicherte er sie und legte sie auf dem Schreibtisch ab. „Gibt's hier eigentlich was zu trinken? Ich könnte jetzt einen vertragen." Frank sah seinen Schwiegervater an. Auf den Schreck wäre gegen ein medizinisches Schlückchen nichts einzuwenden. „Ich hole uns was." Kurze Zeit später kam Frank mit zwei Cognac-Gläsern zurück, die er auf den Schreibtisch stellte. Karl hatte die Pistole in der Zwischenzeit eingesteckt. Offensichtlich war das Thema für ihn damit erledigt.

„Und, musstest du auch mal raus von zu Hause?" Karl Merz nickte nur und trank seinen Cognac in einem Zug aus. Frank war froh, dass die Waffe verschwunden war, er wollte so schnell wie möglich wieder zur Normalität übergehen. Nicht auszudenken, wenn Karl vor Aufregung geschossen hätte! Karl schien nicht sonderlich gesprächig zu sein und Frank kam ihr Schweigen endlos vor. Sollte er seinen Schwiegervater direkt auf den Eklat von gestern ansprechen? Frank entschloss sich dazu, abzuwarten. Wenn Karl von sich aus das Gespräch suchte, dann würden sie darüber reden, ansonsten nicht. Offensichtlich brauchte sein Schwiegervater keinen Beistand, denn er erwähnte das Geständnis von Elfi mit keinem Wort. Für ihn war etwas anderes viel wichtiger. „Und die Kinder? Wie geht es denen? Hatten sie wenigstens noch eine schöne Bescherung nach dem ganzen Schlamassel gestern?" „Marie und Lukas fanden es zwar schade, dass wir nicht bei euch geblieben sind, aber sie haben kein Theater gemacht. Irgendwie haben sie wohl gemerkt, dass etwas nicht stimmt. Katrin und ich haben ihnen nur gesagt, dass es dir nicht so gut geht und du deine Ruhe brauchst. Das haben sie dann verstanden. Zu Hause haben wir in aller Ruhe das Christkind kommen lassen." Karl Merz wurde es ganz schwer ums Herz, wenn er an die ausgefallene Bescherung dachte. „Da wäre ich zu gern dabei gewesen." „Weißt du was, Karl, wir machen es uns dafür nachher umso schöner." „Ich glaube, es ist keine gute Idee, es heute gleich wieder zu probieren mit der heilen Familie. Der Abend gestern hat mir ehrlich gesagt gereicht." „Das kann ich verstehen. Katrin und ich haben auch lange überlegt wie wir es machen sollen. Und wir haben uns letztlich dafür entschieden, dass wir das Treffen trotzdem stattfinden lassen wollen, wie immer. Dieses Mal aber ohne Elfi. Katrin ruft sie heute Morgen an, um es ihr zu sagen." Karls Laune besserte sich schlagartig. „Dann könnte es in der Tat noch ein schöner Tag werden."

Karl Merz hatte sich fest vorgenommen, sich ab sofort nicht mehr mit Höflichkeiten aufzuhalten. Er würde nur noch das tun, wonach ihm war und das sagen, was er dachte. Alles andere war Zeitverschwendung. Und Zeit war das, was er am allerwenigsten hatte. „Karl, eine Bitte habe ich aber noch an dich. Sei so gut, und behalte es für dich, dass wir uns heute Morgen hier getroffen haben. Katrin weiß nicht, dass ich da bin. Sie denkt, ich gehe spazieren, um nach gestern wieder einen klaren Kopf zu bekommen." „Du meinst, deine Frau braucht nicht zu erfahren, dass du nebenher noch ein paar Euro schwarz verdienst?" „Du kennst sie doch, Karl. Erstens ist heute Weihnachten und zweitens weiß Katrin auch nicht, dass es mit den Raten fürs Haus gerade ziemlich eng ist. Ich möchte nicht, dass sie sich auch noch darüber Sorgen macht." „Du kannst dich auf mich verlassen. Wenn ihr in Schwierigkeiten steckt und ich euch helfen kann, dann sagst du mir aber Bescheid, gell?" „Ich bekomme das schon alleine wieder hin. Aber vielen Dank für dein Angebot! Es macht mir auch fast mehr Sorgen, dass Katrin so unglücklich ist. Sie kommt eigentlich jeden Tag gereizt von der Arbeit und wenn ich sie darauf anspreche, dann meint sie nur, dass sie nicht darüber sprechen will und dass ich Elfi doch kenne." „Ich kann dir da leider auch keinen Rat geben. Wie du siehst, steht es bei Elfi und mir auch nicht gerade zum Besten. Ich bin bestimmt der letzte, auf den sie im Augenblick hören würde.

Aber ich kann dich beruhigen, es wird sich bestimmt alles zum Guten wenden."

Der Schwiegersohn sah Karl Merz skeptisch an, der hatte gut reden. „Du weißt doch Frank, dass es für dich in absehbarer Zeit hier im Autohaus noch eine entscheidende Sprosse auf der Karriereleiter zu erklimmen gibt. Das wird sich dann auch bei deinem Gehalt bemerkbar machen. Du willst doch noch Chef werden, oder?" Auf diese Frage wollte Frank nicht antworten. Er wünschte sich den Tod seines Schwiegervaters nicht und wusste, dass dieser eine schmerzliche Lücke in der Familie hinterlassen würde, aber nur dann wäre der Weg zur Geschäftsleitung für ihn frei. „Eigentlich läuft doch alles ganz gut, wie es gerade ist. Manchmal habe ich allerdings das Gefühl, dass Elfi das Autohaus ganz gern allein weiterführen würde." „Das könnte ihr so passen. Aber keine Sorge. Elfi wird dir ganz bestimmt keine Probleme machen, darum kümmere ich mich persönlich. So, jetzt wird es aber Zeit für mich. Ich habe noch was zu erledigen. Wir sehen uns dann um halb eins bei euch zum Essen." „Karl, sei so gut und gibt mir noch den Werkstattschlüssel, damit ich nach dem Auto sehen kann." „Gern. Kannst du die Tage mal nach dem Käfer im Pavillon sehen? Da ist's vorhin ein wenig mit mir durchgegangen und ich habe dem armen Kerl die Tür verbeult. Hat aber keine Eile, nur wenn du grad mal nichts anderes zu tun hast." „Mache ich, Chef. Du kannst dich auf mich verlassen."

21

Georg Haller hatte sich die Schuhe mit den Füßen ausgezogen und war direkt ins Wohnzimmer gegangen. Er wollte nicht im Flur mit Lisa-Marie telefonieren. Wer weiß, vielleicht stand Frau Schäufele noch draußen vor der Tür und lauschte. Der Hauptkommissar legte den Stapel frischer Hemden vorsichtig über einem Sessel ab und ließ sich aufs Sofa fallen. Mit einer Hand hielt er den Telefonhörer und mit der anderen öffnete er mühsam seine Jacke und zog sich aus. „Ich bin schon sehr gespannt, was die Untersuchung des Käfers ergeben hat." „Willst du die lange oder die kurze Version?" „Erzähl mir einfach, was in dem Protokoll steht, du brauchst es mir nicht vorlesen." „Also, die Frau Merz ist in ihrem Auto an einer Kohlenmonoxyd-Vergiftung gestorben, genau wie die Gerichtsmedizin bestätigt hat. Und sie ist auch an dem Kohlenmonoxyd ihres eigenen Wagens gestorben. Aber, und jetzt halt dich fest, das ist noch nicht alles."

Dass seine Kollegin es immer so spannend machen musste. Er wollte die Ergebnisse und dann seinen Feierabend. „Ich könnte auch noch bei dir vorbeikommen mit dem Protokoll. Was hältst du davon? Dann kannst du dir selbst ein Bild von den Untersuchungsergebnissen machen." Georg Haller stöhnte. War es denn heute nicht schon genug gewesen? Machte sich seine Kollegin vielleicht einen Scherz mit ihm? „Lisa, es ist spät. Und ich bin k.o. Ich würde jetzt einfach gern erfahren, was mit dem Auto von der Frau Merz los war. Sei mir nicht böse, aber dann brauche ich nicht viel mehr als ein Fläschchen Bier und meine Glotze, um glücklich und zufrieden zu sein."

Die junge Frau am anderen Ende der Leitung hatte den Hinweis verstanden. Sie musste ihrem Kollegen Zeit lassen. Er war ihrem Tempo nicht gewachsen. Vielleicht sollte sie es ihm überlassen, den nächsten Schritt zu machen? Sie bereute es nicht, Georg Haller angerufen zu haben. Sie mochte ihn und das durfte er ruhig wissen. „Schon in Ordnung, Schorsch. Ich bin eigentlich auch zu müde. Also, wo war ich stehengeblieben?" „Die Frau Merz ist in ihrem Wagen gestorben, an einer Kohlenmonoxyd-Vergiftung. Das war keine große Überraschung. Schließlich hat das CO-Warngerät heute Morgen ganz schön Alarm geschlagen." „Willst du's jetzt wissen oder nicht?" „Ich bin schon ruhig." „Die Kollegen von der KTU meinten, dass der Käfer für sein Alter top gepflegt sei. Als sie das gute Stück allerdings genauer unter die Lupe genommen haben, haben sie bemerkt, dass das alte Schätzchen doch nicht mehr so taufrisch war. Der Blick unter das Auto hat ergeben, dass der Wärmetauscher und auch der Auspuff schon stark verrostet waren. Das ist bei VW-Käfern wohl eine Schwachstelle. Immerhin hat das gute Stück auch schon einige Jahre auf der Motorhaube."

„Und was hat das mit dem Tod der Autohaus-Chefin zu tun?" „Da der Käfer wohl nicht mehr regelmäßig gefahren wurde, hatte sicher niemand die langsam vor sich hin rostenden Teile bemerkt. Fahrtüchtig war das Auto aber trotz Rostschäden auf alle Fälle noch. Erinnerst du dich an die Stelle, wo der VW-Käfer stand und wo man Elfi Merz tot aufgefunden hat?" „Was soll diese Frage denn jetzt? Klar kann ich mich erinnern. Auf dem Parkplatz vor dem Salon König, schließlich war ich deswegen heute schon zweimal dort." „Das stimmt, ist aber nur die halbe Wahrheit. Elfi Merz stand auf dem Parkplatz, der dick eingeschneit war. Frau König hatte zwar den Schnee schon weggeräumt, als sie die Tote gefunden hat, aber der Käfer war auf den Parkplatz gefahren, als dort bereits eine hohe Schneeschicht lag. Das Auto stand also richtig tief im Schnee." „Lisa, die Frau Merz ist aber erstickt und nicht erfroren. Was hat denn der Schnee mit ihrem Tod zu tun?" „Schorsch, ich dachte, du willst es genau wissen. Jetzt hör einfach mal zu, ich bin gleich fertig. Also, die Frau Merz ist gestern Abend ins Auto gestiegen, weil sie zu dem Date mit ihrem Ex-Lover wollte. Das erklärt auch ihre Aufmachung. Elfi Merz hat sich extra in Schale geworfen. Sie hat nicht direkt am Hotel geparkt, weil sie Peter Fuchs das erste Mal nach so langer Zeit lieber draußen ohne viele Zeugen treffen wollte. Das hat ihre Tochter bei der Vernehmung bestätigt. Der weitere Verlauf des Abends könnte so gewesen sein: Als Elfi im Auto fuhr, ging es ihr noch gut. Von einer Vergiftung gab es keine Spur. Höchstwahrscheinlich war sie in ihrer Aufregung und Vorfreude viel zu früh losgefahren und wollte die Zeit bis zu ihrer Verabredung nicht im Kalten warten. Sie fuhr also auf den Parkplatz ihres Friseurs. Hier war sie weit genug vom Hotel entfernt und außerdem konnte sie sich die Parkgebühr sparen. Weil ihr beim Warten im Wagen kalt war, ließ sie den Motor laufen und drehte die Heizung voll auf."

Georg Haller wurde langsam ungeduldig. Konnte seine Kollegin nicht einfach schnell auf den Punkt kommen und ihn dann in Ruhe lassen? „Warum musste Elfi Merz denn jetzt sterben? Mach's doch nicht so spannend! An einer bis zum Anschlag aufgedrehten Heizung ist nämlich meines Wissens nach noch niemand gestorben." „Ha ha, sehr komisch, Schorsch. Jetzt kommt der wichtige Teil, pass auf. Weil Frau Merz mitten auf den zugeschneiten Parkplatz gefahren war, der Käfer also tief im Schnee steckte und weil Wärmetauscher und Auspuff stark verrostet waren, wurden die Abgase direkt von der Heizung ins Innere des Wagens gesogen."

Georg Haller musste schnell seine Gedanken sortieren. Hatte er das richtig verstanden, Elfi Merz war das Opfer eines Unfalls geworden? „Das heißt, dass die Frau Merz sich weder selbst umgebracht hat noch dass ihr ein unbekannter Mörder auf den Fersen war?" „Richtig, Sherlock. Die Bodenplatte, meinte noch der KTU-Kollege, sei die größte

Schwachstelle in der Käfer-Konstruktion." „Wäre es möglich gewesen, den Käfer zu manipulieren? Immerhin gäbe es in einem Autohaus genügend Leute, die was von Autos verstehen." „Nein, das können die Kollegen ausschließen. Bei den Lackkratzern an der Fahrertür konnten sie uns allerdings nicht weiterhelfen. Deren Herkunft und Ursache konnten sie nicht klären. Mit dem unmittelbaren Tod von Elfi Merz haben sie jedenfalls nichts zu tun."

„Kann man sagen, dass die Frau Merz heute noch leben könnte, wenn sie woanders geparkt hätte?" „Ja, schon. Die Frau war organisch kerngesund, sagt zumindest die Gerichtsmedizin." „Vielleicht hätte sie doch einen Euro fürs Parkhaus investieren sollen, die Gute. Das hätte sich in diesem Fall wirklich gelohnt." „Tja, hinterher ist man immer schlauer. Also, gute Nacht, Schorsch. Bis morgen. - Freu mich schon." „Danke. Bis dann."

Da ging er also dahin, sein Fall. Georg Haller spürte so etwas wie ein Bedauern, dass sich die Sache so schnell aufgeklärte hatte. Natürlich war er auch froh, dass die Kollegen von der Rechtsmedizin und der Kriminaltechnik so zügig ihre Arbeit gemacht hatten. Morgen würde er also wieder Dienst nach Vorschrift machen. Und das in Bärlingen! Da konnte er sicher wieder Jahre warten, bis sich etwas vergleichbar Spannendes ereignete. Der Arbeitstag mit erhöhtem Adrenalin-Spiegel hatte ihm gefallen, auch deshalb, weil Lisa-Marie Töpfer ihn auf so angenehme Weise aus dem Gleichgewicht gebracht hatte.

Wenn er es recht bedachte, so war Georg Haller mit dem Ergebnis der Ermittlungen gar nicht zufrieden. Jetzt hatten sie zwar eine Leiche und auch eine nachvollziehbare Todesursache, wenn auch ohne natürlichen Exitus, aber immerhin einem ohne Fremdverschulden. Aber komisch war die Angelegenheit schon, zumal nach der Sache mit Karl Merz. An diesen Zufall wollte Georg Haller nicht glauben.

22

„Elfi! Schöne, dich zu sehen! Setz dich hin. Eine Kaffee für die schönste Frau ine Bärlingen?" Adriano hatte im *Venezia* auf Elfi gewartet und die Tür hinter ihr wieder abgeschlossen. Heute war schließlich Ruhetag und er war nur gekommen, weil die Frau seines Freundes am Telefon ihn so dringend darum gebeten hatte. Auf seine Freunde ließ der *Venezia*-Wirt nichts kommen, die konnten immer mit seiner Hilfe rechnen. Dass heute allerdings beide Merzens bei ihm saßen, das wunderte ihn aber doch. „Du bekommste von mir die beste Cappuccino nördlich von die Alpe."

Elfi legte ihr Pelz-Cape ab und setzte sich hin. Adriano war schon ein Macho wie er im Buche stand. Auch wenn sie sonst niemals freiwillig seine Gesellschaft gesucht hätte, heute war er ihre letzte Chance, um zu erfahren, was Karl wirklich plante. Sie musste also wohl oder übel das Spiel des Italieners mitmachen, wenn sie ihm seine gute Laune bewahren und ihn zum Reden bewegen wollte. „Ich nehme gern einen Kaffee. Danke, dass du extra gekommen bist. Ich weiß gar nicht, was ich ohne dich tun würde." Sie musste ein bisschen auf die Tränendrüse drücken. Auf den Beschützertrick würde Adriano bestimmt anspringen. Und Elfi täuschte sich nicht. Sie hatte sich gerade an einen der Tische mit strohumwickelter Chianti-Flasche als Kerzenständer gesetzt, als der Wirt bereits zwei Tassen Kaffee an den Tisch brachte. Anstatt Elfi gegenüber Platz zu nehmen, zog er sich einen Stuhl vom Nachbartisch heran und setzte sich direkt neben sie.

„Elfi, warum schauste du so traurig? Was kann Adriano für dich tun?" Der Italiener legte den Arm um ihre Schultern. Davor hatte es Elfi schon gegraut. Sie konnte es überhaupt nicht leiden, von fremden Leuten angefasst zu werden. Sie hatte zwar beim Bärlinger Küsschen-links-und-Küsschenrechts-Zirkus mitgespielt, aber diese Nähe war ihr immer schon unangenehm. Jetzt wäre sie am liebsten von Adriano weggerutscht. Sie gab sich einen Ruck und blieb sitzen. Allerdings drehte sie ihrem Gesprächspartner den Oberkörper zu, sodass dieser seine Hand von ihrer Schulter nahm.

„Karl und ich haben uns gestern schlimm gestritten. Ich habe ihm Sachen gesagt, die ich nicht hätte sagen sollen." „Oh Elfi. Das kenne ich, das passierte bei uns zu Hause ständig. Weißte du, das iste das Temperament. Das iste nicht schlimm. Hauptesache, man verträgte sich später wieder." „Wenn das so einfach wäre. Karl geht mir aus dem Weg. Ich hatte noch keine Möglichkeit, mit ihm zu sprechen. Du kennst ihn, da kann er ziemlich stur sein. Und jetzt habe ich Angst, dass er vielleicht überhaupt nie mehr mit mir reden will." Elfi nahm ihr Taschentuch und schluchzte trocken hinein. Ob ihr Adriano diese Nummer abnehmen würde? „Nicht weinen, Elfi. Ich kanne es nicht sehen, wenn schöne Frauen weinen. Elfi!" „Ach, Adriano!"

Sie musste unbedingt erfahren, warum Karl gestern Abend seinen Kumpel Adriano angerufen und was er heute Mittag mit ihm besprochen hatte. „Was hat er dir denn erzählt? Du bist doch sein Freund! Ist er sehr böse auf mich?" Adriano liebte es, wenn er gebraucht wurde. Allerdings war er auch Geschäftsmann. Und sein Freund Karl hatte ihn in der Angelegenheit um absolute Diskretion gebeten. Geschäft war Geschäft und dieses war ein lukratives obendrein. Aber die Ehefrau seines Kumpels schien wirklich sehr verzweifelt und das konnte Adriano nicht ertragen. Er würde es einfach mit der halben Wahrheit probieren, um sie zu trösten. „Weißte du, Elfi, dein Mann iste sehr krank. Er hat mich gebeten, dass ich nach seiner Familie schaue, wenn er nichte mehr da ist. Gestorbene, eh." Mit dieser Antwort wollte sich Elfi nicht zufrieden geben. Ihr Mann und dieser windige Italiener hatten schon mehrere Dinger zusammen gedreht und da sollte sie ihm glauben, dass es nur darum ging, die schützende Hand über die Familie zu halten. Der Pate lässt grüßen!

Elfi schluchzte aufs Neue los. „Ich bin so verzweifelt Adriano. Ganz bestimmt wird er mich verlassen!" Elfi warf sich dem schmächtigen Pizzeria-Wirt an die Schulter und ließ sich trösten. „Nein, das würde Karl dir niemals antun. Er liebte dich, Elfi. Ganz bestimmt. Es wird alles wieder gut!" „Und warum hat Karl dann gestern den Riebel angerufen nach unserem Streit? Bestimmt bereitet der schon die Scheidung vor. Ach, Adriano!" Jetzt war es der kleine Italiener, der Elfi sanft von sich drückte und ein wenig von ihr abrückte. „Elfi, eigentlich hate Karl mich gebetene, nichts zu sage. Aber weile du biste so traurig, sage ich dir was. Deine Mann liebt Susanne so wie seine eigene Tochter Katrin. Und er will, dass sie genauso erben soll wie Katrin. Das will er von Riebel. Nixe Scheidung! Das weißte du aber nichte von mir!" „Danke Adriano!" Elfi trocknete sich die imaginären Tränen und schnäuzte sich die Nase. Mehr war hier wohl nicht mehr zu holen. „Elfi, bin ich deine Freund, oder was?"

Die frische Luft tat Elfi gut. Hatte Adriano sie nur beruhigen wollen? Vielleicht hatte er ihr aber auch nur seine Interpretation der Wahrheit serviert. Das würde zu ihm passen. Dieses Schlitzohr suchte doch immer nur seinen persönlichen Vorteil! Dass Karl sich auf Geschäfte mit Adriano Felice eingelassen hatte, konnte Elfi immer noch nicht verstehen. Eine Pizza würde sie dem Italiener gerade noch abkaufen, aber dann war auch schon Schluss. Schlecht waren die Geschäfte mit Adriano jedenfalls nicht gelaufen, deshalb hatte sie auch den Mund gehalten. Solange sie dem kleinen Italiener aus dem Weg gehen konnte, war ihr alles recht gewesen. Es hatte ihr schon völlig gereicht, wenn sich ein Zusammentreffen mit den Felices in der Öffentlichkeit nicht vermeiden ließ. Bei allen diesen Veranstaltungen oder auch privaten Einladungen suchte das Ehepaar Felice die Nähe von Karl und ihr. Sie schienen die Italiener förmlich anzuziehen und Elfi machte gute Miene zum bösen Spiel. Während Adriano einfach nur aufdringlich und laut war, am liebsten über seine eigenen Witze lachte und sich unwiderstehlich fand, störte Elfi an seiner Frau Valentina, dass diese sie behandelte, als ob sie beste Freundinnen wären. Dabei konnte doch jeder Blinde sehen, dass sie beide überhaupt nicht zusammenpassten! Valentina Felice war so stilsicher wie eine neureiche russische Oligarchen-Gespielin. Und was noch viel schlimmer war, sie kopierte Elfi. Was die Autohaus-Gattin trug, konnte man so oder so ähnlich kurze Zeit später auch bei der Frau des *Venezia*-Wirts sehen.

Elfi erinnerte sich noch zu gut daran, mit welch neidischen Blicken die Italienerin ihr Pelz-Cape musterte, das sie am letzten Silvester-Ball das erste Mal öffentlich präsentierte. Der Mantel war eine Schau, so etwas sah man eigentlich sonst nicht in Bärlingen. Auf dem Foto, das der Fotograf von den beiden Ehepaaren beim Eintreffen auf dem Ball machte, sah man, dass sich Valentina Felice nur mühsam ein Lächeln abringen konnte. Elfi hatte ihr an diesem Abend modisch wieder einmal das Wasser abgegraben. Adriano hatte die Frau seines Freundes mit Komplimenten überhäuft und auch das passte der Italienerin überhaupt nicht. Elfi genoss ihren kleinen Triumph und kaufte das Foto als Erinnerung. Auch Valentina schenkte sie einen Abzug. Elfis Freude währte jedoch nicht lange. Bei dem traditionellen Faschingsumzug am Rosenmontag erschien Valentina Felice wie selbstverständlich auch mit einem Pelzmantel, der starke Ähnlichkeit mit Elfis Nobel-Cape hatte. Da stand sie dann mit ihrer Kopie am Straßenrand vor dem *Venezia* und schlürfte mit den Bärlinger Gattinnen Sekt auf Kosten des Hauses. Karl musste seiner Frau gut zureden, sonst hätte diese ihren Mantel sofort in die Mottenkiste verbannt.

Elfi kam in ein leeres und dunkles Haus zurück. Ihre Familie saß bei Katrin und sie war nicht dabei. Ausgeladen! Von der eigenen Tochter! Elfi fühlte sich verstoßen und verletzt. Nur Pluto lag in seinem Hundekorb in der Diele. Dass sein Frauchen heimkam, kümmerte den alten Hund aber nicht sonderlich. Wäre es Karl gewesen, der den Schlüssel im Schloss umgedreht und die Tür geöffnet hätte, hätte es sich der vierbeinige Mitbewohner nicht nehmen lassen, ihn persönlich zu begrüßen. Mit den Jahren war dieses Willkommen zwar immer weniger stürmisch ausgefallen und seit einiger Zeit hatte sich Pluto auch darauf verlegt, Karl lediglich mit der Schnauze an den Oberschenkeln zu knuffen. Er war auch in die Jahre gekommen. Herr und Hund glichen sich immer mehr an. Auch Karl hätte jetzt die Kraft gefehlt, einer lebhaften Begrüßung genügend Standkraft entgegenzusetzen.

Für Elfi aber stand Pluto nicht auf. Er hob nur kurz den Kopf an, um anschließend weiter zu dösen. Etwas später würde er noch seine Runde im Garten der Villa machen dürfen. In der Dunkelheit vermied es Elfi, allein Gassi zu gehen. „Na, Pluto. Was gibt's Neues? Machen wir zwei uns jetzt einen schönen Abend, wenn die anderen sich zusammen vergnügen?" Keine Reaktion. Der Hund träumte bereits wieder von ganz großen Knochen und seiner aktiven Zeit als Hasenschreck. Nicht mal der eigene Hund hat Lust, mir Gesellschaft zu leisten, dachte sich Elfi und ging ins Wohnzimmer.

Vielleicht hätte sie die Wahrheit gestern für sich behalten sollen. Was hatte sie nun davon, dass Karl Bescheid wusste? Gestern hatte es ihr gut getan, in sein entsetztes Gesicht zu blicken. Sie hatte so lange geschwiegen. Er war im Laufe der Jahre immer wortkarger geworden und hatte sie kaum mehr beachtet. Aber Elfis Genugtuung war schnell verflogen. Als sie allein zurückblieb merkte sie, dass sie vor dem Scherbenhaufen ihrer Familie stand. Alle waren gegen sie, selbst Susanne hatte sich heute noch nicht bei ihr gemeldet. Und das alles nur wegen Karl! Hätten sie eine glücklichere Ehe gehabt, dann wäre sie bestimmt nicht auf die Idee gekommen, alles mit so einem unnötigen Geständnis zu ruinieren. Aber Karl lebte nur noch für seine Krankheit. Alles drehte sich um ihn. Wie es ihr ging, hatte er nie gefragt. Sie hatte genug von diesem Leben am Krankenbett. Sie war gesund und sie wollte leben! Elfi griff nach ihrem Cognac-Glas, das immer noch auf dem Sofatisch stand und goss sich einen doppelten Cognac aus der schweren Kristall-Karaffe ein.

Ihre Einsamkeit machte Elfi wütend. So weit würde es noch kommen, dass Karl ihre Töchter gegen sie aufhetzte! Sie war fest davon überzeugt, dass er heute Nachmittag nichts anderes versuchen würde. Ohne sie! Das würde sie nicht zulassen! Elfi nahm noch einen Schluck und stand auf. Sie war unruhig. Wo Karl nur so lange blieb? Der erste Weihnachtsfeiertag bei Katrin endete eigentlich immer nach dem Kaffee. Sie würde mit dem Abendessen jedenfalls nicht auf ihn warten. Die Zeiten waren vorbei!

Als Elfi in die Küche gehen wollte, um sich eine Kleinigkeit zu Essen zu machen, fiel ihr Blick auf die Wohnzimmerschrankwand. Das war mal wieder typisch! Dass Karl auch immer sein Zeug hier verteilen musste! Sie nahm das kleine Kästchen an sich. Erst als sie es in den Händen hielt, wurde ihr bewusst, was sich in der kleinen Schatulle verbarg.

23

Georg Haller hatte zwar versprochen, sich darum zu kümmern, aber Gerda König wollte lieber auf Nummer sicher gehen. Der Pistolero, dessen Waffe ihr Mann zufällig entdeckt hatte, ließ ihr keine Ruhe. Aus dem Goldenen Hirsch, wo der Fremde ein Zimmer bezogen hatte, gab es immer noch keine Neuigkeiten. Die Chefin des Salons hatte mit ihrer Schwägerin vereinbart, dass diese ihr sofort Bescheid gibt, sobald der Italiener das Hotel verlässt. Gerda hatte ihren Mann davon überzeugt, dass es nur einen Weg geben konnte, um sich Klarheit über die Absichten des gutaussehenden Fremden zu verschaffen. Sie mussten sich in dem Zimmer des Italieners umsehen. Dort würden sie gewiss weitere Hinweise darauf finden, ob von diesem Unbekannten eine Gefahr ausging.

Gerda König wusste, dass das, was sie vorhatten, gefährlich sein konnte und auch, dass sie sich dabei strafbar machten. Aber was blieb ihr denn anderes übrig, als die Sache selbst in die Hand zu nehmen? Sie hatte deutlich gemerkt, dass die Angelegenheit mit dem Italiener nicht gerade ganz oben auf der Prioritätenliste des Hauptkommissars stand. Für eine Durchsuchung müsste dieser sich auch zuerst einen entsprechenden Befehl der Staatsanwaltschaft besorgen. Darauf schien der Schorsch nicht besonders erpicht zu sein, jedenfalls hatte er sie vertröstet und versprochen, dass er seine Nachforschungen anstellen würde. Was immer das heißen sollte, Gerda König reichte es nicht aus. Sie spürte, dass da etwas nicht stimmte. Sie wusste nur noch nicht genau was. Jedenfalls war sie fest entschlossen, ihrem Verdacht auf den Grund zu gehen. Ihr standen schließlich ganz andere Mittel und Wege offen als der Polizei, die sich an das Gesetz halten musste. Diese Möglichkeiten wollte sie nutzen. Otto und sie durften sich nur nicht erwischen lassen. Schon gestern hatte Gerda vergeblich auf den Anruf aus dem Goldenen Hirsch gewartet. Als sich ihre Schwägerin bis zum Abend immer noch nicht gemeldet hatte, rief Gerda König selbst an, nachdem sie den Salon geschlossen hatte. Aber sie erfuhr nur, dass der Gast sein Zimmer nicht verlassen und das Abendessen aufs Zimmer bestellt hatte. Es half alles nichts. Gerda König musste warten und das fiel ihr sehr schwer. Immerhin war der Mann gemeingefährlich. Was mit so einer Waffe in den falschen Händen alles passieren konnte! Wenn die Polizei glaubte, einfach abwarten zu können, die Friseurin glaubte das nicht. Otto König hatte sich nicht eingemischt. Es war zwecklos seine Frau zu bremsen, wenn die sich einmal etwas in den Kopf gesetzt hatte. Und so hatte Otto König sich in sein Schicksal ergeben und den ganzen Abend mit seiner Frau alle Fakten zusammengetragen, die ihnen im Fall Elfi Merz bislang zu Ohren gekommen waren. Sie ließen alle „Zeugenaussagen" Revue passieren und besprachen ihr Vorgehen bei der geplanten Durchsuchung des Hotelzimmers. Spätestens jetzt fühlte auch Otto sich als Ermittler im Fall Elfi Merz.

Als Otto und Gerda König schließlich im Bett lagen, drehte sich seine Frau noch einmal zu ihm um. „Sag mal, Otto, ist die Haustür auch wirklich gut abgeschlossen?" „Schatz, hast du Angst?" „Ich meine es ernst, Otto." Dieser hatte verstanden. „Soll ich nochmal schauen, ob die Tür richtig zu ist?" „Ja bitte." „Also gut, wenn es dich beruhigt, schaue ich gern noch einmal nach." Otto König wusste, dass er den Schlüssel vorhin zwei Mal im Schloss umgedreht hatte und dass die Tür damit so zu war wie Türen nur zu sein können, aber hier ging es um etwas anderes. Seine Frau sollte ruhig schlafen können, denn wer konnte schon sagen, wie lange dieser Spuk noch dauern würde? Morgen würden sie den Laden bestimmt wieder voll mit Kunden haben, die nur über ein Thema sprechen wollten und die Polizei war sicher auch noch nicht am Ende ihrer Ermittlungen. Wider Erwarten hatte Gerda König heute gut geschlafen. Weder der Ärger mit dem Finanzamt noch die Angst vor dem Italiener hatten ihr den Schlaf geraubt. Otto König konnte sowieso fast nichts aus der Ruhe und um seinen Nachtschlaf bringen. Da musste schon mehr passieren, als dass ein bewaffneter Italiener im Salon auftauchte. Auch heute, an Silvester, begann der Arbeitstag wie üblich. Die Friseur-Meisterin war erleichtert. Keine weitere Leiche vor dem Haus und die ersten Kunden waren normale Bärlinger Bürger. Gerda König hatte aus Sorge vor einem weiteren Fund heute Morgen so lange im Bett ausgeharrt, bis ihr Mann auch wach wurde. Otto König spürte, dass seiner Frau heute Morgen der gewohnte Schwung fehlte und deshalb war er ausnahmsweise als erster aufgestanden, hatte sich fertig gemacht und seine Brötchen selbst geholt. Als er mit rot gefrorener Nase vom Bäcker zurückkam, standen auf dem Küchentisch zwei große Tassen mit frisch aufgebrühtem Cappuccino. „So, Schatz, ich hab dir auch ein Laugenweckle mitgebracht. Das hat dir doch gestern eigentlich ganz gut geschmeckt, oder?" „Ein Brötchen nehme ich gern, den Schnaps lassen wir aber heute weg", lachte Gerda.

Ihre erste Kundin wartete bereits vor der Tür, als die Friseurin den Laden aufschloss. Frau Schmied war gestern die erste gewesen, die aus dem kleinen Kreis der „Ermittlerinnen" gerissen wurde, weil sie als nächstes bedient wurde. „Grüß Gott, Frau König. I war doch geschdern zum Schneida da. Ond zu Haus hab i gmerkt, dass die Hoor hier hinderm Ohr noch a bissle zu lang send." Gerda König konnte zwar nicht erkennen, dass der Haarschnitt ungleichmäßig sein sollte, aber das war auch nicht wichtig. Die Kundin hatte das Gefühl, dass etwas nicht stimmte, also stimmte etwas nicht. So einfach war das. Vielleicht war die Korrektur aber auch nur ein Vorwand. Für solche Spielchen hatte die Chefin an einem Tag wie heute eigentlich keine Zeit. Aber das ließ sie sich der Kundin gegenüber natürlich nicht anmerken und bediente sie so freundlich und zuvorkommend wie immer.

„Das haben wir gleich, Frau Schmied. Schauen Sie, jetzt dürfte Sie eigentlich nichts mehr stören." Die Chefin des Salons hatte ein paar Mal mit der Schere durch die Luft geschnippelt, denn sie wollte die Frisur der Kundin nicht im Nachhinein verunstalten. Frau Schmied lächelte in den Spiegel, den ihr Gerda König vorhielt. Das war ihr offensichtlich zu schnell gegangen und noch bevor Gerda König ihr den Frisierumhang wieder abnehmen konnte, rückte sie mit dem wahren Grund ihres Besuchs heraus. „Ond, Frau König, wisset Se scho was Neues von der Frau Merz? Die isch doch umbracht worde, gell?" Es gehörte zu den Stärken Gerda Königs, genau zu erkennen, was welche Kundin brauchte. Und so schaffte sie es auch jetzt, diese neugierige Simulantin zufrieden zu stellen, ohne sich auf eine ausführliche Diskussion einzulassen. Die Friseurin hoffte nur, dass ihr heute nicht noch weitere solche Querschläger den straffen Zeitplan durcheinander bringen würden.

Zum Glück waren nicht alle Kundinnen an diesem Vormittag so versessen darauf, mit der Friseurin ihres Vertrauens über den Tod von Elfi Merz zu sprechen und Gerda König genoss es, dass ein bisschen Routine zurückkehrte. Am späten Vormittag wurde sie allerdings erneut von den gestrigen Ereignissen eingeholt, als Katrin Ohler im Salon erschien. Die Chefin bediente die jüngere der Merz-Töchter persönlich. „Mein aufrichtiges Beileid, Frau Ohler. Es ist so schrecklich, was passiert ist." Katrin hatte den Friseurtermin bereits letzte Woche vereinbart und hatte keinen Grund gesehen, ihn abzusagen. Elfis Tod war ebenso wenig ein Anlass für eine Absage wie der Besuch des Hauptkommissars heute Morgen. „Danke für Ihre Anteilnahme, Frau König. Die Haare hätte ich gern wie immer."

Als die junge Polizistin ihr gestern Vormittag die Nachricht vom Tod ihrer Mutter überbrachte, war diese sicherlich überrascht, dass sie in Anbetracht der Todesbotschaft nicht weinend zusammengebrochen war. Vielleicht hätte man das von ihr erwartet. Aber Katrin konnte nicht weinen, sie trauerte nicht. Im Gegenteil, sie war froh und spürte eine große Erleichterung. Es war, als ob der mütterliche Würgegriff, den sie Zeit ihres Lebens immer gefühlt hatte, endlich wegfiel. Die Polizistin hatte sie auch darüber informiert, dass Elfi keines natürlichen Todes gestorben sei. Ob es sich allerdings um einen Suizid oder um einen Mord handle, das müssten die genauen Untersuchungen noch ergeben. Sie hatte dann noch Angaben zu ihrem Alibi machen müssen.

Während die Friseurin mit ihren Haaren beschäftigt war, kam Katrin zum ersten Mal seit dem Besuch der Polizistin Zeit etwas zur Ruhe. Elfi war also tot. Das änderte einiges. Katrin würde sich mit Susanne zusammensetzen müssen und schauen, wie das Autohaus weiter geführt werden soll. Jetzt musste sie aber erst einmal die Beileidsbezeugungen ihrer Umwelt über sich ergehen lassen. Sie wusste, was ihr Gegenüber von ihr erwartete und sie spielte ihre Rolle gut. Man sollte ihr schließlich nicht nachsagen können, dass sie der Tod ihrer Mutter kalt ließ. Das wäre auch schlecht fürs Geschäft gewesen. Vielleicht belebte der ganze Zirkus um die tote Elfi in ihrem VW-Käfer auch die Umsätze des Autohauses.

Auch wenn Katrin nicht um ihre Mutter trauerte, denn ihr Tod war kein Verlust für sie, so interessierte sie sich doch für die Details ihres Ablebens. „Stimmt es, dass Sie meine Mutter gefunden haben, Frau König?" „Ja, das war ein ganz schöner Schock. Schließlich geschieht auch nicht jeden Tag ein Mord vor unserer Haustür." „Meine Mutter wurde nicht ermordet. Es war ein Unfall." „Das kann ich mir jetzt aber nicht vorstellen, Frau Ohler." „Ganz bestimmt. Es besteht kein Zweifel. Die Gerichtsmedizin hat ausschließen können, dass meiner Mutter von einer anderen Person Gewalt angetan wurde. Heute Morgen war der Hauptkommissar bei uns und hat uns informiert."

„Und wie ist sie dann gestorben?" Katrin berichtete der Friseurin die Details des Unglücksfalls. „Ach du lieber Gott, wenn ich also besser den Schnee vom Parkplatz geräumt hätte, dann könnte Ihre Mutter also noch leben?" Gerda König musste sich setzen. Hatte sie etwa Elfi Merz auf dem Gewissen? War sie eine Mörderin? „Machen Sie sich bitte keine Vorwürfe. Kein Mensch kann bei dieser Witterung dauernd Schnee räumen. Meine Mutter hat sich diesen Parkplatz ausgesucht. Wenn jemand einen Fehler gemacht hat, dann sie. Schließlich ist der Parkplatz hier auf einem Privatgrundstück." Gerda König war noch nicht überzeugt. „Außerdem wäre in jedem anderen Auto nichts passiert. Der Unfall konnte sich nur ereignen, weil meine Mutter in ihrem alten Käfer zu ihrer Verabredung gefahren ist. Wahrscheinlich aus nostalgischen Gründen. In allen anderen Autos hätte sie die ganze Nacht bei laufendem Motor warten können."

Dass um ein Haar auch Susanne und Alex, die Elfi mit in die Stadt genommen hatte, gestorben wären und dass ihre Schwester ein Kind erwartete, das verschwieg Katrin der Friseurin lieber. Sie hatte keine Lust, hier alle Familiengeheimnisse auszuplaudern. Schließlich würden die Bärlinger schon noch früh genug mitbekommen, dass ihre Schwester mit einer Frau zusammenlebte. Das würde auf der Beerdigung einen schönen Skandal geben! Und dass Susanne auch noch schwanger war, hätte die Vorstellungskraft der Provinzbewohner sicher überstiegen. Zum Glück sah man ihrer Schwester ihre glücklichen Umstände noch nicht an. Katrin freute sich zwar mit ihrer Schwester, war aber trotzdem nicht gerade wild darauf, gleich wieder einen neuen Anlass für das Bärlinger Stadtgespräch zu bieten. Da durften sich die Gemüter erst einmal wieder beruhigen. Susanne würde in ein paar Tagen wieder weg sein. Ihr konnte es egal sein, wenn sich die Leute hier das Maul zerrissen, aber sie lebte hier und konnte nicht mal eben verschwinden.

Zum Glück war Susanne und Alex nichts passiert! Elfi hatte die beiden am Sonntagabend noch mit in die Stadt genommen. Das Pärchen hatte es vorgezogen, weiterhin im Goldenen Hirsch zu bleiben, die beiden Frauen fühlten sich in der Merz'schen Villa nicht mehr zu Hause. Mit Elfi hatten sie verabredet, dass diese sich eventuell später am Abend noch melden würde, falls Peter Fuchs bereit war, seine Tochter, von der ihm Elfi bei dem gemeinsamen Abendessen erzählen wollte, kennenzulernen. Susanne und Alex hatten Elfi allein im Wagen zurückgelassen und sich ohne sie auf den Weg in ihr Hotelzimmer gemacht. Der Hauptkommissar hatte erwähnt, dass die Fußspuren, die man vor dem Käfer im Schnee gefunden hatte, den beiden Mitfahrerinnen zugeordnet werden konnten. Den Mörder, den ganz Bärlingen mittlerweile hinter jeder Ecke lauern sah, gab es also nicht.

Jetzt ging es schon auf die Mittagspause zu und Gerda König hatte immer noch nichts von ihrer Schwägerin aus dem Goldenen Hirsch gehört. Als die Friseurin heute Morgen angerufen hatte, erfuhr sie von Margot nur, dass der Italiener noch schlafe. Der Fremde habe gestern Abend allerdings noch um einen Late-Check-out gebeten, was sie ihm zugesagt habe. Wenigstens hatten sie damit noch ein bisschen Zeit gewonnen, dachte Gerda König. Wie jeden Tag schlossen die Königs auch heute ihren Salon von 13 bis 14 Uhr. Die Mittagspause war Otto und Gerda König heilig. Sie verbrachten die Zeit in ihrer gemütlichen Wohnküche. Meist zog sich Otto die Schuhe aus und legte sich direkt auf die Eckbank, wo er so lange ein kleines Nickerchen machte, bis Gerda das

Mittagessen aufgewärmt hatte. Auch heute hatte sich der Friseur-Meister auf der Bank ausgestreckt und bekam schon nicht mehr mit, dass seine Frau mit ihm sprach. „Gell, Otto, das ist doch seltsam, dass ich aus dem Goldenen Hirsch noch nichts gehört habe. So lange schläft doch kein Mensch. Kannst du nicht mal anrufen? Vielleicht hast du mehr Erfolg bei Margot." Von der Eckbank kam keine Reaktion. „Otto?" Leises Schnarchen verriet Gerda König, dass ihr Mann, der Macht der Gewohnheit folgend, nicht im Geringsten an den Italiener und an eine mögliche Gefahr, die von ihm ausgehen konnte, dachte. Gerda König rüttelte ihren Mann am Fuß. „Otto. Du kannst doch jetzt nicht schlafen!" „Was ist denn los, Gerda?" „Macht es dir überhaupt nichts aus, dass da draußen ein Fremder rumläuft, der eine Pistole in der Jacke versteckt hat?" „Nein, natürlich nicht. Aber jetzt kann ich auch nichts daran ändern. Nachher rufe ich den Fritz an, versprochen. Jetzt lass uns erst einmal was essen."

Gerda König stellte zwei Teller mit Linsen, Würstchen und Spätzle auf den Tisch. „Du hast Recht, Otto. Wir sollten uns von so einem Mafioso nicht den Appetit verderben lassen. Aber den Kerl, den knüpfen wir uns heute noch vor." „Du scheinst ganz wild darauf zu sein, auf Verbrecherjagd zu gehen. Wenn ich mitkommen soll, dann will ich wenigstens gut gestärkt sein."

Natürlich würde Otto König seine Frau in den Goldenen Hirsch begleiten. Auch wenn er das Unternehmen ziemlich waghalsig und auch ein wenig gefährlich fand, der Gefahr wollte er seine Frau nicht allein aussetzen. Im Falle eines Falles würde er dem Italo-Fuzzi schon zeigen, dass mit ihm nicht zu spaßen war. Schließlich war er in seiner Jugend mal Vereinsmeister im Ringen gewesen. Unter keinen Umständen würde er Gerda allein gehen lassen. Es war ihm klar, dass seine Frau nicht eher zur Ruhe kommen würde, bis sie wüsste, was es mit dem Fremden auf sich hatte. Otto hatte gerade die ersten Löffel seiner Mahlzeit gegessen, als das Telefon klingelte. „Ich geh schon, Gerda, iss du in Ruhe auf." Als ihr Mann wieder in die Küche kam, sah Gerda König sofort, dass das der Anruf gewesen war, auf den sie seit gestern Nachmittag warteten. „Und?" „Die Margot war dran. Der Fremde hat sich die Sauna anheizen lassen und ist vor einer Viertelstunde im Wellness-Bereich verschwunden." „Hat vielleicht kalte Füße bei uns bekommen?" „Jedenfalls meint Margot, dass der Italiener jetzt bestimmt die nächsten anderthalb Stunden nicht in seinem Zimmer sein wird." Gerda König sah auf ihre Uhr, es war mittlerweile zwanzig nach eins, um zwei mussten sie wieder hier sein, weil die nächsten Kunden warten würden. „Dann nichts wie los, Otto!" Der Friseur verabschiedete sich schweren Herzens von seinem Mittagessen. Mit dem Detektiv-Spiel würde er sich dauerhaft nicht anfreunden können, wenn dabei regelmäßig das Essen auf der Strecke blieb.

Gerda und Otto König bemühten sich, keine unnötige Aufmerksamkeit auf sich zu ziehen, als sie zu Fuß den Marktplatz überquerten, um zum Goldenen Hirsch zu gelangen. Durch die Fußgängerzone waren sie schneller am Hotel als mit dem Auto um den Altstadtring. Aber sie mussten sich beeilen, schließlich sollte niemand etwas von ihrer Mission mitbekommen und Unpünktlichkeit waren die Kunden im Salon König nicht gewohnt. Da würde es zwangsläufig Fragen geben und die wollten die Friseure vermeiden. „Gerda, mach ein wenig langsamer. Ich komme kaum noch hinterher." Otto König hatte Mühe, mit seiner Frau Schritt zu halten. „Es muss auch nicht jeder sehen, dass wir es eilig haben. Schalte mal einen Gang zurück, wir sind doch gleich da." Gerda König bremste ihren energischen Schritt und hakte sich bei ihrem Mann unter. Die Eheleute betraten den Goldenen Hirsch durch den repräsentativen Haupteingang. Jeder, der sie hier sah, konnte denken, dass sie mit Ottos Bruder oder seiner Frau verabredet waren. Margot empfing Gerda und Otto König mit verschwörerischer Miene. Die Frauen umarmten sich zur Begrüßung und Otto schüttelte ihr die Hand. „Ich bringe euch hoch und lasse euch rein. Aber bitte, das bleibt unter uns! Wenn das raus kommt, dann können wir hier dicht machen. Wir haben einen Ruf zu verlieren." „Danke Margot, das wird sicher auch nicht wieder vorkommen", raunte Otto seiner Schwägerin zu.

Margot König öffnete das Zimmer mit dem Generalschlüssel und Gerda und Otto schlüpften durch die Tür, nachdem sie sich vergewissert hatten, dass sie nicht beobachtet wurden, wie sie in das fremde Zimmer eindrangen. Das Zimmer des Italieners war eines der teuren und frisch renovierten Gästezimmer des Goldenen Hirschs. Der Mann kleidete sich nicht nur stilsicher, sondern schien auch erstklassig zu reisen.

„Viel Gepäck scheint er nicht zu haben." Otto wies auf eine kleine lederne Reisetasche, die auf der Kofferablage abgestellt war. Gerda König hatte zuerst einen Blick in das Badezimmer geworfen, dort fand sie allerdings nichts Auffälliges. Otto hatte sich inzwischen im Zimmer umgesehen und war am Schreibtisch vor dem Fenster stehen geblieben. Er traute seinen Augen nicht. „Gerda, komm schnell!" Die blieb neben ihrem Mann stehen. Auf dem Schreibtisch lag ein dicker wattierter Umschlag, aus dem mehrere Bündel Einhundert-Euro-Scheine ragten. „Mensch Otto, was macht jemand denn mit so viel Geld?" „Eine lange Reise jedenfalls kaum. Der Kerl ist mit ziemlich wenig Gepäck unterwegs." Gerda König nahm den Geldumschlag und schaute hinein. Das war doch nicht normal, dass jemand so viel Geld einfach im Hotelzimmer herumliegen ließ! „Schau mal Otto, da ist noch was drin!" Gerda König zog eine Fotografie aus dem Umschlag. „Was soll das denn?" Fragend sah Gerda ihren Mann an, sie verstand jetzt gar nichts mehr. Sie hielt ein Foto von

Karl Merz in den Händen. Darauf stand dieser im Smoking vor einem karierten Hintergrund und lächelte in die Kamera. Allerdings war das nur ein Teil der Fotografie. Links neben Karl Merz musste noch eine Person gestanden haben, aber dieser Teil des Fotos war abgerissen. Otto nahm das Foto in die Hand.

„Warum hat der Fremde denn ein Foto von Karl Merz und was ist auf dem fehlenden Teil des Fotos zu sehen?" Gerda nahm ihrem Mann das Foto wieder ab und drehte es um, vielleicht stand etwas auf der Rückseite. Aber hier fand sich kein Hinweis, der erklärte hätte, warum ein Fremder diese Aufnahme in seinem Hotelzimmer haben könnte. Otto beugte sich noch einmal über das Foto und betrachtete es genauer. „Schau mal, die Person, die weggerissen wurde, könnte jemand mit Rotstift eingekreist haben. Was meinst du?" „Ja, da könntest du recht haben, Otto. Hier am Rand sieht man noch eine Spur der Markierung. Da muss man aber schon verdammt gut hinsehen. Was soll dieses Foto? Und warum fehlt ein Stück davon?" Otto war genauso ratlos wie seine Frau. Der Italiener wurde ihm noch unheimlicher. „Keine Ahnung, was das zu bedeuten hat, Gerda. Vielleicht finden wir noch irgendetwas, das uns hilft, hinter das Geheimnis dieses Fremden zu kommen."

Otto König schaute unter die Speisekarte des Hotelrestaurants, die aufgeschlagen auf dem Schreibtisch lag. Erstaunt griff er nach der zusammengefalteten Seite einer Zeitung, die darunter gelegen hatte. Als er das Papier entfaltete, entfuhr Otto ein überraschter Pfiff. „Pst, Otto. Nicht so laut!" Der Friseur reichte seiner Frau die Zeitungsseite. „Schatz, weißt du, was das heißt? Wir müssen sofort den Schorsch anrufen!" Gerda König sah von der aufgeschlagenen Seite fragend zu ihrem Mann. „Mensch, Gerda, jetzt ist doch wohl alles klar! Der Fremde ist ein bezahlter Killer. Wir haben das Geld, wir haben das Foto, von dem er sich wahrscheinlich die

Zielperson abgerissen hat und wir wissen, dass er eine Waffe besitzt. Das muss jetzt selbst dem Schorsch reichen. Mehr Beweise gibt es doch gar nicht!" Gerda hielt ihrem Mann die Zeitungsseite wieder hin. „Stimmt. Und jetzt wir wissen sogar, wann der Auftragsmörder zuschlagen wird. Ich will nur noch wissen, wo der Kerl die Pistole versteckt hat." Gerda König sah sich in dem Hotelzimmer um. Wo würde sie eine Waffe verstecken? Sie öffnete den Kleiderschrank und trat vor Schreck einen Schritt zurück. Dort, wo eigentlich Anzüge und Kostüme ihren Platz hatten, lehnte ein Präzisionsgewehr. In der Schublade, die für Unterwäsche oder Socken gedacht war, fand sie auch die Pistole des Fremden.

Mit zitternden Fingern wählte Gerda König die Handy-Nummer von Georg Haller. „Schorsch, Gerda König hier. Der Italiener ist ein Killer mit Waffen im Kleiderschrank!" Otto König konnte nicht hören, was der Hauptkommissar sagte. Er vermutete aber, dass der sich jetzt dafür interessierte, wie seine Frau an diese Informationen gelangt war. „Ist das denn so wichtig? Wir sind jedenfalls in seinem Hotelzimmer. Auf dem Schreibtisch liegt ein Haufen Geld, richtig viel Geld, Schorsch. Außerdem noch ein Foto, auf dem nur noch der Karl Merz zu sehen ist, eine weitere Person wurde weggerissen. Außerdem haben wir noch eine Zeitungsseite mit Todesanzeigen gefunden." Georg Haller schien seiner Frau wieder eine Frage zu stellen. „Das weiß ich nicht. Keine Ahnung." Otto wurde langsam ungeduldig. Warum quatschte der Hauptkommissar denn so lange herum? Der sollte sich beeilen und herkommen. „Jedenfalls ist die Anzeige auf der Zeitungsseite mit rotem Stift fett markiert."

Otto König riss der Geduldsfaden. Was glaubte der Schorsch denn, was sie hier taten? Sie waren keine seiner Kollegen, die ihrem Chef mal schnell Bericht erstatteten. Seine Frau und er hatten im Zimmer eines Mörders nichts zu suchen! Otto König nahm seiner Frau das Handy ab. „Otto

König hier, Grüß Gott, Schorsch. Was ist denn jetzt, kommst du her? Mir wird die Sache hier langsam zu heiß."

Georg Haller hatte eine Weile gebraucht, bis er den Anruf der Friseurin richtig einordnen konnte. Er wollte es nicht so recht glauben, dass die beiden Königs auf eigene Faust in das Zimmer des Italieners eingedrungen waren und ihre Nachforschungen anstellten. Jetzt war allerdings nicht der Zeitpunkt, um grundsätzliche Fragen wie den Schutz der Privatsphäre und dergleichen zu erörtern. Jetzt musste er handeln. Gerda und Otto König hatten sich in große Gefahr begeben, wenn ihre Angaben der Wahrheit entsprachen. Der Mann war als äußerst gefährlich einzustufen und konnte die beiden Königs jederzeit in seinem Hotelzimmer überraschen. Und was dann geschehen würde, das wollte sich Georg Haller lieber nicht vorstellen. Er versprach Otto König, sofort zu kommen, in spätestens zehn Minuten könnte er vor Ort sein. Die Königs sollten das Zimmer verlassen und in der Lobby auf ihn warten.

Otto König sah auf die Uhr. „Wir müssen den Laden um vierzehn Uhr wieder öffnen, sonst schaffen wir nicht mehr alle Termine." „Also gut. Bitte machen Sie aber noch Fotos von den Beweisen, bevor Sie gehen. Sicher ist sicher. Ihr Handy hat doch eine Kamera? Ich komme dann später im Salon vorbei."

24

Katrin hatte sich große Mühe mit dem Weihnachtsessen gegeben. Es gab Hirschgoulasch mit Knödeln und Rotkohl und Karl Merz genoss die große Runde im Kreis seiner Familie. Auch wenn er in letzter Zeit sehr unter Appetitlosigkeit litt, hatte er sich etwas auf den Teller legen lassen und die Köchin gebührend gelobt.

Niemand wagte es so recht, das Gespräch auf den gestrigen Eklat in der Merz'schen Villa zu lenken; jeder bemühte sich um ein unverfängliches Gesprächsthema. „Du, Opa, warum ist Oma denn nicht hier?" Lukas schaute seinen Großvater fragend an. Noch bevor Karl etwas sagen konnte, antwortete Katrin allerdings für ihn. „Ich hab dir das doch vorhin erklärt. Der Oma geht es heute nicht so gut. Die muss sich ein bisschen ausruhen. Aber der Opa ist gekommen. Das ist doch schön, oder?" Lukas nickte nur. Für ihn gehörten die Großeltern zusammen und dass die Oma Weihnachten ausfallen ließ, fand er komisch.

„Kinder, wie schön, dass ich das noch erleben darf! Hier mit euch. Ihr wisst gar nicht, wie viel mir das bedeutet!" Susanne saß neben ihrem Vater und legte ihm die Hand auf den Arm. „Und wie geht es dir nach gestern?" Karl wollte sich auf keinen Fall anmerken lassen, wie sehr Elfi ihn verletzt hatte. „Es könnte besser sein, das ist kein Geheimnis. Aber einen zähen Hund trägt man nicht so schnell aus seiner Hütte." „Dann muss ich also jetzt nicht ständig Angst davor haben, dass dein ‚Seelentrost' bald zum Einsatz kommt?" Seine Tochter blickte ihn bekümmert an. Er hatte seinen Frauen schon eine schwere Bürde zu tragen gegeben, als er ihnen die Zyankali-Kapseln zur Aufbewahrung übergeben hatte, das wusste Karl.

„Ich habe mir die Dinger", Karl vermied es, die Todesbringer beim Namen zu nennen „nicht aus einer Laune heraus besorgen lassen. Vielleicht brauche ich sie später einmal. Jetzt freue ich mich aber, dass ich hier bin. Ganz besonders über meine beiden Enkelkinder und darüber, dass ich bald noch einmal Opa werde."

Susanne wusste, dass ihr Vater kein Mann der großen Worte war. Das war seine Form der Entschuldigung für gestern. „Susanne und Alex, - ich – ich wollte euch -" „Ist schon gut, Papa." Susanne gab ihrem Vater einen Kuss auf die Backe. Für seine Verhältnisse war das eine Entschuldigung gewesen, die seine Tochter akzeptieren konnte. Es war ihrem Vater allerdings ein Anliegen, nicht nur das neue Enkelkind in der Familie zu begrüßen, sondern auch Alex. Seiner Tochter war es offensichtlich ernst mit dieser Beziehung. Seine Familie war alles, was ihm jetzt noch Kraft gab und wenn Alex zu Susanne gehörte, dann war sie auch ein Teil seiner Familie. Einem Schwiegersohn hätte Karl vermutlich jovial auf die Schulter geklopft und in früheren Zeiten gemeinsam mit ihm eine Zigarre gepafft. Jetzt rauchte er nicht mehr und der Schwiegersohn war eine Frau. Seine Unsicherheit versuchte der alte Mann mit einer humorvollen Bemerkung, die er an Alex richtete, zu überspielen: „Pass mir gut auf meinen Augenstern auf, hörst du! Sonst bekommst du Ärger mit deinem Schwiegervater!" Alex merkte, dass das wohl so viel wie, „Willkommen in der Familie" heißen sollte. „Versprochen, Herr Merz." „Karl!" „Versprochen, Karl." Dann war das Thema durch.

Nach dem Essen räumten Katrin und Susanne den Tisch ab und nutzten die Zeit in der Küche dafür, um über die Ereignisse des vergangenen Tages zu sprechen. Die Kinder hatten Frank und Alex überredet, ihnen beim Aufbau der elektrischen Eisenbahn zu helfen, die sie gestern vom Christkind bekommen hatten. Marie und Lukas waren mit Feuereifer bei der Sache und hatten vom Spielen hochrote Backen bekommen. Ihnen war so warm geworden, dass sie nur noch in Unterhemd und Strumpfhosen inmitten der Eisenbahn-Baustelle saßen. Alex und Frank hatten sich von der Begeisterung der Kinder anstecken lassen und waren beide froh, einen unbeschwerten Familiennachmittag zu erleben.

Karl beobachtete das Spiel der Enkel und es hätte nichts gegeben, was ihn im Augenblick glücklicher gemacht hätte. Der Vormittag war anstrengend gewesen und Karl war müde. Katrin hatte ihrem Vater die Erschöpfung angesehen und ihm auf dem Sofa die Kissen bequem zurechtgelegt. Hier konnte er die Beine hochlegen und sich ein wenig ausruhen. So viel wie heute war Karl schon lange nicht mehr unterwegs gewesen und so schwerwiegende Entscheidungen wie in den letzten vierundzwanzig Stunden hatte er in seinem ganzen Leben noch nicht getroffen. Karl schloss die Augen. Er wollte so wenige Personen wie möglich in seinen Plan hineinziehen. Sicher, nach den Feiertagen würde man in der Firma bemerken, dass ein beträchtlicher Betrag aus dem Safe fehlte. Aber das war immer mal wieder vorgekommen, wenn Karl Geschäfte machte, die nur mit einem Handschlag besiegelt wurden und von denen das Finanzamt nichts wissen musste. Außerdem war er immer noch der Chef und niemandem Rechenschaft schuldig! Das Silvester-Foto aus der Kiste, in der Elfi die aktuellen Aufnahmen so lange aufbewahrte, bis sie Zeit fand, sie in das Album zu kleben, würde auch niemand vermissen. Elfi hatte schon lange keine Fotos mehr eingeklebt. Für ihr gemeinsames Leben schien sie sich nicht mehr zu interessieren. Erst jetzt bemerkte Karl Merz, dass er die Vorzeichen ihrer zerbrochenen Ehe übersehen oder einfach ignoriert hatte.

Adriano Felice hatte ihm versprochen, sich um die Sache zu kümmern. Er habe für solche Geschäfte einen zuverlässigen Mann an der Hand. Aber auch Adriano brauchte nicht alles zu wissen. Dieser Freundschaftsdienst war ein lukratives Geschäft für den Italiener, aber Karl war sehr daran gelegen, dass dieser letzte Coup mit Adriano totsicher funktionierte. Und er wusste als Geschäftsmann, dass man verlässliche Mitarbeiter gut bezahlen und sie für ihren Einsatz loben musste. Die Komplimente genoss der *Venezia*-Wirt, selbst ein Meister auf diesem Gebiet, und sicherte seinem Freund absolute Diskretion zu. Dass er die „Unterlagen" an seinen Vertrauensmann weitergeben würde, daran zweifelte Karl nicht. Und Adriano versprach auch, an die Todesanzeige zu denken.

Ob seine Töchter verstehen würden, warum er so handeln musste, wusste Karl nicht. Sie würden die Briefe erst nach seiner Beerdigung bekommen. Seine Mädchen sollten ihren Vater nicht als Opfer in Erinnerung behalten. Schlimm genug, dass der Krebs ihn so schwächte. Es war Karl ein großes Bedürfnis, seinen Töchtern eine Erklärung zu geben für das, was sie kaum würden glauben können.

25

Nachdem sie aus dem Goldenen Hirsch heimgekommen waren, hatten es Gerda und Otto König gerade noch geschafft, die Beerdigungsgarderobe anzuziehen, bevor die Arbeit im Salon wieder weiterging. Es blieb ihnen keine Zeit, ausführlich über ihre Entdeckung im Hotelzimmer des Italieners zu sprechen. Zum Glück würde Georg Haller gleich noch vorbeischauen, dachte die Chefin, die der ganze Vorfall sehr aufgewühlt hatte. Sie merkte, dass ihre Undercover-Mission im Goldenen Hirsch nicht das war, was sie jeden Tag aushalten konnte. Obwohl sich ihr Mann anfangs nur ungern auf die Zimmerdurchsuchung eingelassen hatte und nur mitgekommen war, um seine Frau nicht alleine einer wie auch immer gearteten Gefahr auszusetzen, so erfüllte es ihn jetzt auch mit Stolz, dass Gerda und er maßgeblich dazu beitragen würden, einen Verbrecher dingfest zu machen.

Im Gegensatz zu seiner Frau hatte Otto König sogar Gefallen an dem Nervenkitzel gefunden. Nach dieser aufregenden Mittagspause bereute er es sogar ein wenig, dass er jetzt wie üblich seinen weißen Friseurkittel anziehen musste, als ob nichts geschehen sei. Er wunderte sich selbst über seine Nervenstärke und er musste zugeben, dass sein Ehrgeiz gepackt war. Er wollte diesem windigen Italo-Bürschchen sein kriminelles Handwerk legen. Es konnte doch nicht sein, dass so ein Kerl frei in Bärlingen herumlief! Hier war die Welt doch noch in Ordnung. Und das sollte sie auch bleiben, dafür würde er zur Not eigenhändig sorgen, dachte Otto König.

Auch wenn es überhaupt nicht in ihren Zeitplan passte, zur Beerdigung von Karl Merz würden Gerda und Otto König heute Nachmittag gemeinsam gehen, schließlich war der Autohaus-Chef eine Größe in Bärlingen. Bis dahin würden sich im Salon die Kundinnen allerdings die Klinke in die

Hand geben. Weil sich die Damen für den Silvester-Ball heute Abend zum Teil aufwändige Hochsteckfrisuren wünschten, hatten sie im Salon an diesem Tag ausnahmsweise Termine vergeben. Und da passte es Gerda und Otto König eigentlich gar nicht, dass sie am Nachmittag auf den Friedhof mussten und im Salon ausfallen sollten. Aber man konnte sich schließlich nicht aussuchen, wann man starb.

Schlecht hatte er in letzter Zeit ausgesehen, der Herr Merz, dachte Gerda König, als sie der dritten Kundin die Haare wusch. Oft hatte man den Autohaus-Besitzer nicht mehr zu Gesicht bekommen, da er alle öffentlichen Einladungen zu meiden schien. Ihr Mann hatte ihn noch vor zwei Wochen zu Hause besucht, um ihm die Haare zu schneiden und hatte ihr berichtet, wie schwach der alte Mann inzwischen war. Wie gut, dass er den Unfall seiner Frau nicht mehr miterleben musste. Es musste schrecklich sein, wenn die Polizei an der Tür klingelte und so eine Nachricht überbrachte. Jetzt hatten die Töchter in einer Woche beide Eltern verloren. Das war doch tragisch!

Die Friseurin wurde aus ihren Gedanken gerissen, als Hauptkommissar Haller den Salon betrat. „Tut mir leid, Frau König, dass ich Sie schon wieder bei Ihrer Arbeit stören muss. Können wir irgendwo ungestört miteinander reden?" „Das ist im Moment wirklich ganz ungünstig. Du siehst doch, was hier los ist. Können wir es nicht so machen wie gestern?" Georg Haller erinnerte sich voller Entsetzen an die schwerhörige Dame mit ihrem Kölnisch-Wasser im Täschchen. Er trat näher an die Chefin heran und flüsterte ihr leise ins Ohr: „Was wir zu besprechen haben, ist nicht für fremde Ohren bestimmt." Gerda König überlegte kurz und bat dann ihre Angestellte, nach der Kundin zu sehen, die sie sitzen lassen musste. Anschließend bugsierte sie den Hauptkommissar kurzerhand in eines der Separees und ließ ihn auf dem Friseur-Stuhl Platz nehmen. „Die Kundinnen haben es heute alle besonders wichtig mit ihren Ballfrisuren. Da will jede die Schönste sein. Wenn ich jetzt anfangen würde, ihre zugesagten Termine durcheinanderzubringen, indem ich mich mit Ihnen zum Schwätzle-Halten - nicht falsch verstehen, Schorsch, gell - in die Kaffeeküche verziehe, dann wäre hier die Hölle los. Ich kann Sie aber als Kunden bedienen, so vermeiden wir böses Blut." Dem Hauptkommissar blieb nichts anderes übrig, als sich in sein Schicksal zu ergeben.

„Viel gibt's aber bei dir nicht zu schneiden, Schorsch." Gerda König hatte sich hinter den Stuhl gestellt und kämmte die Haare des Hauptkommissars. „Wie viel Zeit brauchst du denn für deine Befragung?" Georg Haller wunderte sich. Das war ihm noch nie passiert, dass er vorher die Gesprächszeit anmelden musste. Aber er sah auch, dass sich der Salon heute im Ausnahmezustand befand. Und er wollte ganz gewiss nicht die Ursache dafür sein, den Zorn der versammelten Bärlinger Damenwelt gegen sich aufzubringen. „Das mit den Haaren überlasse ich Ihnen, davon verstehen Sie mehr. Sie haben doch noch bestimmt etwas Anderes außer einem Haarschnitt im Angebot." Georg Haller wusste zwar nicht, worauf er sich damit einließ, aber sein Vertrauen in die professionellen Fähigkeiten von Gerda König war grenzenlos seit dem Vorfall damals in der Grundschule. Die Friseur-Meisterin feuchtete die Haare als erstes mit Hilfe einer Sprühflasche an und zückte anschließend die Schere, die sie zusammen mit allerhand anderen Hilfsmitteln griffbereit in ihrem Hüftgurt bei sich trug.

Von links und rechts konnte man das Geräusch der Föhne hören, dazwischen piepten die Zeitschaltuhren der Trockenhauben und die Kundinnen waren in angeregte Gespräche vertieft. Das war zwar ein ungewöhnlicher Ort für eine Zeugenbefragung, aber er schien nahezu abhörsicher. Und so begann Georg Haller mit seiner Arbeit. Als Gerda König ihm allerdings eine dicke grünliche Paste auf den Kopf streichen wollte, hielt er doch irritiert inne. „Du bist doch noch nicht fertig mit deinen Fragen, oder?" Georg Haller schüttelte nur den Kopf und ließ die Chefin weiterarbeiten. Gerda König massierte ihm die grelle Schmiere gründlich in die Haare ein. Es tat gut, ihre Finger auf der Kopfhaut zu spüren. Vielleicht sollte er sich doch öfter mal einen Besuch beim Friseur leisten. Ob man sich in der Herrenabteilung allerdings ebenso wohltuend seiner Haare annehmen würde, das bezweifelte der Hauptkommissar. Im Reich Otto Königs ging es eher pragmatisch zu. Den Wellness-Faktor wussten anscheinend nur die Kundinnen zu schätzen. Georg Haller bedauerte es schon jetzt, dass dieser Ausflug in die Damenabteilung des Salons sicher ein einmaliges Ereignis bleiben würde. Er hoffte nur, dass sich die Farbe auf seinem Kopf rückstandslos wieder entfernen ließ.

„Das ist eine Algen-Haarpackung mit Aloe Vera. Keine Sorge, die Farbe bleibt nicht drin." Gerda König hatte wirklich eine feine Antenne! „Was passiert denn jetzt als nächstes, Schorsch? Könnt ihr den Killer nicht verhaften?" „Leider nein. Wir haben keine Beweise gegen ihn in der Hand." „Ja sag mal, die Beweise stehen doch bei dem Kerl im Hotelschrank. Reicht das denn nicht als Grund?" „Die Beweise würde kein Richter anerkennen, weil sie nicht ordnungsgemäß gesichert wurden. Das Zimmer hätten wir nur mit einem Durchsuchungsbefehl betreten dürfen." „Ja und was heißt das jetzt? Lässt du den Kerl etwa laufen und wartest auf den nächsten Toten?" „Natürlich nicht, Frau König. Wir gehen davon aus, dass der Italiener, dessen richtiger Name übrigens Stefano Zanolla ist, bei der Beerdigung heute Nachmittag auftaucht. Allem Anschein nach hat er den Auftrag bekommen, auf der Beerdigung von Karl Merz jemanden umzubringen. Ich habe schon Verstärkung angefordert. Die Kollegen werden sich in Zivil auf dem Friedhof verteilen, wir wollen den Killer auf frischer Tat ertappen. Natürlich stoppen wir ihn vor dem Schuss. Wenn wir ihm seine eindeutige Absicht nachweisen können, dann haben wir auch eine Grundlage, ihn dem Haftrichter vorzuführen."

Gerda König bat ihren Kunden, sich vornüber zu beugen, damit sie ihm in dem Waschbecken, das unterhalb des Spiegels in die Arbeitsplatte eingelassen war, den grünen Schaum vom Kopf spülen konnte. „Dann muss ich mir also keine Sorgen machen, wenn ich mit Otto heute Nachmittag zu der Beerdigung gehe?" Georg hatte seinen Kopf tief in das Waschbecken gebeugt und seine Stimme klang etwas verzerrt. „Ganz sicher nicht. Unsere Kollegen werden ihre Dienstwaffen griffbereit haben."

Nachdem ihm Gerda König die Haare geföhnt hatte, verabschiedete sich der Hauptkommissar und wollte zahlen. „Lass mal gut sein, Schorsch, das geht aufs Haus. Sorge du lieber dafür, dass der Schurke geschnappt wird." Gerda König säuberte das Waschbecken, um gleich die nächste Kundin zu bedienen. Jetzt war es ihr schon wieder passiert! Die Friseur-Meisterin seufzte. Eigentlich sollte sie sich Gratis-Haarschnitte verkneifen. So war es schließlich auch kein Wunder, wenn das Finanzamt auf die Idee kam, dass sie schwarzarbeiten würde. Aber das sah die Chefin überhaupt nicht ein. Sie, Gerda Maria König, würde sich von diesen Bürokratenköpfen nicht vorschreiben lassen, wem sie in ihrem Salon zu welchem Preis den Kopf wusch!

„Jetzt müssen wir aber wirklich los." Otto war in die Damenabteilung heruntergekommen und tippte auf seine Armbanduhr. „Ich hole schon mal den Wagen und warte vor dem Haus auf dich." Gerda König hatte völlig die Zeit vergessen. Das Gespräch mit Georg Haller hatte ihren ganzen Terminplan verschoben. Wenigstens mussten sie sich nicht noch extra umziehen. Die Chefin warf nur schnell ihren Mantel über und verabschiedete sich von ihren Mitarbeiterinnen, die den Salon heute wie gewohnt um achtzehn Uhr schließen würden. Otto stand schon mit laufendem Motor vor der Tür. In der Eile hatte Gerda König allerdings ihren Hüftgurt mit den Kämmen und Scheren anbehalten. Sie nahm ihn ab und legte ihn auf den Rücksitz. „Den brauche ich auf dem Friedhof ganz sicher nicht."

„Mist, die Parkplätze sind schon alle belegt!" Otto bog in eine Seitenstraße ab. Vielleicht hatte er hier mehr Glück. „Halb Bärlingen scheint auf den Beinen zu sein." „Den Karl kannten eben auch viele Leute", meinte Gerda König. „Und wenn sich dann noch die ein oder andere Information zu dem Todesfall der Autohaus-Gattin in Erfahrungen bringen lässt, ist das für so manchen Motivation genug, auch bei diesem Wetter vor die Tür zu gehen." Otto lebte lang genug in dem Provinzstädtchen, um genau zu wissen, woraus der Kitt bestand, der diese Idylle zusammenhielt. Und er hatte Recht, es waren neben den echten Trauergästen, die wie die Königs im Anschluss noch zum Leichenschmaus eingeladen waren, zahlreiche Schaulustige zu der Beerdigung von Karl Merz erschienen.

Otto fand erst eine Querstraße weiter einen Parkplatz und sie stiegen aus. „Jetzt kommen wir zwar ein bisschen zu spät, aber in der Aussegnungshalle müssten wir wahrscheinlich sowieso die ganze Zeit stehen." „Otto, schau mal!" Gerda zeigte aufgeregt auf das Auto, das in der schräg gegenüberliegenden Garageneinfahrt abgestellt war. Sie war wie vom Blitz getroffen stehen geblieben und flüsterte ihrem Mann zu: „Das könnte der Wagen des Killers sein! S-Klasse, Hamburger Kennzeichen. Ganz bestimmt ist er das!" „Gerda, ruf sofort den Schorsch an. Der steht bestimmt schon auf dem Friedhof und wartet auf den Italiener." „Oh je, ausgerechnet jetzt hab ich mein Handy nicht dabei. Was sollen wir denn jetzt machen?" „Jedenfalls werden wir uns nicht noch einmal in so eine Gefahr begeben wie heute Mittag. Ein Undercover-Einsatz reicht mir am Tag. Die Polizisten werden ihn schon finden. Und damit sie es etwas leichter haben, helfe ich noch ein wenig nach." Gerda König schaute ihrem Mann zu, wie dieser ihren Hüftgurt vom Rücksitz des Autos holte und eine ihrer Scheren herausnahm. Entschlossen rammte er den spitzen Gegenstand in die beiden Hinterreifen des Autos, das sie für den Leihwagen des Killers hielten. Aus den Reifen wich langsam alles Leben. Otto König war mit seinem Werk zufrieden. Auf diese Idee musste man erst einmal kommen! „So, jetzt gehen wir zur Beerdigung. Den Rest hier soll der Schorsch erledigen."

26

Der Cognac war ihr ein wenig in den Kopf gestiegen und sie fühlte sich plötzlich ziemlich schwach. Seit dem Frühstück war der Cappuccino bei Adriano das einzige gewesen, was sie zu sich genommen hatte. Sie musste sich unbedingt stärken, schließlich würde sie ihre Kräfte heute noch brauchen. Elfi ging in die Küche, räumte das benutzte Glas in die Spüle und machte sich ein Leberwurstbrot, das sie im Stehen aß. Draußen war es inzwischen ganz dunkel geworden. Als Elfi ihren Imbiss beendet hatte, ließ sie Pluto für eine kleine Runde in den Garten, bevor sie im Erdgeschoss die Jalousien herunterließ. Im Wohnzimmer hatte sie alles für Karls Rückkehr vorbereitet. Das Kissen in seinem Sessel war frisch aufgeschüttelt und sie hatte die indirekte Beleuchtung angeschaltet, die ihr Mann bevorzugte. Sie musste das Schweigen brechen. Ob Karl sich darauf einließ? Vor lauter Anspannung konnte Elfi nicht einmal lesen, sondern saß einfach nur auf dem Sofa und wartete. Der Hund hatte es vorgezogen, wieder seinen Posten in der Diele zu beziehen. Nicht einmal Pluto leistet mir Gesellschaft, dachte Elfi verbittert.

Auf dem Couchtisch standen ein frisches Cognac-Glas und die Karaffe mit dem Weinbrand. Nur einem aufmerksamen Beobachter konnte die winzige Menge einer klaren Flüssigkeit auffallen, die Elfi in das Glas geträufelt hatte. Ein fast unmerklicher Duft von Bittermandeln lag in der Luft und hatte ihr verraten, dass die Kapsel, die sie im Badezimmer verwahrte, das Placebo war. Die tödliche Dosis hatte in Susannes kleinem Schächtelchen gesteckt. Elfi lehnte sich nach hinten und schloss die Augen. Karls ‚Seelentrost' würde ihre Seele trösten, da war sie sich ganz sicher. Endlich hörte sie den Haustürschlüssel im Schloss. Elfi setzte sich sofort aufrecht hin und ließ die Tür nicht mehr aus dem Blick.

„Ja, Pluto, mein Guter. Da bin ich wieder. Hast mich schon vermisst, was?" Karl Merz hatte einen schönen Nachmittag mit den Familien seiner Töchter verlebt und sich gefreut, wenigstens noch ein wenig von der weihnachtlichen Stimmung mitzubekommen. Nur widerwillig hatte er sich auf den Heimweg gemacht. Das Haus erschien ihm mit einem Mal viel zu groß und wenig gastlich. Elfi und er hatten es nicht geschafft, es mit Lachen und Leben zu füllen, das wurde ihm jetzt schmerzlich bewusst. Es war ein totes Haus, das nur noch darauf wartete, bis der Krebs die Oberhand gewinnen würde. Karl Merz wusste, dass sein Bedauern über das verpasste Glück nur in Selbstmitleid enden würde und so verscheuchte er diese Gedanken sofort wieder. Das Wichtigste aber war, dass er sich mit Susanne versöhnt hatte.

Karl ging direkt in sein Arbeitszimmer, er musste unbedingt mit Heinz Riebel sprechen. Die Scheidung wollte Karl so schnell wie möglich in trockenen Tüchern wissen. Elfi sollte keine Möglichkeit mehr haben, die Firma wie ein osteuropäischer Autokrat zu regieren und das Erbe der Mädchen durchzubringen. Bevor er zum Telefonhörer griff, hörte er noch die Nachrichten auf seinem Anrufbeantworter ab, den er früher nur für geschäftliche Angelegenheiten genutzt hatte, der ihm jetzt aber ein gewisses Maß an Privatsphäre sicherte. „Heinz Riebel hier, Grüß Gott, Karl. Lass uns die Angelegenheit nach den Feiertagen im Büro klären. Du scheinst es mächtig eilig zu haben. Zu deiner Beruhigung - als vorläufige Willenserklärung reicht deine Nachricht auf Band aus. Aber so schnell wirst du mir doch hoffentlich nicht ins Gras beißen, alter Freund! Also frohe Weihnachten und bis die Tage." Karl war erleichtert, dann war das also auch geklärt. Jetzt konnte er Elfi gegenübertreten. Karl Merz ging ins Wohnzimmer hinüber, wo er seine Frau durch die angelehnte Tür bereits hatte sitzen sehen.

Als sie hörte, dass ihr Mann endlich ins Wohnzimmer kam, griff Elfi nach der Karaffe. Während Karl in der Tür stand, goss sie Cognac in das Glas und tat so, als ob sie trinken wollte. „Ich hoffe, ihr hattet einen schönen Tag." Sie setzte das Glas ab. „Bestimmt hattet ihr einen schönen Tag ohne die böse Elfi. Während ich hier allein herumsitze, habt ihr euch hoffentlich gut amüsiert." Karl bemerkte sofort, dass seine Frau nicht mehr ganz nüchtern war. Elfi trank ganz selten Alkohol, es musste ihr schlecht gehen, wenn sie schon alleine an die Cognac-Flasche ging. Noch bevor er allerdings etwas sagen konnte, bestimmte Elfi die Richtung des Gesprächs. „Jetzt bin ich dran, Karl. Setz dich hin." Elfi wies mit der Hand auf den freien Sessel.

Eigentlich hatte Karl sich gleich zurückziehen wollen. Was wollte er hier im Wohnzimmer mit Elfi? Sollten sie über alles sprechen, die Sache ausdiskutieren? Nein, da gab es nichts mehr zu sagen zwischen ihnen. Mit Elfi war er fertig. Trotzdem setzte sich Karl hin, er betrachtete seine Frau. Aber es waren nicht mehr die Augen der Liebe, mit denen er sie wahrnahm. Kühl wie ein Fremder las er in ihrem Gesicht. Ihre Züge waren hart und verbittert geworden im Laufe der Jahre. Ihre schlanke Figur wirkte verhärmt und ausgezehrt. Was hatte seiner Frau gefehlt, dass sie so unerträglich geworden war? Und was hatte ihn dazu gebracht, ihre Gesellschaft über die langen Jahre ihrer Ehe zu ertragen und nicht zu bemerken, in was für einen Menschen sie sich verwandelt hatte?

„Stimmt das, was sich schon die halbe Stadt erzählt? Willst du die Scheidung?" Elfi hatte sich zwar vorgenommen, das Gespräch ruhig zu führen, aber sie konnte die stoische Ruhe kaum ertragen, mit der Karl das Zimmer betreten und sich in seinen Sessel gesetzt hatte. Dieser Mann war die Lethargie in Person! Warum sagte er nichts? Es wäre ihr lieber gewesen, wenn sie sich endlich angeschrien und ihrer gegenseitigen Verachtung freien Lauf gelassen hätten. Aber Karl saß einfach nur da und schwieg. „Ist es wegen der Affäre? Ist es das?"

„Elfi, ich bitte dich, das ist Jahre her. Glaubst du wirklich, dass mich dieses Geständnis überrascht hat? Ich kenne dich doch." „Also ja! - Vielleicht hast du Recht und wir sollten endlich reinen Tisch machen. Trinkst du dann wenigstens mit mir auf das Ende unserer Ehe?" Elfi schob ihr Glas zu Karl herüber und stand auf, um sich ein neues aus dem Schrank zu holen. Sie füllte es und hob es wie zu einem Toast. „Ich trinke auf das Scheitern unserer Ehe. Vielversprechend begonnen und grandios den Bach runtergegangen."

Karl spürte, dass jetzt alle Masken gefallen waren, jetzt standen sie sich ehrlicher als jemals zuvor in ihrem gemeinsamen Leben gegenüber. Das also war die wahre Elfi! „Und ich trinke auf das einzige, was uns richtig gut gelungen ist, auf unsere Kinder." Karl vermied die direkte Konfrontation. Warum sollte er seine Kräfte bei einer Auseinandersetzung mit seiner Frau unnötig strapazieren? Er würde bald ins Bett gehen und Elfi durfte sich dann seinetwegen noch die ganze Nacht mit dem Cognac vergnügen. Ein Glas war sein Limit. Jetzt hieß es für Karl, seiner angetrunkenen Frau nur keine Angriffsfläche zu bieten, dann würde er sich auch schnell zurückziehen können.

Warum hatte sie sich nur so weggeworfen an diesen Auto-Fritzen, der sich im Grunde genommen nur für die Firma interessierte? War der spießige Luxus, den Karl ihr bieten konnte das wert? Wäre sie glücklicher geworden, wenn sie sich für die Liebe entschieden und mit Peter Fuchs durchgebrannt wäre? Wie armselig ihr Leben doch war und Karl war schuld daran! Aber das würde sich bald ändern!

Karl Merz wollte nach den beiden Trinksprüchen sein Glas austrinken und gehen. Elfi unterbrach ihn jedoch, bevor er den Cognac-Schwenker an die Lippen setzten konnte.

„Hast du mich eigentlich je geliebt, Karl?" Ihr Mann sah sie irritiert an. Elfis Blick hatte fast einen flehentlichen Charakter, vielleicht täuschte er sich da aber auch. „Ich denke, die Antwort kennst du bereits." „Hast du?" „Elfi, ich hatte mich Hals über Kopf in dich verliebt, das musst selbst du gemerkt haben. Auch wenn ich dich vielleicht nicht immer auf Händen getragen habe, ich habe dich geliebt." „Und jetzt?" Karl Merz gefiel es nicht, in welche Richtung das Gespräch sich veränderte. Was sollte das? „Elfi, ich weiß wirklich nicht..." „Schon gut, du brauchst die Frage nicht zu beantworten. Ist nicht mehr wichtig." Sie hielt ihrem Mann ihr Glas entgegen. „Also dann: Bis dass der Anwalt uns scheidet -"

Der Klang der Gläser lag fast noch in der Luft als Karl nach einem kräftigen Schluck das Glas aus der Hand fallen ließ. Er krallte sich mit beiden Armen an den Sessellehnen fest und seine Augen waren vor Schreck geweitet. Sprechen konnte er nicht mehr, das Gift wirkte zu schnell. Elfi sah ihn gelassen an und beendete ihren Trinkspruch noch „oder doch der Tod. Auf dich, Karl!" Elfi lehnte sich auf dem Sofa zurück und beobachtete den Todeskampf ihres Mannes, der von Krämpfen geschüttelt wurde. So wirkte es also, das Zyankali. Der Anblick war nicht schön. Hätte Karl seinen Todeszeitpunkt selbst bestimmt, dann hätte er sich sicher mit Schlaftabletten sediert und seine Töchter und Elfi gebeten, ihm mit einer kleinen Spritze das Gift im Schlaf zu verabreichen. Jetzt erlebte er die Qualen der Vergiftung bei vollem Bewusstsein und in seinen Augen lag eine einzige große Anklage.

„Ja, mein Lieber. *C'est la vie* oder wie wir Gattinnen zu sagen pflegen *c'est la morte*. Aber tröste dich Karl, jeder muss irgendwann einmal gehen. Auch die größten Arschlöcher. Das hat die Natur schon ganz gut eingerichtet. Ob ich dich vermissen werde, willst du sicher noch wissen? Also ganz ehrlich, ich glaube nicht. Und ob ich dich geliebt habe? Vielleicht war es Liebe. Aber die hast du schnell zerdrückt. Alles war dir wichtiger, deine Arbeit, die Geschäfte mit Adriano. Elfi bekam einfach ein Geschenk, dann würde sie schon wieder Ruhe geben. Ein Collier sagt mehr als tausend Worte. Das stimmt aber nicht, Karl. Eine Halskette kann nicht sagen ‚ich liebe dich' und ein Pelzmantel kann dich nicht in den Arm nehmen. Aber was verstehst du schon davon? Nichts. Nichts hast du verstanden! Und mich am allerwenigsten. Aber das haben wir beide jetzt wenigstens hinter uns. Auf dich, Karl!"

Elfi prostete ihrem Mann ein letztes Mal zu und trank ihr Glas leer. Karl war mittlerweile im Sessel zusammengesunken. Der Kopf wurde von der Nackenstütze gehalten und fast sah es so aus, als würde der Tote seine Frau aus erstaunten Augen ansehen. Elfi räumte ihr Glas in die Spülmaschine, ging nach oben und stellte sich unter die Dusche. Wenn sie ihr Schönheitsprogramm absolviert hätte, würde sie nach unten gehen, einen spitzen Schrei ausstoßen und mit zitternden Fingern Dr. Michael anrufen. Der langjährige Hausarzt ihres Mannes würde versprechen, in einer Viertelstunde da zu sein und die aufgelöste Elfi als erstes in den Arm nehmen, sobald er die Merz'sche Villa mit seinem Arztkoffer betreten hätte. Elfi würde ein paar Tränen an seiner Schulter vergießen und ihn anschließend ins Wohnzimmer führen. Der Arzt würde nicht weiter erstaunt sein über den Anblick, der sich ihm böte. Immerhin hatte Karl Merz oft genug erwähnt, dass er seinem Leiden ein Ende bereiten würde, sobald es für ihn unerträglich geworden wäre. Dr. Michael wusste von den Zyankali-Kapseln. Er selbst hatte seinem Patienten die Sterbehilfe versagt und wollte ihm auch nicht bei der Beschaffung des Giftes behilflich sein. Im Totenschein würde der Mediziner vermerken, dass es sich bei dem vorliegenden Fall um einen nicht natürlichen Tod handelte, der aber selbst und aus freiem Willen herbeigeführt worden war.

Die Rolle der trauernden Witwe würde Elfi gut gefallen. Das war ganz großes Theater. Und jeder würde ihr glauben, dass sie litt. Schließlich hatte sie den Schwerkranken jahrelang bei seinem Martyrium begleitet, ihre eigenen Bedürfnisse zurückgestellt und musste jetzt zwangsläufig in ein tiefes schwarzes Loch der Verzweiflung fallen. Elfi würde die Wünsche ihrer Zuschauer erfüllen. Niemand würde auch nur ahnen, dass sie dem Schicksal auf die Sprünge geholfen hatte. Elfi Merz würde niemand für eine Mörderin halten. Der Plan war totsicher.

27

Pluto saß seit gestern im Flur und ließ die Haustür nicht aus dem Blick. Armer Hund! Wahrscheinlich wartete er darauf, dass sein Herrchen doch irgendwann einmal durch diese Tür kommen und ihn abholen würde. Jedes Mal, wenn die Klingel läutete, erhob sich der alte Rottweiler und schaute erwartungsvoll, wem die Tür geöffnet wurde. Seine Hoffnung würde sich jedoch nicht mehr erfüllen, jedenfalls nicht in diesem Leben. Karl Merz war seit einer Woche tot und heute an Silvester würde er beerdigt werden.

Der alte Hund war seit gestern im Haus und sollte ab sofort bei Katrin und ihrer Familie leben. Er hatte sich aber noch nicht an die neue Situation gewöhnen können. Pluto fraß schlecht und man wünschte dem alten Gesellen fast, dass er seinem Herrchen bald nachfolgen dürfte. Katrin wollte es dem alten Familienfreund so angenehm wie möglich machen. Sie hatte Pluto gegenüber ein schlechtes Gewissen und hoffte, ihre Schuld wieder gutmachen zu können an dem vierbeinigen Erbe ihrer Eltern. Schließlich hatte sie letzten Sommer ihre Sterbehilfe-Pille an Pluto getestet. Sie war heilfroh, dass der alte Kerl das überlebt hatte. Nach Elfis Tod sollte er jetzt hier das schönste Altenteil bekommen, von dem ein Hund nur träumen konnte.

Katrin schloss die Haustür auf und Pluto stand schwanzwedelnd im Flur. Als er sie sah, senkte er die Rute sofort und schaute sie aus traurigen Augen an. „Pluto, alter Bluthund, schau mal, was ich dir mitgebracht habe! Einen leckeren Knochen vom Metzger. Für dich ganz allein. Na, ist das was?" Katrin hatte die Tür hinter sich zugemacht und war dann in die Hocke gegangen, um dem Hund seine Überraschung schmackhaft zu machen. Pluto interessierte sich jedoch nicht dafür. Er schien mit allen weltlichen Freuden abgeschlossen zu haben. „Vielleicht später. Kannst ihn dir in der Küche abholen." Katrin streichelte dem betagten Hund über den Kopf und wollte ihm ein wenig die Ohren kraulen, aber Pluto drehte den Kopf weg. Er wollte seine Ruhe.

Sie musste sich beeilen, in einer Stunde würden Susanne und Alex zum Essen da sein und später würden sie gemeinsam zur Beerdigung aufbrechen. Heute musste es schnell gehen in der Küche und so schob Katrin den Fleischkäse zum Selberbacken in den Ofen. Kartoffelsalat hatte sie ebenfalls vom Metzger mitgebracht. Frank und die Kinder spielten oben mit der Eisenbahn. Für Marie und Lukas war es ein schwerer Schlag, innerhalb einer Woche beide Großeltern zu verlieren. Selbst Katrin konnte es manchmal nicht glauben, was innerhalb der letzten sieben Tage passiert war. Ihr Vater war doch so gut drauf gewesen, als er den ersten Weihnachtsfeiertag mit ihnen verbracht hatte. Der Eklat des Vorabends war fast vergessen und auch die Krankheit schien ganz weit weg. Karl hatte den Tag mit seinen Kindern und Enkeln genossen. Katrin konnte sich immer noch nicht vorstellen, dass er seinen Selbstmord geplant haben soll. Für Katrin waren zu viele Fragen ungeklärt. Hätte ihr Vater sich wirklich so einfach aus dem Leben geschlichen, ohne ihnen etwas zu sagen? Warum hat er sich nicht verabschiedet oder um ihre Hilfe beim Selbstmord gebeten wie es vereinbart war? Katrin verscheuchte diese Gedanken, sie hatte keine Zeit, sich darüber den Kopf zu zerbrechen. Jetzt musste sie dafür sorgen, dass ihre Familie sich für die Beerdigung fertigmachte, denn wenn Susanne und Alex erst einmal da waren, wollte Katrin die Kleiderfrage geklärt wissen. Nur ungern unterbrachen die Kinder ihr Spiel, sie hätten sich für heute gewiss ein anderes Programm gewünscht als die Beisetzung ihres Großvaters.

„Ist das Leberkäse, was da so gut duftet?" Susanne ließ sich von Alex aus dem Mantel helfen und schnupperte mit der Nase in Richtung Küche. „Ich hoffe, ihr mögt das. Es musste heute einfach schnell gehen. Für einen großen Küchenzauber hatte ich keine Zeit. Ich war vorhin noch beim Friseur." „Ich liebe Leberkäse, Katrin. Ich weiß gar nicht, wie lang das her ist, dass ich den das letzte Mal gegessen habe." Noch bevor Katrin sich über das Lob freuen konnte, drehte sich Susanne abrupt um. „Sag mal, das ist doch nicht Mamas Mantel, oder?" Susanne zeigte auf den Pelzmantel, der an der Garderobe hing. „Doch, das ist er. Ich war heute Mittag noch kurz im Haus und da habe ich das Teil mitgenommen. Mein Mantel ist mir letzte Woche eingerissen und ich habe ihn nicht wirklich gut flicken können." „Du willst Mamas Mantel tragen?" Susanne schaute ihre Schwester an, als ob diese von allen guten Geistern verlassen wäre. „Ist das dein Ernst?"

Mit so einem Wirbel hatte Katrin nicht gerechnet; sie hatte das Stück eher aus praktischen Erwägungen denn aus Eitelkeit mitgenommen. „Ich wollte nicht so zusammengeflickt auf der Beerdigung erscheinen. Außerdem ist es ziemlich kalt und der Mantel ist warm." Alex legte Susanne die Hand auf den Arm. „Lass uns doch erst einmal richtig reingehen, Maus. Alles andere können wir doch auch ein wenig später besprechen, oder?" Katrin sah ihre Schwägerin in spe dankbar an. „Wir können dann auch gleich. Setzt euch schon mal hin. Marie, Lukas! Essen!"

Die Kinder waren schnell fertig mit dem Essen. Sie fühlten sich nicht wohl am Tisch mit den schwarzgekleideten Erwachsenen, die sich gern unterhalten hätten, das Gespräch aber mieden, weil es nicht für Kinderohren bestimmt war. So war das Mittagessen recht schweigsam verlaufen. Alex hatte sich nach dem Fortschritt beim Aufbau der Eisenbahn erkundigt und Katrin erzählte von ihrem Besuch im Salon König. Als die Kinder sich zum Spielen wieder in ihr Zimmer zurückgezogen hatten, konnte Katrin das Gespräch endlich auf die Fragen lenken, die ihr so auf den Nägeln brannten. „Was hat Papa eigentlich auf euch für einen Eindruck gemacht, als ihr ihn das letzte Mal am ersten Weihnachtsfeiertag gesehen habt? Kam er euch besonders selbstmordgefährdet vor?" „Worauf willst du hinaus?" „Ich meine, glaubt ihr daran, dass er das Zyankali freiwillig geschluckt hat?"

Susanne hatte sich in der vergangenen Woche große Vorwürfe gemacht. Sie fühlte sich schuldig am Tod ihres Vaters. Sie war fest davon überzeugt, dass sie ihm mit ihrem Liebesgeständnis doch stärker zugesetzt hatte, als er zugeben wollte. Karl war es schon immer wichtig, was seine Umwelt von ihm dachte. Und dass eine Lesbe als „Schwiegersohn" sowie ein Enkel zweifelhafter Herkunft genug Stoff für einen handfesten Skandal in der Stadt hergeben würden, daran bestand kein Zweifel. Vielleicht wollte sich ihr Vater das nicht mehr antun und hatte seinem Leben deshalb ein Ende gesetzt. „Zuzutrauen wäre es ihm schon. Er hat noch nie besonders viel darüber gesprochen, wie es ihm ging." „Maus, ich hatte allerdings schon das Gefühl, dass sich dein alter Herr richtig auf sein drittes Enkelkind freut und dass ihm die Vorfreude wieder Lebensmut gegeben hat. Ich kann mir nicht vorstellen, dass das gespielt war."

Katrin schaute ihren Mann an: „Und was denkst du?" Frank zögerte mit seiner Antwort. Sollte er erzählen, dass er Karl noch im Autohaus getroffen hatte? Dass dieser eine Waffe auf ihn gerichtet hatte? Vielleicht hatte Karl bei diesem Besuch Abschied genommen von seinem Lebenswerk? Er hatte seinem Schwiegervater jedenfalls versprochen, nicht über ihr Zusammentreffen im Autohaus zu sprechen und dieses Versprechen würde er halten. Es würde Karl auch nicht mehr lebendig machen, wenn die anderen von dieser Begegnung erführen. Frank fiel ein, dass er noch dringend nach dem Käfer sehen musste. Das hatte er letzte Woche ganz vergessen. Die Ereignisse hatten sich einfach überschlagen. Die Reparatur der Lackkratzer würde das erste sein, was er sich für den Arbeitsbeginn im neuen Jahr vornehmen würde. Erst einmal musste der Oldtimer aber wieder im Autohaus sein. Katrin wartete immer noch auf eine Antwort. Frank räusperte sich. „Schwer zu sagen. Mir ist nur aufgefallen, dass Karl sehr schwach war. Aber sein letzter Tag bei uns war bestimmt ein sehr schöner für ihn. Und ich finde, das ist das Wichtigste. Es ist doch tröstlich, dass er nicht nach dem großen Knall an Heiligabend gestorben ist, sondern dann, als es am schönsten für ihn war. Ich hatte den Eindruck, dass er am liebsten gar nicht heimgehen wollte. Warum fragst du?"

Katrin war sich nicht sicher, ob sie den anderen sagen sollte, dass sie Zweifel am Selbstmord ihres Vaters hatte. Er war tot und Elfi war es auch. Es war alles ein wenig viel gewesen in der letzten Woche und Katrin sehnte sich danach, dass wieder Normalität in ihren Alltag einkehrte. Außerdem würde noch genügend Arbeit auf sie warten. Das Haus der Eltern musste ausgeräumt, die persönlichen Sachen durchgesehen und die ganzen Formalitäten erledigt werden. Susanne und Alex würden morgen wieder nach Berlin fahren und die Arbeit würde an ihr hängen bleiben. Warum sollte sie sich das Leben also unnötig schwer machen? Aber hier ging es möglicherweise um ein Verbrechen. Da konnte sie nicht einfach die Augen zumachen und so tun, als ob nichts geschehen sei. Sie musste es den anderen einfach sagen.

„Ich finde das ganze schon ziemlich seltsam. Erst sagt Papa uns beim Mittagessen noch, dass er die Gift-Kapseln garantiert nicht so schnell einsetzen wird und dann soll er nach Hause gefahren sein, um sich die Dinger einzuwerfen? Das glaube ich einfach nicht! Mamas Version klang schon plausibel, aber letztlich können wir nicht wissen, ob es wirklich so war. Schließlich war niemand sonst dabei, als sie ihn gefunden hat. Sie will anscheinend nicht einmal mitbekommen haben, dass Papa heimkam, weil sie im Bad war. Und als sie ihn dann gefunden hat, in seinem Sessel, da war er bereits tot." „Wenn du nicht daran glaubst, dass Papa das Gift selber genommen hat, dann meinst du also, dass Mama ihn vergiftet hat?" Susanne schien diesen Gedanken trotz des Streits zwischen ihren Eltern am Vorabend von Karls Tod für weit hergeholt zu halten. Sie sah ihre Schwester ungläubig an. „Mama ist doch keine Mörderin!"

„Beweisen kann ich das natürlich nicht. Aber der Gedanke hat mir keine Ruhe mehr gelassen. Als ich letzte Woche im Haus war, um Mama mit der Vorbereitung für die Beerdigung zu helfen, habe ich gesehen, dass Susannes Pillenschachtel, die Papa im Regal abgestellt hatte, nicht mehr an ihrem Platz stand. Ich habe sie im Mülleimer in der Küche gefunden. Glaubt ihr wirklich, dass ein Mensch, der sich gleich mit Gift umbringen will, erst noch die Verpackung fein säuberlich im Restmüll entsorgt?"

„Schatz, das reicht aber doch als Beweis nicht aus. Dein Vater war ein ordentlicher Mann, es ist gut möglich, dass er keinen Abfall hinterlassen wollte. Vielleicht war der Gang zum Mülleimer auch so etwas wie seine letzte Bedenkzeit, bevor er das Zyankali genommen hat." Frank wollte sich nicht mit Spekulationen dieser Art aufhalten. Wohin sollte das denn führen? Katrin sollte endlich zur Ruhe kommen.

„Ja, das wäre schon möglich, Frank. Aber das ist noch nicht alles. Ich bin dann noch nach oben ins Bad gegangen, um zu schauen ob die Gift-Kapsel in Mamas Badezimmerschrank auch fehlte. Sie lag aber noch in ihrer Schachtel ganz hinten im Regal." Katrin machte eine Pause und sah ihre Zuhörer an. Jetzt musste es ihnen doch auffallen! Gespannte Erwartung lag in ihren Gesichtern und Katrin fuhr fort: „Also, jetzt war die Sache für mich klar. Jemand, der sich umbringen will, der aber nicht weiß, in welcher Kapsel das Gift steckt, der nimmt doch sicher beide Giftkapseln auf einmal. Stellt euch vor, ihr wollt euch umbringen und versucht es mit der ersten Kapsel. Ihr habt also allen Todesmut zusammengenommen und die Pille geschluckt. Ihr habt mit dem Leben abgeschlossen und spürt vielleicht die Beklemmung, dass dieser Schritt nicht umkehrbar ist. Aber nichts passiert. Ihr habt das Placebo erwischt. Also müsst ihr die zweite Kapsel aus dem Bad holen und dann noch einmal den Anlauf in den Tod nehmen. Ich habe mich zwar noch nicht selbst umgebracht, aber ich könnte mir vorstellen, dass man bei so einer fifty-fifty-Chance doch beide Kapseln auf einmal nimmt. Sicher ist sicher, eine der beiden wird schon wirken."

Frank setzte den Gedanken seiner Frau fort. „Es ist nicht ausgeschlossen, dass du Recht hast. Raffiniert! Niemand würde auf den Gedanken kommen, dass eure Mutter etwas mit dem Tod ihres Mannes zu tun hat. Selbst euer Hausarzt wusste von den Zyankali-Kapseln. Der perfekte Mord! Aber warum könnte Elfi das getan haben?" „Hass, Liebe, Eifersucht", meinte Katrin. „Das Hauptmotiv war meiner Ansicht nach aber Enttäuschung. Sie hat vielleicht Bilanz gezogen und gemerkt, dass sie in ihrem Leben eigentlich ganz andere Wünsche hatte. Sie hat sich vielleicht zum ersten Mal eingestanden, dass sie ihrer Liebe nicht nur nicht gefolgt war, sondern dass sie diese sogar verraten hatte. Schließlich war es ihr wichtiger, die Gattin eines erfolgreichen Geschäftsmannes zu bliebenals ihrer Liebe in eine finanziell unsichere Zukunft zu folgen. Es muss bitter sein, im Alter zu erkennen, dass das Leben vielleicht glücklicher gewesen wäre, wenn man dem Herzen und nicht der Gier gefolgt wäre. Aber Elfi wäre nicht Elfi gewesen, wenn sie den Fehler einfach zugegeben und die Konsequenzen getragen hätte. Ihr wisst selbst, dass unsere Mutter immer ganz groß darin war, jemand anderem die Schuld für das eigene Unglück zu geben."

Susanne wollte den Vermutungen ihrer Schwester keinen Glauben schenken und auch nicht schlecht von ihrer toten Mutter sprechen, immerhin hatte die sich auf ihre Seite gestellt, als sie von ihren Zukunftsplänen mit Alex erzählt hatte. Allerdings gab es auch in Susannes Leben viel zu viele kleine Elfi-Verletzungen, die in der Summe zu schmerzhaft waren, als dass die älteste Tochter durch den Tod der Mutter einen wirklichen Verlust erlitten hätte. „Was sollen wir deiner Meinung nach jetzt machen?" Susanne wandte sich an ihre Schwester. „Wir müssen der Polizei doch von dem Verdacht erzählen. Mord ist kein Kavaliersdelikt, das ist eine Straftat!" Katrin schüttelte den Kopf. „Wem würde es helfen, wenn wir das machen würden? So eine Anzeige würde nur viel Staub aufwirbeln. Und ehrlich, darauf kann ich gut verzichten." „Ich verstehe dich nicht, Katrin. Was willst du eigentlich? Was sollen die Nachforschungen und die Mord-Theorien, wenn du dich vor den Konsequenzen drückst?"

„Ich weiß es selbst nicht so genau. Ich finde nur, dass zumindest wir Kinder Klarheit haben sollten. Wir müssen die Sache doch nicht gleich an die große Glocke hängen. Es wird sowieso schon genug getratscht in Bärlingen." „Aber Katrin, du machst dich strafbar, wenn du nicht zur Polizei gehst. Wir haben keine andere Wahl! Wenn du nicht gehst, dann mache ich es eben. Das sind wir Papa schuldig! Stell dir vor, wenn wir schweigen, dann wird man seine Mörderin zu Papa ins Grab legen! Das kannst du nicht wollen!" „Papa ist tot. Mama auch. Sie anzuzeigen ist vielleicht unsere Pflicht, aber wem nützt es denn? Papa macht es nicht wieder lebendig. Ich aber lebe hier in Bärlingen, wenn du das schon vergessen hast. Und ich bin wirklich nicht scharf darauf, für weitere Klatsch- und-Tratsch-Schlagzeilen zu sorgen. Nichts gegen dich, Alex, aber du weißt selbst, Susanne, was euer Erscheinen auf der Beerdigung auslösen wird. Die Leute hier werden sich die Augen aus dem Kopf glotzen - ein Lesbenpaar! Euch kann das egal sein, ihr seid morgen wieder in Berlin. Ich aber kann hier nicht einfach weg. Denkst du, es ist besonders verkaufsfördernd, wenn sich alle über uns das Maul zerreißen?"

„Susanne, es ist wirklich nicht einfach für uns. Katrin hat schon Recht. Stellt euch vor, die Polizei müsste doch die

Beerdigung absagen und Karl müsste obduziert werden. Was das alles für Konsequenzen nach sich ziehen würde! Sei so gut und lass den Toten ihre Ruhe, damit wir hier auch wieder in Ruhe leben können." Katrin sah ihren Mann dankbar an. Ihr Frank war gar nicht so eine Schlaftablette. Vielleicht würde sich ihre Ehe auch wieder ein bisschen stabilisieren, nachdem der Elfi-Stress wegfiel.

Susanne lenkte ein. „Also gut, aber wohl ist mir bei der Sache nicht. Lassen wir die Dinge so wie sie sind. Ich finde es klasse, dass ihr das Autohaus weiterführen wollt. Papa würde das sehr gefallen." Katrin atmete erleichtert auf und begann, das Geschirr in die Küche zu tragen. Die anderen halfen ihr dabei. „Wir können uns langsam auf den Weg machen. Ich fände es ganz gut, wenn wir die ersten in der Aussegnungshalle wären, um die Leute zu begrüßen." Susanne nahm ihre Schwester zur Seite. „Eine Sache noch, Katrin. Den Pelzmantel von Mama, den ziehst du aber nicht zur Beerdigung an, oder?" „Wollte ich eigentlich schon." „Das kannst du wirklich nicht machen! Das wäre pietätlos. Immerhin glaubst du, dass Mama unseren Vater umgebracht hat. Da kannst du doch dann nicht in ihrem Pelz auf seiner Beerdigung auftauchen. Dir ist es doch so wichtig, was die Leute sagen. Wie seltsam dürften die es wohl finden, wenn die Tochter einen Tag nach dem Tod der Mutter bereits deren Designer-Fummel spazieren trägt. Ein Skandal! Sag du doch auch mal was, Alex!" Alex wusste, jetzt kam es auf jedes Wort an. Katrin schienen die Argumente ihrer Schwester ziemlich egal zu sein.

28

„Sobald der Job hier erledigt ist, verschwindest du. Ist das klar?" „Adriano, du kannst dich auf mich verlassen. Du hast einen Profi engagiert. Keine Sorge." Stefano Zanolla musste ein wenig über seinen Freund Adriano Felice schmunzeln. Der *Venezia*-Wirt war inzwischen schon ein echter *Alemanni* geworden, jedenfalls war sein Italienisch deutlich geprägt von der Sprachmelodie seiner neuen Heimat. Der Sizilianer war dem Pizzeria-Besitzer durch ein Wohngebiet nachgefahren, bis dieser vor einem Haus anhielt, das komplett von einem Baugerüst umgeben war. Adriano bedeutete dem Freund mit einem Handzeichen, dass dieser seinen Wagen in der Garageneinfahrt abstellen sollte. Er selbst parkte seinen Wagen davor. Er würde Stefano nur ins Haus lassen und dafür sorgen, dass dieser seine Arbeit machen konnte. Dabei sein wollte Adriano nicht, wenn Stefano den Abzug durchdrückte. Es war dem Pizzeria-Besitzer zwar nicht unrecht, an dem Geschäft mit dem letzten Willen seines Freundes Karl Merz ordentlich mitzuverdienen, aber er sah sich selbst eher in der Rolle des Strippenziehers im Hintergrund. Stefano würde den Rest, über den Adriano nicht weiter nachdenken wollte, erledigen.

Zu Hause wartete seine Frau darauf, dass er sie zur Beerdigung abholte. Ihr hatte er nur gesagt, dass er noch etwas „Berufliches" zu erledigen habe. Das reichte aus, damit Valentina Felice keine weiteren Fragen stellte. Auch wenn sie das Regiment zu Hause fest in der Hand hielt und ihrem Mann genaue Anweisungen gab, wie sie sich den Tagesablauf vorstellte, so gab es keine Diskussionen ihrerseits, wenn es um geschäftliche Angelegenheiten ging. Das war die Sache ihres Mannes. Valentina Felice war zwar überaus temperamentvoll, ordnete sich in diesem Punkt aber bereitwillig den

Wünschen ihres Mannes unter. Sie würde klaglos warten, bis ihr Mann sie abholte. Denn den Auftritt auf Karl Merz' Beerdigung wollte sie sich unter keinen Umständen entgehen lassen. Wie sehr hatte sie sich schon darauf gefreut, Elfi bei dieser Gelegenheit zu begegnen. Das Schicksal hatte allerdings eine andere Wendung genommen. Die Italienerin bedauerte es fast ein wenig, der Witwe nicht kondolieren zu können und heimlich den Triumpf des Überlebens zu genießen. Sie hatte sich fest vorgenommen, Elfi auf der Beerdigung ihr tiefstes Mitgefühl, ihre Hilfe und immerwährende Freundschaft zu versichern. Das wäre ein Auftritt nach Valentina Felices Geschmack gewesen. Aber Elfi, die Frau, mit der sie so etwas wie eine Hass-Liebe verband, war tot. Trotz allem war die Trauerfeier des Autohaus-Besitzers der Italienerin höchst willkommen, um nach den stillen Feiertagen endlich wieder in das Scheinwerferlicht der Öffentlichkeit zu treten.

„Dein Haus, Adriano? Die Geschäfte hier in Deutschland scheinen gut für dich zu laufen!" Adriano Felice lachte nur. „Weißt du, man muss oft einfach nur zur richtigen Zeit am richtigen Ort sein. Das ist alles." „Und dass wir jetzt hier sind, das hat mit einem Freund von dir zu tun, habe ich das richtig verstanden?" Die beiden Männer hatten das Haus inzwischen betreten. Adriano hatte das Dreifamilienhaus vor kurzen bei einer „günstigen Gelegenheit" kaufen können. Es stand leer und er ließ es jetzt komplett sanieren. Überall lagen deshalb noch die Arbeitsmaterialien der Handwerker herum.

„Ja, Karl Merz war ein Freund und Geschäftspartner. Er wird mir fehlen." Auch für den Autohaus-Chef hatten sich die Geschäfte mit Adriano gelohnt. Dass die sich oftmals scharf an der Grenze oder sogar gelegentlich jenseits der Legalität bewegten, hatte er in Kauf genommen. Seine Skrupel waren nach jedem erfolgreichen Deal kleiner geworden. „Dieser Karl Merz, ist das der Mann, der heute beerdigt wird?" „Stefano, warum interessierst du dich so dafür? Du hast dein Geld bekommen und sollst einen Job erledigen. Mehr nicht." „Entschuldige, Karl war ein Freund von dir. Und deine Freunde sind auch meine Freunde. Du weißt doch wie das ist, bei uns in Sizilien."

Sein Freund Adriano wirkte angespannt und Stefano wollte ihn etwas ablenken. „Du brauchst dir keine Sorgen machen. Das ist nicht mein erstes Mal. Und du wirst garantiert keinen Ärger bekommen. Ich bin nachher ganz schnell weg. Schließlich habe ich einen erstklassigen Wagen von der Autovermietung bekommen." Adriano atmete durch. So nah war er einem Verbrechen noch nie gekommen. Gute Geschäfte waren zwar eine Sache, der er niemals abgeneigt war, aber Mord war eine ganz andere Hausnummer.

Die Männer waren im obersten Stockwerk angelangt und Adriano Felice schloss die Wohnungstür auf. „Wie gut, dass die Handwerker schon Feierabend gemacht haben. Von hier oben hast du einen guten Blick auf den Teil des Friedhofs, auf dem das Grab der Familie Merz liegt. Du bist weit genug vom Tatort entfernt und kannst nachher unauffällig verschwinden. Zieh einfach die Türen hinter dir zu." Adriano ging voran ins Schlafzimmer der Wohnung. Die Fenster gingen nach Osten raus und boten einen guten Blick in Richtung Sankt Marien. Der Parkplatz füllte sich schon langsam mit Autos. Die Beerdigung war ein Großereignis in Bärlingen, den Auto-Merz hatte hier jeder gekannt. „Du weißt genau, wem dein Auftrag gilt?" Stefano nickte und machte sich daran, sein Handwerkszeug auszupacken.

Karl hatte seinem Freund Adriano das Foto mit dem Opfer in einem verschlossenen Umschlag gegeben. Je weniger sein Freund wusste, umso besser schien es ihm. Auch hatte er wohl zu Recht gefürchtet, dass Adriano in seinen letzten Willen eingegriffen und das Schicksal geändert hätte. Karl Merz wollte absolut sicher gehen, dass sein Plan auch ausgeführt wurde. Deshalb fiel auch der Anteil für Adriano deutlich großzügiger aus, als für „günstige Gelegenheiten" sonst üblich. Die übertarifliche Entlohnung begründete Karl damit, dass er seinen Freund bat, das Geschäft erst dann einzufädeln, wenn dieser von seinem Tod erfahren würde. Adriano sollte dem Mann seines Vertrauens Karls Todesanzeige und den verschlossenen Umschlag mit Foto samt Honorar zukommen lassen. Karl Merz wusste, dass er sich auf seinen Freund würde verlassen können. Wenn es um Geschäftliches ging, reichte bei Adriano Felice ein Handschlag unter Männern aus und man war sich handelseinig.

„Adriano, es gibt keinen Zweifel für mich. Unser Auftraggeber hat seine Vorbereitungen mehr als sorgfältig getroffen. Alles andere lass beruhigt meine Sorge sein. Und nun entschuldige mich, jetzt muss ich mich um meine Vorbereitungen kümmern. Musst du nicht noch Valentina abholen?" „Du hast Recht. Was sagt man jetzt in deinen Kreisen? Hals und Beinbruch! Oder wäre Mord und Totschlag besser?" „Einfach auf Wiedersehen. Lass ein bisschen Zeit ins Land gehen, bevor du dich wieder meldest. Du kannst am besten bei Ottavio in der Osteria di Lago anrufen, wenn du mich sprechen willst."

„Ich verlass mich auf dich! Grüß' mir Francesca und die Kinder! Matteo und Giulia sind inzwischen bestimmt auch schon ganz schön gewachsen." „Adriano! Ich muss mich konzentrieren. Nimm es mir nicht übel, aber du musst jetzt gehen. Wir haben nur diese eine Chance!" Adriano Felice seufzte. Ihm war nicht ganz wohl bei dem Gedanken, dass er sich in einer Viertelstunde mit Valentina unter die Trauergäste mischen würde, wenn dort oben ein professioneller Killer auf seinen Einsatz wartete. Aber Stefano wusste, was er tat und er arbeitete mit einem ausgezeichneten Gewehr mit Präzisionsfernrohr. Vielleicht sollte er seine Frau überreden, die Trauerfeier sausen zu lassen. Es würde bei dem Menschenauflauf sowieso keiner bemerken, ob er da wäre oder nicht. Dass er in diesem Fall sein Alibi verlöre, schien ihm das kleinere Übel zu sein. Er würde die Entscheidung Valentina überlassen.

„Adriano, das können wir nicht machen! Karl Merz war dein Freund. Wir können nicht einfach zu Hause bleiben, weil es dir zu kalt ist auf dem Friedhof! Zieh dir lange Unterhosen an, dann frierst du auch nicht so." Der Italiener wies diesen Vorschlag seiner Frau mit empörter Geste zurück. „Lange Unterhosen? Spinnst du? So etwas würde ich nie im Leben anziehen! Lieber friere ich mir die Eier ab, als dass ich auch nur daran denken würde, so einen Liebestöter anzuziehen. Ich bin doch kein Deutscher!" „*Amore mio*, die Unterhosen trägt man unter dem Anzug, die sieht niemand!" „Aber ich spüre sie. Ich wüsste, dass ich sie anhabe und du auch. Das reicht schon!" Valentina Felice küsste ihren Adriano, er war eben ein richtiger Italiener. Von ihm konnten sich die Bärlinger Männer in Sachen Mode und Stil noch eine Scheibe abschneiden. „Du kannst dich ja fest an mich kuscheln, mein Schatz, mein Pelz wärmt uns beide." Damit war die Sache entschieden. Die Felices machten sich auf den Weg zur Beerdigung.

29

„Hast du schon einen von den Polizisten gesehen?" Otto König stand neben seiner Frau ganz hinten in der Aussegnungshalle und hatte sich zu ihr gebeugt, um ihr ins Ohr zu flüstern. Sie waren fast zu spät gekommen, aber da sie nicht die einzigen Nachzügler waren, hatte man mit dem Beginn der Trauerfeier noch ein paar Minuten gewartet. Für Beerdigungen mit so vielen Trauergästen war die kleine Kapelle nicht ausgelegt. Deshalb standen die meisten Anwesenden auch an den Seiten und im hinteren Bereich der Aussegnungshalle. Gerda schüttelte den Kopf. „Es sind so viele Leute hier. Den Schorsch hab ich noch nicht gesehen. Hoffentlich geht alles gut, Otto."

Es würde schon alles gut gehen, hatte Stefano Zanolla seinen alten Freund Adriano beruhigt. Der *Venezia*-Wirt, mit dem er schon früher geschäftlich zu tun hatte, schien nicht so abgebrüht zu sein wie sonst. Es war ihm offensichtlich nicht ganz wohl dabei, dass sein Kumpel aus Sizilien seinen Job heute in Bärlingen erledigte. Bei Stefanos letzten Einsätzen in Deutschland hatte Adriano ihn über die Details informiert, bezahlt und den Rest seine Sache sein lassen. Heute war das anders. Stefano Zanolla war froh, als Adriano auf die Uhr sah und sich selbst zum Aufbruch anhielt. Schließlich wolle er seine Frau nicht warten lassen.

Der Sizilianer atmete auf, als sein Freund endlich die Tür hinter sich zuzog. Er konnte nicht arbeiten, wenn man ihm über die Schulter sah. Er musste sich konzentrieren und da störte ein nervös hin- und herlaufender Adriano. Schließlich musste er seine Waffe auf die optimale Schussposition einrichten und außerdem brauchte er noch ein paar Minuten Ruhe, bevor er mit routinierter Professionalität das erledigen würde, wofür man ihn bezahlte. Sein Auftraggeber würde sich zwar nicht mehr von der Qualität seiner Arbeit überzeugen können, aber das spielte keine Rolle für Stefano. Wenn er ein Engagement als „Problemlöser", so seine bevorzugte Selbstbezeichnung, annahm, spürte er so etwas wie ein Arbeitsethos. Der Kunde lieferte die notwendigen Informationen und akzeptierte seinen Preis. Dafür bekam er einen erstklassigen Service. Keine Fragen, keine Spuren, kein Ärger.

Karl Merz hatte seine Beerdigung minutiös geplant. Er hatte genügend Zeit gehabt, sich mit dem eigenen Ende zu beschäftigen. Der Krebs hatte ihn täglich daran erinnert, dass er seine letzten Angelegenheiten in Ordnung zu bringen hatte. Und so war an diesem Tag nichts dem Zufall überlassen. Das Gesteck auf dem Sarg bestand aus gelben Rosen. Neben dem Sarg war ein großes Foto von Karl aus besseren Tagen aufgestellt. Der Autohaus-Senior hatte sich als musikalische Untermalung seiner Beerdigung zahlreiche regionale Musiker-Größen gewünscht, die ein veritables Requiem auf die Beine stellten. Elfi hätte sich diesen Aufwand und vor allem die Kosten gern gespart, aber die Töchter hatten bei der Vorbereitung der Beerdigung darauf bestanden, dass der letzte Wille ihres Vaters erfüllt wurde.

Jetzt saßen Katrin und Susanne mit ihren Familien in der ersten Reihe und wirkten zu Beginn der Zeremonie ganz gefasst. Susanne hatte sich die Manteltaschen mit Papiertaschentüchern vollgestopft. Seit sie schwanger war, war sie emotional leicht aus der Bahn zu werfen und schneller den Tränen nahe als sonst. Katrin schob Frank ihre Hand hin, der sie ergriff und festhielt. Sie würden ihre Probleme schon meistern. Der Schatten von Elfi würde zwar noch eine Weile durch ihr Haus geistern, aber das war nur eine Frage der Zeit, da war sich Frank sicher. Er hoffte, dass es in ihrer Ehe auch bald wieder besser laufen würde. Schon jetzt fand er, dass Katrin einen viel gelösteren Eindruck als noch vor einer Woche machte. Und das, obwohl sie beide Eltern verloren hatte.

Katrin spürte den leichten Händedruck ihres Mannes, sie war froh, ihn an ihrer Seite zu haben. Vor den Beileidsbezeugungen am Grab graute es ihr am meisten. Selbst wenn sie in der Todesanzeige darum gebeten hatten, dass die Trauergäste auf dieses Ritual verzichten sollten, würden es sich die Bärlinger nicht nehmen lassen, den Hinterbliebenen persönlich zu kondolieren. Das gehörte hier einfach zu einer Beerdigung dazu. Schließlich wollte man doch mit eigenen Augen sehen, ob die Familie auch gebührend trauerte. Katrin sah zu ihrer Schwester herüber. Die hatte ihre Hand in die von Alex gelegt. Ja, die beiden gehörten zusammen. Sollten sich die Bärlinger ruhig das Maul darüber zerreißen. Familie war Familie. Und Alex gehörte jetzt dazu.

Gerda König trat von einem Bein aufs andere. In den langen Berufsjahren hatte sie sich schon daran gewöhnt, viel zu stehen. Aber es war etwas anderes, wenn man zwischendurch in Bewegung war oder wenn man still auf der Stelle stehen musste. Zum Glück war das Ende der Zeremonie abzusehen, dachte die Friseurin.

Karl Merz hatte sich dagegen entschieden, bei seiner Beerdigung eine Messe lesen zu lassen. Er war zwar nicht aus der Kirche ausgetreten und zahlte jedes Jahr einen größeren Betrag Kirchensteuer, aber er hatte keinen Bezug mehr zur Religion. Die Krankheit hatte seinen Glauben an Gott so nachhaltig erschüttert, dass er seinen letzten Weg mit so wenig „Kirchenbrimborium" wie möglich hinter sich bringen wollte. An einen Gott, der den Menschen Krankheiten und Schmerzen brachte, wollte Karl nicht mehr seine Hoffnung auf eine Besserung hängen. Und nur auf eine Erlösung im Jenseits zu setzen, widersprach der Macher-Mentalität des Geschäftsmannes.

Was sein Auftraggeber wohl für ein Mensch gewesen war? Stefano Zanolla interessierte sich sehr für die Geschichten, die hinter seinen Aufträgen steckten. Er wollte wissen, was der Täter mit seiner Hilfe erreichen wollte. Es war Teil seiner Bedingung, dass er mit den Zielen seiner Auftraggeber einverstanden sein musste. Und dieser Karl Merz hatte sehr gute Gründe, warum er ihn als „Problemlöser" engagiert hatte. Warum es dem Mann allerdings so wichtig war, dass ein Auftrag erst nach seinem Tod ausgeführt wurde, das blieb dem Sizilianer ein Rätsel. Mit Grübeln konnte er sich jetzt allerdings nicht aufhalten, die Zeit lief und er musste seine Vorbereitungen treffen.

Anfangs hatte Stefano sich das Metier ausgesucht, weil hier das schnelle Geld winkte und er arbeitslos und verzweifelt war. Mittlerweile wusste er seine neue Tätigkeit durchaus zu schätzen. Er arbeitete ein paar Tage und konnte dann wieder einige Monate unbehelligt bei seiner Familie leben und den Tag damit verbringen, zu fischen und mit den Kindern am Strand zu toben. Dann waren die Aufträge ganz weit weg und Stefano Zanolla erholte sich von den schweren Stunden, die er in Deutschland verbracht hatte. Die Jobs, die Adriano ihm vermittelte, waren lukrativ. Die Auftraggeber ließen sich nicht lumpen und Adriano wusste, dass er mit seiner Sizilien-Connection noch nie Schiffbruch erlitten hatte.

Stefano war der Neuzugang in der Riege der italienischen Gastarbeiter, die der *Venezia*-Wirt im Vertrauen an gute Bekannte vermittelte. Adriano war schon ein seltsamer Vogel, dachte sich Stefano, als er sein Präzisionsgewehr und den Schalldämpfer aus der Schutzhülle holte. Große Klappe, aber wenn es ans Eingemachte ging, hatte er die Hosen voll. Stefano hatte genau gemerkt, dass Adriano sich brennend dafür interessierte, welche Informationen er ihm gestern in dem verschlossenen Umschlag überreicht hatte. Es war dem kleinen Italiener offensichtlich peinlich, ihn direkt danach zu fragen, wer sein Opfer sein sollte. Er bemühte sich, sein Gesicht zu wahren und abgebrüht zu erscheinen. Aber die Art, wie Adriano die ganze Zeit unruhig auf- und abgelaufen war, seit sie die oberste Wohnung seines neuen Hauses betreten hatten, hatte Stefano verraten, dass er bei weitem nicht so cool war, wie er ihn glauben machen wollte. Mord ist nicht gleich Mord. Wenn er vor der eigenen Haustür stattfindet, dann hatte Stefano Verständnis dafür, dass die mühsam gewahrte Fassade bröckelte. Aber Adriano fragte nicht und Stefano war froh, dass er nicht antworten musste.

Peter Fuchs war nur in die kleine Kapelle getreten, weil es begonnen hatte zu schneien. Er hatte die ganze Nacht überlegt, ob er überhaupt zu der Beerdigung gehen sollte und wenn ja, ob das der richtige Zeitpunkt wäre, seine Identität preis zu geben. Schließlich wusste er auch erst seit gestern Nachmittag, dass er eine Tochter mit Namen Susanne hatte. Nachdem er von Georg Haller den Tipp bekommen hatte, war er noch einmal zu einem Besuch ins Altersheim aufgebrochen und hatte mit der Mutter des Hauptkommissars ein aufschlussreiches Gespräch geführt. Jetzt war er sich sicher, was Elfi ihm vorgestern Abend hatte sagen wollen. Peter Fuchs konnte es kaum glauben. Sie hatten eine gemeinsame Tochter. Aber irgendwie passte es auch zu Elfi, dass sie ihm die Existenz des Kindes verschwiegen hatte. Wahrscheinlich war ihre Schwangerschaft sogar der Grund gewesen, ihm den Laufpass zu geben.

Auch wenn er jetzt hier stand, inmitten der Beerdigungsgäste, wusste Peter Fuchs nicht, wie er sich verhalten sollte. Sollte er durch sein Auftauchen das Leben seiner Tochter durcheinanderbringen, jetzt, wo sie ihre beiden Eltern so kurz hintereinander verloren hatte? Hatte er überhaupt das Recht dazu, in ein fremdes Leben hineinzuplatzen? Und wollte er das überhaupt? Immerhin hatte er eine Familie und ein glückliches Leben. Vielleicht war es auch ganz gut gewesen, dass Elfi ihm das gemeinsame Kind verschwiegen hatte. Was hätte er damals auch tun sollen? Sie wollte nichts mehr mit ihm zu tun haben. Die Verantwortung für das Kind hätte ihn unfrei gemacht. Wahrscheinlich wäre er in Bärlingen geblieben und wie ein namenloser Trabant um das unerreichbare Merz'sche Familienglück gekreist. Aber Elfi hatte ihn gehen lassen. Er war frei. Was also wollte er hier? Die Vergangenheit war vergangen und Elfi war längst Geschichte, wenn auch eine mit tragischem Ausgang. Peter Fuchs hatte dennoch beschlossen, zur Beerdigung zu gehen. Er würde es im Augenblick der Begegnung entscheiden, ob er auf seine Tochter zugehen wollte.

Auch Adriano und Valentina Felice standen in der Aussegnungshalle ganz hinten, was der Italienerin überhaupt nicht gefiel. Sie war schließlich hier, damit man sie sah. Wenigstens konnte sie ihren Hut aufbehalten, den sie sich extra für diesen Anlass gekauft hatte. Eigentlich wollte sie Elfi damit beeindrucken. Sie fand, dass sie mit dieser eleganten Hut-Kreation so etwas wie weltläufigen Chic in diesen Kleinstadtmief brachte. Schaut nur her, so etwas trägt man in Italien, dem Land der Mode!

Niemand schien die Neuankömmlinge zur Kenntnis zu nehmen. Gerade sang die Trauergemeinde gemeinsam ein Lied. *Mamma mia*! Warum ließ man das denn nicht die machen, die es wirklich konnten! Valentina verstand nicht, warum man in Deutschland alles dann besonders gelungen fand, wenn es selbstgemacht war, egal wie stümperhaft das Ergebnis war. Dieser Gesang jedenfalls hätte Tote wiedererwecken können! Allerdings hätten diese ihre Särge dann bestimmt mit zugehaltenen Ohren verlassen. Da verging einem glatt der Spaß an dieser Veranstaltung! Valentina sah zu Adriano herüber. Ihr Mann schien mit seinen Gedanken allerdings ganz woanders zu sein und nichts zu hören.

Adriano Felice schenkte dem kläglichen Gesang der anwesenden Gemeinde keine Beachtung. Er betrachtete das große Portrait-Foto von Karl Merz, das mit einer schwarzen Schleife verziert neben dem Sarg stand. Dass sein Freund einen Mord bei ihm in Auftrag geben würde, daran hätte der *Venezia*-Wirt im Leben nicht gedacht. Er hatte zwar nicht lang nach den Gründen gefragt, warum Karl seine Hilfe in Anspruch nehmen wollte; Geschäft war schließlich Geschäft, aber gewundert hatte er sich trotzdem. Die Sache war seinem Freund sehr wichtig gewesen und er hatte Adriano bei allem was ihm heilig war schwören lassen, dass er sich an seine Anweisungen halten würde. Hatte Karl Merz gespürt, dass ihm nicht mehr viel Zeit blieb, um seine Angelegenheiten in seinem Sinne zu regeln? Immerhin wurde er bereits eine Woche nachdem er sich mit ihm im *Venezia* getroffen hatte, zu Grabe getragen. Karl musste gespürt haben, dass es bald mit ihm zu Ende gehen würde.

Ein gutes Gespür jedenfalls hatte Karl oft genug bei ihren Geschäften bewiesen. Das nützte seinem Freund jetzt allerdings auch nichts mehr und auch sein ganzes Geld hatte ihn nicht davor bewahrt, zu sterben, dachte sich Adriano. Das Leben war viel zu kurz, um es nicht jeden Augenblick in vollen Zügen zu genießen. Der *Venezia*-Wirt sah seine Frau von der Seite an. Toll sah sie aus, seine Valentina! Wie eine der großen italienischen Film-Diven. Er musste das Leben noch genießen, so lange es ging! Er würde das Restaurant ein paar Tage schließen und mit ihr und den Kindern in die Sonne fliegen. Der Job hier war so lukrativ gewesen, dass sie sich diese kleine Extravaganz ruhig leisten konnten. Valentina würde er in die teuersten Boutiquen zum Einkaufen schicken. Er lächelte seiner Frau zu, die etwas gequält die Augen verdrehte, weil ihr das Warten zu lang wurde.

„Schatz, hast du mal ein Taschentuch?" Gerda Konig schaute ihren Mann verwundert an. Wurde ihr Otto etwa sentimental? So nahe hatten sie Karl Merz jetzt auch nicht gestanden. Die meisten Leuten in der Aussegnungshalle fühlten wohl ähnlich, nur in der ersten Reihe hatte sich der Taschentuch-Verbrauch vor allem während der Musikstücke enorm gesteigert. Otto König bemerkte den fragenden Blick seiner Frau. „Mir ist nur so warm, hier drin sind einfach zu viele Leute." Er nahm seiner Frau das Taschentuch aus der Hand und wischte sich die kleinen Schweißperlen ab, die sich auf seiner Glatze gebildet hatten. Gerda König flüsterte ihm zu: „Mir reicht es auch, ich kann schon nicht mehr stehen. Hoffentlich sind die Musiker bald fertig."

Das hätte Elfi Merz sicher nicht gedacht, dass sie diesen Tag nicht miterleben würde, überlegte Alex. Sie hatte Susannes Mutter zwar nur sehr flüchtig kennengelernt, aber dass jede ihrer Gesten berechnend gewesen war, das war ihr sofort aufgefallen. Sie war oberflächlich bis zur Selbstaufgabe gewesen, das war Alex klar geworden, als Elfi an Heilig Abend ihr wahres Gesicht gezeigt hatte. Wie hätte Susannes Mutter diesen Tag wohl erlebt? Wäre sie hier zwischen ihren Töchtern gesessen und hätte die trauernde Witwe gegeben und hätte sie sich und die anderen damit getröstet, dass Karl jetzt von seinen Schmerzen befreit sei? Es war schon eine Ironie des Schicksals, dass Elfi dieser Triumph nicht vergönnt war. Vielleicht gab es doch so etwas wie eine höhere Gerechtigkeit.

Alex war trotz allem froh, dass sie Susanne nach Hause begleitet und ihre Familie kennengelernt hatte. Auch wenn diese jetzt ganz anders aussah als noch vor einer Woche. Jetzt würden sie und das Baby Susannes Familie sein. Alex legte den Arm um ihre Frau, die gerade von heftigem Schluchzen geschüttelt wurde.

Stefano Zanolla hatte seinen Posten bezogen. Durch das Fernrohr seines Gewehrs hatte er die kleine Friedhofskapelle gut im Blick. Der Platz hier war ideal. Adriano hatte eine gute Wahl getroffen. Er hatte eine optimale Schussposition, der Winkel leicht nach unten und die Entfernung war weit genug, um ungesehen zu bleiben, aber nah genug, um ein zufriedenstellendes Ergebnis abliefern zu können. Hoffentlich hatte er auch eine gute Sicht, wenn der Trauerzug am Grab war. Der Sizilianer sah auf die Uhr und fluchte leise vor sich hin. Die Feierlichkeiten zogen sich in die Länge. Adriano hatte doch extra gesagt, dass keine Messe gelesen werden würde. Was machten die denn so lange da drin? Stefano hatte gesehen, dass immer noch mehr Menschen in die kleine Kapelle geströmt waren. Diese Menschenmasse war eine echte Herausforderung für ihn. Schließlich musste er in der Masse der Trauergäste sein Opfer ausmachen und es wurde immer dämmriger. Wenn der Trauerzug sich nicht langsam in Richtung Grab auf den Weg machen würde, dann würde er im Dunkeln schießen müssen. Immerhin konnte er davon ausgehen, dass seine Zielperson dem Toten ziemlich nahe stand deshalb auch direkt hinter dem Sarg laufen würde. Das machte die Sache wenigstens ein bisschen leichter. Der Italiener zog noch einmal die Hälfte des Fotos, die er sich abgerissen hatte, aus der Jackentasche. Das Opfer war eindeutig markiert und der Name war deutlich darunter geschrieben. Stefano prägte sich die Züge der Person zum wiederholten Male ein.

Als die Trauergesellschaft sich erhoben hatte, um dem Toten das letzte Geleit zu seinem Grab zu geben, stieß Gerda König ihren Mann in die Seite. „Du Otto, die Tochter vom Merz, ist die mit einer Frau zusammen?" „Sieht so aus. Das ist heutzutage aber völlig normal, Schatz. Eine Ehe wie unsere ist doch schon ein Auslaufmodell. Heute muss man da flexibel sein." Gerda König zog nur erstaunt die Augenbrauen hoch und wunderte sich wieder einmal über ihren Mann. Der konnte ungeheuer liberal sein, solange es nicht sein unmittelbares Umfeld betraf. Ebenso wie den Königs war das Frauenpaar auch den anderen Trauergästen aufgefallen und Gerda König bemerkte, dass sich viele verstohlen darüber unterhielten. So etwas sah man in Bärlingen schließlich nicht alle Tage.

Susanne ließ sich ganz selbstverständlich von Alex aus der Kapelle führen. Für sie war es das Normalste auf der Welt, dass sie sich mit ihrer Frau in der Öffentlichkeit zeigte. Und wenn ihr Vater ihnen seinen Segen gegeben hatte, dann hätte es ihm vielleicht sogar eine diebische Freude bereitet, wenn er jetzt die verstörten Blicke der Bärlinger sehen könnte.

Endlich ging es los. Stefano Zanolla kniff das linke Auge zu und schaute durch das Zielfernrohr, das er genau auf den Ausgang der Aussegnungshalle gerichtet hatte. So konnte er alle Herauskommenden in Augenschein nehmen. An dieser Stelle hatte er die besten Chancen, in die Gesichter der Anwesenden zu schauen. Später würde er vielleicht nur noch die Rücken zu sehen bekommen. Dann musste er sich sicher sein, wem sein Schuss zu gelten hatte. Sein Auftraggeber hatte verfügt, dass der tödliche Treffer direkt am Grab erfolgen sollte. Hier mussten Gefühle ganz tief verletzt worden sein, sonst wählte niemand so eine große Bühne für seine Rache. Aber darüber hatte Stefano Zanolla nicht zu urteilen. Er führte nur das aus, wozu seinen Auftraggebern der Mut, die Gelegenheit oder die Fähigkeit fehlte. Eine Dienstleistung. Mehr war es nicht, was er hier erbrachte.

Es war bereits dämmrig, als sich der lange Trauerzug in Richtung Grab in Bewegung setzte. Adriano war nicht wohl bei dem Gedanken, jetzt quer über den Friedhof zu laufen, immer im Schussfeld eines Profi-Killers. Jetzt spielte es auch keine Rolle mehr, dass Stefano sein Freund war und dass er ihm diese einträgliche Erwerbsquelle eröffnet hatte. Jetzt hatte Adriano einfach nur noch Angst, die er allerdings niemandem anvertrauen konnte. Er saß in der Falle. Kurz bevor sie aus der Kapelle treten konnten, beugte er sich zu seiner Frau. „Schatz, ich komme gleich nach. Ich habe total vergessen, mich bei Mario zu melden. Es geht um ein wirklich großes Geschäft. Ein kurzes Telefonat und ich komme nach. Versprochen. Es geht nicht anders. Es ist wirklich ein ganz dicker Fisch, den wir da an der Angel haben." Die Italienerin verdrehte die Augen. Wie konnte ihr Mann nur? Ausgerechnet jetzt, wo es wirklich losging! Sie wusste aber, dass sie ihm hier unmöglich die Szene machen konnte, nach der ihr im Augenblick zumute war. Es blieb ihr nichts anderes übrig, als gute Miene zum bösen Spiel zu machen. Aber zwischen den Zähnen raunte sie ihrem Mann ein deftiges italienisches Schimpfwort zu und stolzierte hocherhobenen Hauptes davon. Adriano schaute ihr nach und sah noch, wie sie sich bei Otto König einhakte. Der musste zusammen mit seiner Frau ebenfalls im hinteren Bereich der Aussegnungshalle gestanden haben.

Valentina hätte Adriano in diesem Moment zwar auf den Mond schießen mögen, aber wenigstens hatte sie jetzt eine Position ganz vorn am Geschehen und konnte alles aus nächster Nähe sehen. Noch wichtiger war ihr allerdings, dass jeder sie sehen konnte. Diesen Auftritt wollte sie sich nicht nehmen lassen und zur Not würde sie die große Bühne, die jetzt vor ihr lag auch am Arm des Friseurs betreten. Auch wenn sie es sich nicht anmerken ließ, Valentina Felice war glücklich.

Adriano stellte sich mit dem Rücken an die Wand der Aussegnungshalle und wartete darauf, dass die Trauergäste alle gegangen waren. Er schloss die Augen. Worauf hatte er sich da nur eingelassen? Als er allein war, setzte sich der *Venezia*-Wirt in die erste Reihe und betrachtete das Foto seines verstorbenen Kumpels Karl. Was für ein Spiel wurde hier gespielt? Warum hatte Karl so ein Geheimnis um diesen Auftrag gemacht? Hatte er ihm vielleicht doch nicht vertraut? Warum hätte er dann aber diese Art von Geschäften, über die man nicht in der Öffentlichkeit sprach, mit ihm gemacht? Und es waren nicht wenige Geschäfte gewesen, die sie miteinander abgeschlossen hatten. Adriano hatte Karl immer als seinen Freund betrachtet, jetzt aber schien es ihm, als habe er den Verstorbenen gar nicht gekannt. Sie hatten nie etwas zusammen mit ihren Familien unternommen. Warum eigentlich nicht? War er Karl nicht gut genug gewesen? Hatte er in ihm nur den Pizza-Bäcker gesehen, der gerade gut genug für krumme aber umso profitablere Geschäfte war? Hatte er ihn wie so viele andere der besseren Bärlinger Gesellschaft vielleicht auch hinter seinem Rücken belächelt und auf ihn herabgesehen? Adriano war nicht dumm. Es war ihm durchaus bewusst, dass die Felices mit ihrem südländischen Temperament immer wieder anecken im geordneten schwäbischen Alltag. Er hatte für sich beschlossen, über die kleinen und großen Kränkungen seiner Mitmenschen einfach hinwegzusehen. Was er nicht sah, existierte nicht. So einfach funktionierte Adrianos Welt. Jedenfalls bis jetzt. Die Angst, die den kleinen Italiener jetzt erfasst hatte, ließ sich nicht einfach weglächeln. Bestimmt hatte der Scharfschütze sein Präzisionsgewehr in der Zwischenzeit schon in Anschlag gebracht und wartete auf eine günstige Gelegenheit. Adriano kamen Zweifel. Er hätte in den Umschlag schauen sollen, den er von Karl bekommen hatte! Wie hatte er nur so dumm sein können! Vielleicht war es sein Foto, das Stefano erhalten hatte. Adriano trat der Schweiß auf die Stirn. War er in Gefahr? Wollte Karl ihn umbringen lassen?

Machte er sich selbst zur Zielscheibe des Killers, wenn er hinausging? Adriano musste nicht lange nachdenken, bis ihm mehrere Situationen einfielen, in denen er Karl Merz bei ihren Geschäften nicht immer ganz korrekt beteiligt hatte. Zwar war sich der Pizzabäcker sicher, dass sein Geschäftspartner davon nie etwas mitbekommen hatte, aber eine endgültige Sicherheit gab es nicht. Diese letzte Wahrscheinlichkeit lastete jetzt schwer auf dem Italiener. Er versuchte, sich damit zu trösten, dass Stefano ihm sicher gesagt hätte, wenn er in dem verschlossenen Umschlag seines Auftraggebers das

Foto seines Freundes Adriano vorgefunden hätte. Auf der anderen Seite, wie konnte er sich da so sicher sein? Dieser Job hier war ein Auftrag wie jeder andere. Das war Stefanos Beruf, den würde er professionell ausführen. Adriano schüttelte den Kopf, wie um sich selbst vom Gegenteil zu überzeugen. Nein! Stefano würde nicht auf ihn schießen, das würde er nicht tun. Immerhin hatte Adriano in der Vergangenheit dafür gesorgt, dass der Sizilianer den ein oder anderen lukrativen Auftrag in Deutschland erledigen konnte. Wenn schon die Freundschaft ihn nicht davon abhalten würde, im Falle eines Falles sein Berufsethos hintanzustellen, sofern man bei einem Mörder überhaupt von so etwas sprechen konnte, dann würde er doch zumindest keine Hand, die ihn fütterte, abschlagen. Das hoffte Adriano jedenfalls inständig. Schweren Herzens stand er auf und ging dem Trauerzug nach, der sich gemessenen Schrittes in Richtung Grabstelle bewegte.

„Verdammt, zeig dich endlich!" Stefano Zanolla sprach mit sich selbst. Er schwenkte mit dem Zielfernrohr langsam über die Prozession der Trauergäste. Das Opfer musste hier doch irgendwo sein. Egal, was zwischen seinem Auftraggeber und der Zielperson vorgefallen war, zur Beerdigung würde sein Opfer mit Sicherheit erscheinen. Der Italiener stieß einen leisen Fluch aus. Das waren wirklich erschwerte Arbeitsbedingungen hier. Es war so kalt, dass Stefano sich zusammenreißen musste, damit seine Zähne nicht vor Kälte aufeinanderschlugen. Gehört hätte das zwar niemand, aber sicher zu zielen wäre dann nicht mehr möglich gewesen. Es war nicht nur kalt, sondern mittlerweile auch komplett dunkel. Etliche Personen waren schon aus der Kapelle herausgekommen, aber die Person von dem Foto hatte er noch nicht entdeckt. Stefano merkte, dass er unruhig wurde. Er hatte nur diese eine Chance, das wusste er. Die musste er nutzen.

Valentina Felice hatte sich ohne ihren Mann, aber hocherhobenen Hauptes in den Trauerzug eingereiht. Wie hatte er glauben können, ihr diesen Auftritt mit so einer windigen Entschuldigung ausreden zu können? Das war ihre Piazza, ihr Corso. Leider wehte kein angenehmes warmes Lüftchen vom Meer herüber und es war auch kein lauer Sommerabend im Süden, den sie und Adriano Arm in Arm lustwandelnd genossen, sondern die Kälte war schneidend und sie musste mit dem Friseur vorlieb nehmen.

In vielen Dingen hatte sich die Gastronomen-Gattin an ihre neue Heimat angepasst und mit der schwäbischen Mentalität hatte sie ihren Frieden geschlossen, aber an das raue Klima hier würde sie sich wohl nicht mehr gewöhnen. Wenn die Geschäfte nicht so gut laufen würden für ihren Mann, dann hätte sie ihn sicher schon längst gedrängt, wieder in ihre Heimat zurückzukehren. Valentina zog den warmen Mantel enger um sich. Als sie vor dem offenen Grab standen und sich die Trauergäste wie Zuschauer versammelt hatten, begann für Valentina Felice der zweite Akt, der dramatische Höhepunkt ihrer Inszenierung. Jetzt musste sie sich den besten Platz sichern. Die Grabstelle lag im hinteren Teil des Friedhofs, direkt an der Mauer.

Die Familienmitglieder hatten sich in einem Halbkreis um das Grab gestellt und die restlichen Trauergäste konnten die Zeremonie nur in einer langen Schlange wartend verfolgen. Sobald sie an der Reihe wären, würde jeder einzelne auf den Sarg herabschauen, eine Schippe voll Erde auf den Deckel werfen und sich auf dem schmalen Weg zwischen Mauer und Grab in Richtung Ausgang bewegen. Valentina zögerte nicht lang, im Bruchteil einer Sekunde hatte sie sich für den besten Platz entschieden. Sie zog Otto König am Arm mit sich und schlängelte sich hinter der Familie des Toten an die gegenüberliegende Seite des Grabes. Jetzt hatten sie die Friedhofsmauer im Rücken und den Trauerzug der Bärlinger „High Society" vor sich.

Als Gerda König merkte, wohin die Italienerin strebte, hatte sie sich von ihrem Mann losgemacht. Wenn der das mitmachte, war es seine Sache. Sie wollte der Beisetzung allerdings nicht in so einer exponierten Lage beiwohnen. Otto war seine Rolle auch nicht gerade recht, aber er hatte am Grab auch keine Diskussion riskieren wollen und so hatte er die Italienerin bestimmen lassen, wo sie stehen wollte. Er hatte Valentina Felice immer noch am Arm und schaute zu seiner Frau herüber. Was hatte er nur für ein Glück mit seiner Gerda! Er lächelte sie an. Wenn er sich ausmalte, dass die anstrengende Frau an seiner Seite im Privaten mit Sicherheit nicht weniger launisch war, dann war Adriano wirklich nicht zu beneiden. Otto König konnte den Pizzeria-Wirt verstehen, dass dieser jede Gelegenheit nutzte, um sich eine Verschnaufpause von seiner Gattin zu gönnen. Diese kleine Auszeit gönnte der Friseur dem Italiener von Herzen. Immerhin würde er die exaltierte Erscheinung an seiner Seite mit ihrem monströsen Hut in wenigen Minuten wieder los sein. Adriano Felice aber hatte lebenslänglich!

Der Sizilianer wusste, dass er jetzt eine Entscheidung treffen musste. Der Leichenzug hatte sein Ziel erreicht und gleich würde der Sarg ins Grab gelassen werden. Stefano Zanolla biss sich vor Anspannung auf die Lippe. Es gab nur diesen einen Schuss, dann musste er seine Sachen packen und verschwinden. Er war hier zwar in der Provinz, wo nicht an jeder Straßenecke ein Polizist lauerte, aber hinter dem Mond lebten die Menschen hier auch nicht. Eile war in jedem Fall geboten. Und wenn er sich an den Blick erinnerte, den ihm der Polizist gestern bei Adriano im *Venezia* zugeworfen hatte, dann hatte er das Gefühl, dass er nicht den Fehler machen sollte, sich hier in Bärlingen in Sicherheit zu wiegen. Stefano Zanolla lud das Präzisionsgewehr durch und hielt automatisch den Atem an, um den Schuss sicher zu setzen.

Katrin stand mit ihrer Familie ganz vorn am Grab. Susanne und Alex hatten sich rechts neben sie gestellt. An ihre linke Seite hatte sich Valentina Felice am Arm Otto Königs gedrängt. Katrin entging es nicht, dass die Italienerin sich mächtig in Schale geworfen hatte. Sie trug ein Pelz-Cape, das Elfis nicht ganz unähnlich war und einen überdimensionierten Hut. Vielleicht war es doch ganz richtig gewesen, dass sie sich dagegen entschieden hatte, den Pelzmantel ihrer Mutter anzuziehen. Das hätte sicher für Gesprächsstoff unter den Damen der besseren Gesellschaft gesorgt, denn die hätten Elfis Mantel unter Garantie erkannt. Was die andere hatte, wurde in diesen Kreisen genau taxiert, katalogisiert und mehr oder weniger im Geheimen kritisiert. Dass es Alex gewesen war, die sie überzeugt hatte, dass ein Pelz nur ein Statussymbol für affektierte Gattinnen war, das hatte Katrin überrascht. Lesben gehörten in ihren Augen nicht gerade zu der Gruppe Menschen, denen sie ein besonderes Stilempfinden zutraute. Aber so konnte man sich irren. Jetzt konnte Katrin dem Moment nicht mehr ausweichen, vor dem sie sich die letzten Tage so sehr gefürchtet hatte. Der letzte Abschied war gekommen und sie merkte, dass auch ihre Schwester gegen die Tränen ankämpfte.

Aus alter Gewohnheit hatte Adriano mit beiden Händen in seine Manteltaschen gegriffen, um nach seinem Eukalyptus-Mundspray zu suchen. In seiner rechten Manteltasche fand er den Zerstäuber, der sein treuer Begleiter geworden war, seit er sich vor ein paar Jahren das Rauchen abgewöhnt hatte. Jedes Mal, wenn der Italiener sonst zu einer Zigarette gegriffen hätte, nutzte er jetzt das Mundspray. In dieser Situation höchster Anspannung war das Spray zwar nur ein schwacher Ersatz für eine Zigarette, aber das kümmerte Adriano nicht. Denn in seiner linken Tasche ertastete er die beiden Briefe, die Karl ihm bei ihrem letzten Treffen im *Venezia* anvertraut hatte. Es war ihm sehr wichtig gewesen, dass seine

Töchter diese Kuverts nach seiner Beerdigung erhalten sollten. Adriano hatte versprochen, ganz bestimmt an die Umschläge zu denken. Jetzt brauchte er keine Zigarette und auch keinen Nikotin-Ersatz. Adrianos Miene hellte sich augenblicklich auf und er musste sogar lächeln. Natürlich, dass ihm das nicht schon viel früher eingefallen war! Jetzt hatte er sich ganz umsonst solche Sorgen gemacht. Karl hätte ihm diese wichtigen Briefe doch nicht anvertraut, wenn er ihm einen Killer auf den Hals gehetzt hätte. Die Briefe an die Merz-Töchter waren seine Lebensversicherung!

Jetzt wagte sich Adriano nach draußen. Er musste unbedingt zu Valentina. Die würde ihm schon noch eine ordentliche Szene machen, sobald sie wieder zu Hause wären, da war sich Adriano ganz sicher. Ungestraft ließ man Valentina Felice nämlich nicht stehen. Aber auch das störte den Italiener jetzt nicht und so schlängelte er sich durch die Reihe der Trauergäste bis ganz nach vorn. Es war keine Frage für ihn, wo er seine Frau finden würde. Adriano erreichte das Grab als der Sarg von Karl Merz gerade von sechs livrierten Friedhofsgehilfen von dem Handwagen abgeladen wurde. Er konnte jetzt unmöglich direkt am Grab vorbeigehen, um zu Valentina zu kommen. So blieb er neben Gerda König stehen und beobachtete seine Frau. Sie hielt sich immer noch am Arm des Friseurs fest und hatte jetzt ihren ganz großen Auftritt. Sie weinte, als ob gerade ihre gesamte Familie zu Grabe getragen würde. Adriano liebte seine Frau und in Sachen Emotionalität stand er ihr nur wenig nach. Aber hier hätte er sich doch etwas mehr Zurückhaltung gewünscht. Aber Valentina dachte gar nicht daran, sich zu beherrschen. Im Gegenteil. Als der Sarg in die Tiefe gelassen wurde, begann sie laut zu schluchzen. Und als sie sich zu Otto König drehte, um sich von ihm trösten zu lassen, schrie sie spitz auf.

30

Georg Haller hatte die brisante Situation längst erkannt und Verstärkung angefordert. Seine fünf Kollegen aus Baichlingen, Gärlingen und Scheibleshofen hatten sich in Trauerkleidung unter die Beerdigungsgesellschaft gemischt und warteten. Sie sollten Ausschau halten nach einem Mann, Mitte dreißig, südländischer Typ, elegante Erscheinung. Es war höchste Alarmstufe gegeben worden, denn der mutmaßliche Attentäter war schwer bewaffnet. Lisa-Marie Töpfer stand hinten im Trauerzug und verhielt sich ebenso unauffällig wie ihre Kollegen. Die Polizeiobermeisterin hatte den gesuchten Italiener noch gut vor Augen. Es musste der Mann gewesen sein, der ihr gestern im *Venezia* aufgefallen war. So jemand blieb nicht unbemerkt in Bärlingen.

Die Polizisten warteten, aber der Mafioso ließ sich nicht blicken. Lisa-Marie sah sich um. Vielleicht war auch alles nur falscher Alarm und der Kerl war längst über alle Berge. Arschkalt war es hier draußen. Hoffentlich würden die sich ein wenig beeilen da vorne. Die junge Frau trat von einem Bein auf das andere. Wo steckte eigentlich Georg? Ihren Kollegen hatte sie heute nur ganz kurz gesehen. Er schien immer einen Grund zu haben oder zu suchen, um ihr aus dem Weg zu gehen. Erst musste er den Angehörigen die Nachricht überbringen, dass Elfi Merz nicht das Opfer eines perfiden Killers, sondern eines Unfalls geworden war. Und dann hatte ihn Frau König aufgeregt angerufen. Seitdem hatte Lisa-Marie von Georg Haller nur noch knappe Befehle empfangen. Es musste alles ganz schnell gehen. Verstärkung aus den Nachbargemeinden anfordern, Einsatzplan für die Mission „Totengräber" erstellen, Kollegen einweisen und Abfahrt. Lisa-Marie hatte insgeheim gehofft, dass sie und Georg da anknüpfen könnten, wo sie gestern aufgehört hatten.

Allerdings war Georg Haller heute zu beschäftigt und kümmerte sich nicht weiter um seine Kollegin. Aber so schnell würde diese nicht aufgeben!

Der Hauptkommissar fror sich ebenfalls die Ohren ab, aber das hätte er nie im Leben zugegeben. Wer in diesen Breitengraden groß geworden war, der war kein Weichei und belächelte die Gäste von auswärts, die bei den kleinsten Schwankungen des Thermometers nach unten gleich die Pudelmütze zückten. Die schwäbische Provinz war nur was für echte Kerle. Und die ließen ihre Mützen im Schrank. Viel Zeit war ihm nicht geblieben, um den Einsatz hier zu organisieren. Aber jetzt waren alle bereit, die Kollegen hatten ihre Posten auf dem Friedhof bezogen. Georg Haller überlegte, ob er sich vielleicht doch noch für einen Job bei der Kripo bewerben sollte? Bis jetzt jedenfalls hatte er alles richtig gemacht und er musste zugeben, dass es ihm gefiel, dass sein Arbeitstag ausnahmsweise einmal nicht aus der Schlichtung von Nachbarschaftsstreitigkeiten und dem Aufspüren von Falschparkern bestand. Wenn er allerdings zur Kripo wechseln würde, hieße das, dass er aus Bärlingen weg müsste. Das an sich war durchaus zu verkraften, das wusste er bereits aus eigener Erfahrung. Seine Mutter wäre zwar nicht begeistert, würde es aber bestimmt verstehen. Allerdings würde er Lisa-Marie dann auch nicht mehr sehen oder nicht mehr so häufig. Dieser Gedanke gefiel dem Hauptkommissar überhaupt nicht. Auch wenn er ihr heute eher aus dem Weg gegangen war, weil er sich wegen gestern befangen fühlte, so hatte er sich doch auf das Wiedersehen mit ihr gefreut, seit er aufgestanden war. Was sie wohl heute Abend macht? Bestimmt hatte seine Kollegin etwas vor, eine Frau wie sie würde Silvester nicht allein feiern. Georg Haller würde sich wahrscheinlich das Mundart-Kabarett im Südwest-Fernsehen ansehen und wie gewohnt gegen halb elf ins Bett gehen. Kein Mensch aus der Schubartstraße Nummer 5 ging an Silvester nachts vor die Tür, um Raketen steigen zu lassen. Allein die Vorstellung, dass Herr Ebert oder die Schäufeles Geld für so etwas wie Böller ausgeben würden, undenkbar!

In der restlichen Schubartstraße allerdings sah es am ersten Januar aus wie überall auf den Straßen. Vom Schnee oder Regen aufgequollene Reste der Silvesterkracher warteten darauf, dass eine außerplanmäßige Kehrwoche sie in die Tonne beförderte. Tatsächlich funktionierte in Bärlingen, was in vielen anderen deutschen Städten unmöglich wäre. Am ersten Januar reinigten die Bewohner Gehwege und Straßen von den Neujahrs-Überresten und das nicht nur, weil es die Kehrwoche gab. Nein, es war ihnen ein inneres Bedürfnis. Da stand keine einzige Sektflasche mehr am Straßenrand und kein buntes Papierchen klebte feucht im Rinnstein. Natürlich gab es auch in der Schubartstraße Nummer 5 die Kehrwoche und in dieser Woche hatte es Georg Haller getroffen. Aber das bedeutete nicht, dass er am Neujahrsmorgen eine Extra-Schicht würde einlegen müssen. Nur selten verirrte sich eine Silvester-Rakete aus dem Neubaugebiet, wo zunehmend auch Nicht-Schwaben wohnten, hierher. Vor dem Mehrfamilienhaus würde es deshalb auch nach der Silvesternacht so sauber aussehen wie jeden Tag. Den Jahreswechsel selbst verschliefen die Bewohner.

Der Stefan hatte sie gefragt, ob sie mit ihm zum Silvesterball des Gewerbevereins in die Stadthalle gehen wolle. Mit Live-Musik und Tombola. Auch wenn der Kollege vom Bereitschaftsdienst seine sportlichen Fähigkeiten im Bett eindrucksvoll unter Beweis gestellt hatte, wollte Lisa-Marie Töpfer die Einladung nicht annehmen. Das war ihr zu spießig und mit dem Stefan war es vorbei. Sie wollte ihm keine Hoffnungen machen. Was wohl Schorsch heute vorhatte? Zum Ball ging der doch bestimmt nicht. Feierte er vielleicht mit seiner Mutter? *Dinner for one* im Altersheim? Vielleicht würden sie noch was zusammen trinken gehen, nach dem Einsatz.

Die Polizeiobermeisterin zuckte zusammen. Ein lauter Schrei schreckte sie aus ihren Gedanken. Was war da passiert? Sie sah, dass vorn am Grab die Menschen auseinanderwichen. Es gab lautes Geschrei. Panisch flohen die Trauergäste in Richtung Ausgang. Einige Menschen beugten sich über eine Person, die am Boden lag, so viel konnte Lisa-Marie Töpfer erkennen. Es gab keinen Zweifel, der Killer hatte zugeschlagen. Die Polizisten, die es im Alltag durchweg mit harmlosen Gesetzeswidrigkeiten zu tun hatten, reagierten professionell. Lisa-Marie Töpfer sah, dass ihre Kollegen mit gezogenen Waffen hinter den Grabsteinen in Deckung gingen, auch sie zog ihre Dienstpistole.

Woher war der Schuss gekommen? Würde es bei einem Treffer bleiben? Alles blieb ruhig. Der Killer hatte offensichtlich seinen Auftrag erfüllt. Jetzt musste sich der Hauptkommissar erst einmal selbst ein Bild verschaffen von dem, was am Grab passiert war. Er ging in die Knie, um nach dem Opfer des Attentats zu sehen. Nach einem prüfenden Blick griff er zu seinem Funkgerät und bestellte einen Krankenwagen. Mehr konnte er im Augenblick nicht tun.

Er musste den Killer finden. Georg Haller richtete sich auf und nahm das Fernglas mit Nachtsichtfunktion an die Augen. Der Schuss musste das Opfer von vorn getroffen haben, denn im Rücken war die Friedhofsmauer. Viele Möglichkeiten gab es hier für einen Scharfschützen nicht, um ein Opfer an dieser Stelle zu treffen. Georg Haller ließ seinen Blick über die umliegenden Häuser schweifen. An einem Mehrfamilienhaus in zweiter Reihe hinter dem Friedhof war sein Blick hängen geblieben. Auf dem Balkon der obersten Wohnung hatte er eine Person gesehen. Georg Haller hielt den Atem an. Die Person hatte gekniet und stand jetzt auf, in der Hand hielt sie einen länglichen Gegenstand. Kein Zweifel, das musste der Killer sein! Noch bevor der Hauptkommissar den nächsten Schritt unternehmen konnte, richtete sich die Person auf dem Balkon auf und drehte sich in seine Richtung. Georg Haller und Stefano Zanolla schauten sich direkt in die Augen.

31

Adriano konnte es nicht fassen! Erst hielt er Valentinas Schrei für den theatralischen Höhepunkt ihrer gespielten Trauer, aber als sie in den Armen Otto Königs zusammensackte, wusste er, das war kein Spiel. Valentina war das Opfer! Stefano hatte auf seine Frau geschossen! Adriano hatte keine Zeit darüber nachzudenken, warum der Freund hinterrücks auf seine Frau zielte. Er stürzte zu Valentina, die mittlerweile zu Boden gesunken war. Otto König hatte zwar sein Bestes getan, hatte die angeschossene Frau aber nicht halten können. Der Hut Valentinas fiel in den Schnee, als sie zu Boden stürzte. Die Leute waren erst erschrocken auseinandergewichen, jetzt traten einige Neugierige näher heran, um zu sehen, was geschehen war. Aber das bekam der Pizzeria-Wirt nicht mehr mit. Der kleine Italiener kniete sich in den Schnee neben seine Frau und nahm ihren Kopf in seine Hände. Er war so benommen, dass er nur ihren Namen stammeln konnte. Valentina Felice stöhnte, sie stand unter Schock.

Aus der Gruppe der Gaffer löste sich Dr. Michael, der Hausarzt der Familie Merz, um erste Hilfe zu leisten. Er öffnete der verwundeten Frau den Pelzmantel, um zu sehen wie stark die Verletzung war. Valentina Felice hatte Glück gehabt, der Todesschütze hatte sicher auf die Herzgegend gezielt, aber sie musste sich genau in dem Moment zur Seite gedreht haben, als die Kugel sie treffen sollte. Statt des tödlichen Schusses hatte die Italienerin einen Schulterdurchschuss erlitten. Der Ersthelfer versuchte die starke Blutung zu stoppen, indem er Valentina ein Taschentuch und einen zusammengeknüllten Schal auf die Wunde drückte. Die Italienerin schrie vor Schmerz auf und drehte ihren Kopf weg. Sie sah ihren Mann an, dem die Tränen über die Wangen liefen.

Georg Haller hatte ihn entdeckt und mit dem Finger auf ihn gezeigt. Der Killer hatte direkt in seine Richtung geschaut. Ob er ihn auch gesehen hatte, wusste der Hauptkommissar nicht, aber das war auch unwichtig. Jetzt musste er sich beeilen. Jede Minute zählte. Der Kerl durfte ihnen nicht entwischen! Georg Haller gab seinen Kollegen per Funk die Anweisung, die Trauergäste an den Ausgängen abzupassen, um die Personalien für eine spätere Befragung sicherzustellen. Dann rannte er so gut es ging in Richtung Ausgang. Er musste sich zwischen den Trauergästen, die wild durcheinanderliefen, hindurchkämpfen. Als er fast am Ausgang war, holte ihn seine Kollegin ein. „Schorsch, hat der Killer zugeschlagen?" „Ja! Komm, wir müssen ihn fassen. Ich hab ihn gesehen, er muss von einem Haus in der Marienstraße geschossen haben." Ohne weitere Erklärungen sprintete Georg Haller los. Endlich lag das Gedränge des Friedhofs hinter ihnen. Lisa-Marie rannte dem Hauptkommissar hinterher. Der frisch gefallene Schnee musste sehr nass gewesen sein, denn auf der Straße hatte sich bereits eine spiegelglatte Fläche gebildet. Die Polizisten kamen nicht so schnell vorwärts wie sie wollten.

Inzwischen waren die Rettungssanitäter angekommen und versorgten Valentina Felice. Während es ihr schon wieder so gut ging, dass sie alle möglichen Verdächtigungen anstellte, wer sie aus welchen Gründen hatte umbringen wollen, hörte Adriano erst dann allmählich auf zu zittern, als die Sanitäter ihm eine Beruhigungsspritze verpasst hatten. Ihn hatte die ganze Sache sehr mitgenommen und er schien in der letzten Viertelstunde um Jahre gealtert zu sein. Der Sarg von Karl Merz war bereits hinabgelassen und der Pfarrer stand wie versteinert neben dem offenen Grab. An eine Fortsetzung der Beerdigung war nicht zu denken und bevor er losrannte, hatte Georg Haller dem Geistlichen noch zugerufen: „Der Merz kommt heute nicht mehr unter die Erde!"

Nach der vergangenen Woche hatten Katrin und Susanne zwar gedacht, nichts könne sie mehr überraschen, aber mit einem Todesschützen, der am Grab ihres Vaters aus dem Hinterhalt auf sein Opfer zielte, damit hatte hier niemand gerechnet. Was war hier nur los? Warum wurde Valentina Felice am Grab ihres Vaters ermordet? Hatte er nicht endlich seine Ruhe verdient? Hatte er etwas mit dem Mord zu tun?

Gerda und Otto König hatten beide kurz überlegt, ob sie ebenfalls gleich aufbrechen sollten. Immerhin hatten sie die Ausrüstung des Killers im Hotel in Augenschein genommen. Hier war ein Profi am Werk und deshalb schien absolute Vorsicht geboten. Sicher wäre es am besten gewesen, sich unsichtbar zu machen. Wer wusste schon, auf wen der Kerl noch zielen würde. Trotzdem mussten Gerda und Otto König nicht lang nachdenken. Die Merz-Töchter hatten Schlimmes durchgemacht und standen in dem ganzen Chaos jetzt ziemlich verloren am offenen Grab ihres Vaters. Zum Glück kümmerte sich der Pfarrer um sie. Das Friseur-Ehepaar hielt sich im Hintergrund. Karl Merz und seine Angehörigen hatten es verdient, dass man auch in dieser Ausnahmesituation so etwas wie einen letzten Rest Würde und Ehrerbietung bewahrte. Und genau das strahlten Gerda und Otto König aus. Sie standen in gemessenem Abstand und demonstrierten den trauernden Angehörigen ihr Mitgefühl.

Otto legte seiner Frau die Hand um die Schultern. Auch wenn Gerda ihr entschlossenes Gesicht aufgesetzt hatte, wusste er, dass sie nicht so souverän war, wie sie ihn glauben machen wollte. „Mach dir keine Sorgen, Schatz. Der Killer hatte nur den Auftrag, eine Person zu töten, schließlich hatte er nur ein Foto in seinem Zimmer. Es wird sicher kein weiteres Opfer geben." Gerda König war nicht überzeugt, aber es tat ihr gut, dass ihr Mann sie in den Arm nahm. „Auf dem Foto war also die Frau Felice eingekreist, Otto. Das verstehe ich nicht." „Ich bin mir eigentlich ganz sicher, dass nicht die

Frau Felice das Opfer sein sollte, sondern dass der Killer eigentlich Elfi Merz hätte umbringen sollen." „Otto! Elfi Merz ist doch schon längst tot!" „Ja, das stimmt. Aber ich gehe jede Wette ein, dass auf der abgerissenen Hälfte des Fotos Elfi Merz drauf war und nicht Valentina Felice." „Und angenommen, deine Theorie würde stimmen, dann wäre es doch sehr komisch, wenn der Killer auf eine andere Person schießen würde als die auf seinem Auftragsfoto. Die Ausrüstung im Schrank sah aus wie die von einem Profi. Der legt doch nicht einfach jemand anderes um, nur weil er plötzlich merkt, dass sein Job schon erledigt ist." „Viel wichtiger finde ich die Frage, wer den Killer überhaupt beauftragt hat, die Frau Merz umzubringen. Und auch die Frage, warum Elfi Merz durch die Hand eines Killers sterben sollte." „Das wüsste ich auch zu gern. Ich hätte nie gedacht, dass so ein Verbrechen in Bärlingen möglich wäre."

Plötzlich zog Otto seine Frau aufgeregt am Ärmel. „Oh Gott, ich weiß jetzt, was da schief gelaufen ist!" Gerda König sah ihren Mann erstaunt an. „Gerda, schau dir mal den Pelzmantel von der Frau Felice an." „Ja und, ein Pelzmantel eben." „Schon, aber erinnerst du dich nicht an das Foto, das wir im Hotelzimmer gefunden haben? „Das, auf dem die Hälfte mit dem markierten Opfer fehlte?" „Genau. Wir haben doch lange überlegt, wer die fehlende Person gewesen sein könnte." „Das weiß ich doch. Worauf willst du hinaus?" Gerda König wurde ungeduldig, sie wollte jetzt keine Ratespielchen mit ihrem Mann veranstalten. „Otto, sag schon!"

„Wir hätten uns nur fragen müssen, wo das Foto entstanden ist, dann hätten wir gewusst, wem der Anschlag gilt. Ich habe die ganze Zeit überlegt, woher ich den karierten Vorhang kenne, vor dem die Personen auf dem Bild standen. Jetzt ist es mir eingefallen. Das Foto muss in der Stadthalle aufgenommen worden sein und so festlich wie der Karl Merz angezogen war, ist das Foto bestimmt beim letzten Silvesterball entstanden. Erinnerst du dich, dass alle Paare am Eingang fotografiert wurden? Neben ihm musste also seine Frau gestanden haben und am Silvesterball hat sie zum ersten Mal ihren Pelz ausgeführt." „Dieser Pelz-Auftritt ist doch in die Geschichte eingegangen, vor allem das Nachspiel mit der Frau Felice! Dann hast du also doch Recht und der Mörder sollte Elfi Merz umbringen. Bleibt nur noch die Frage, warum sie sterben sollte und warum der Killer auf die Frau Felice geschossen hat." „Gerda, denk doch mal nach! Der Killer hat nicht auf eine Person, sondern auf einen Pelzmantel geschossen. Verstehst du?" Gerda König schaute ihren Mann nur an und zeigte ihm durch ein Kopfnicken, dass er die Sache endlich erklären sollte. „Der Todesschütze hat auf die Frau gezielt, die so einen ähnlichen Pelz trug wie Elfi Merz auf dem Foto. Er hat sicher nicht gewusst, dass Elfi Merz bereits tot ist. Und das Gesicht von Valentina Felice konnte er wahrscheinlich nicht erkennen, weil sie sich ihren Hut so tief ins Gesicht gezogen hatte." Otto König wies mit dem Kopf auf die elegante Hutkreation der Italienerin, die immer noch im Schnee lag.

„Willst du damit sagen, dass die Frau vom Adriano deshalb angeschossen worden ist, weil sie den Pelz von der Elfi Merz so toll fand, dass sie auch so einen haben wollte?" „Kann man so sagen." Gerda König konnte sich noch gut an das stadtbekannte Drama von vor einem Jahr erinnern, als die *Venezia*-Gattin plötzlich mit einer Kopie des Pelzmantels der Autohaus-Chefin auftauchte. Ihre Kundinnen hatten das Thema bis in die letzte Einzelheit genüsslich bei ihr ausgebreitet. Die Friseurin schüttelte den Kopf. „Das ist wirklich saudumm gelaufen!" „Besser hätte ich es auch nicht sagen können." Etwas leiser fügte er noch hinzu. „Und Gründe, warum ein Killer es auf Elfi Merz abgesehen haben sollte, würden mir genügend einfallen. Aber dieses Rätsel wird der Schorsch bestimmt klären."

Als der Pfarrer die Angehörigen wegführte, nickten Gerda und Otto König den Merz-Töchtern zu und machten sich ebenfalls auf den Heimweg. „Was meinst du Schatz, wenn sie den Killer schnappen, wird ihm dann hier in Bärlingen der Prozess gemacht?" Gerda König sah ihren Mann fragend an. „Warum interessiert dich das?" Otto bemühte sich um einen beiläufigen Tonfall, der seine Frau nicht misstrauisch machen sollte. „Ach, nur so. Schließlich waren wir nicht ganz unbeteiligt an der Aufklärung des Falls. Und ich könnte mir vorstellen, den Prozess auch zu verfolgen" „Otto! Der Mörder ist noch nicht einmal gefasst! Jetzt bleib mal auf dem Teppich!" Dass seine Frau hier nicht das große Ganze sah, sondern sich an solchen Nebensächlichkeiten aufhielt, verstand Otto nicht. Der Fall war für ihn noch nicht erledigt. Er würde nicht eher ruhen, als bis der Todesschütze seiner gerechten Strafe zugeführt worden wäre. Otto König sah sich schon im Gerichtssaal der Verhandlung folgen und ihm gefiel die Vorstellung, dass er in diesem Fall so etwas wie das zivile Gewissen Bärlingens war. Er würde dafür sorgen, dass diese Bluttat bestraft wurde. „Komm mal, mein Superheld. Wir gehen jetzt heim und machen uns ein ruhiges Silvester. Den Ball lassen wir einfach sausen. Was meinst du, Otto?" „Das ist mir auch recht. Ich hätte heute Abend sowieso keine Lust auf das Getratsche der Leute. Da machen wir es uns lieber zu Hause gemütlich." Gerda König drückte ihrem Mann einen dankbaren Kuss auf die Backe. „Wenn ich dich nicht hätte, Otto." „Gerda, du bist die Beste."

Er war entdeckt! Durch sein Zielfernrohr hatte Stefano Zanolla es genau gesehen. Was zum Kuckuck machte der Polizist mit einem Fernglas auf dem Friedhof? Der Sizilianer hatte die Szene am Grab nach seinem Schuss noch kurz beobachtet. Er hatte noch gesehen, dass Adriano auf die Frau zugestürzt war und sich neben sie gekniet hat. Vielleicht war es doch ein Eifersuchtsdrama und Adriano, der alte Schwerenöter, hatte etwas mit der Frau seines Freundes. Aber das ging ihn nichts an. Er hatte seinen Auftrag ausgeführt und jetzt hatte er Feierabend. Und den hatte er nach der Anspannung, die er regelmäßig vor seinen Aufträgen fühlte, bitter nötig. Jedenfalls dachte er das so lange, bis sich dieser Polizist aufrichtete und genau in seine Richtung schaute. Bei dieser Entfernung und angesichts der Unbescholtenheit seines Auftraggebers hatte sich der Sizilianer eigentlich ganz sicher gefühlt. Auch wenn immer ein Restrisiko blieb, es war keine übertriebene Eile geboten. Sein Wagen stand direkt vor der Tür und sobald er seine Waffe zerlegt und in der Schutzhülle verstaut hätte, würde er die schnelle Fahrt in Richtung Flughafen über die nah gelegene Autobahn genießen. Jetzt allerdings hatte dieser Polizist mit ausgestrecktem Arm auf ihn gezeigt. Stefanos Puls beschleunigte sich schlagartig. Nichts wie weg! Er hatte einen kleinen Vorsprung und den musste er nutzen. In aller Eile schraubte er sein Präzisionsgewehr auseinander, packte es ein und verließ die Wohnung.

Georg Haller und Lisa-Marie bogen gerade in die Marienstraße ein, als sie sahen, dass aus dem Mehrfamilienhaus fast am Ende der Straße ein Wagen rückwärts raussetzte. Der Hauptkommissar zog das Tempo an. Lisa-Marie hatte Schwierigkeiten zu folgen. Statt für ihre Uniformschuhe mit dem guten Profil hatte sie sich für Pumps entschieden, die zu ihrem Rock passten, den sie der Tarnung wegen ausgesucht hatte. Hier in der Nebenstraße war der Streuwagen noch nicht vorbeigekommen und die Straße war genauso glatt wie der Bürgersteig. Als die junge Polizistin ihre Schritte ebenfalls beschleunigen wollte, rutschte sie aus und fiel so unglücklich auf den Boden, dass sie mit dem Kopf auf den Asphalt aufschlug. Bewusstlos blieb sie am Straßenrand liegen. Georg Haller drehte sich nur kurz um, als er ihren Schrei hörte, lief jedoch weiter.

Stefano Zanolla hatte mehrere Stufen auf einmal genommen und unten angekommen war er schnell in seinen Mietwagen gestiegen. Zum Glück sprang das Auto gleich an. Er legte den Rückwärtsgang ein und fuhr an. Der Wagen schlingerte und reagierte nicht wie sonst. Was war da los? Das Auto hatte doch Winterreifen! Das bisschen Schnee durfte da eigentlich kein Problem sein. Der Wagen versuchte immer wieder auszubrechen und Stefano lenkte dagegen. Als er es mit Mühe aus der Einfahrt geschafft hatte, sah er im Rückspiegel, dass der Polizist, der ihn erkannt hatte, auf ihn zu rannte. Er musste lachen. Zu Fuß wollte ihn diese Witzfigur verfolgen? Der Sizilianer gab Gas, aber der Wagen gehorchte ihm nicht. Stattdessen drehte er sich auf der spiegelblanken Fahrbahn im Kreis. Fluchend brachte Stefano das Fahrzeug zum Stehen. So kam er nicht weiter. Er überlegte nicht lang und stieg aus dem Wagen. In dem Moment zog Georg Haller seine Pistole und rief zu ihm herüber: „Polizei. Bleiben Sie stehen und nehmen Sie die Hände hoch." Stefano dachte gar nicht daran, sich zu ergeben und rannte weg. „Stehenbleiben oder ich schieße!" Als der Flüchtende auch auf seine dritte Aufforderung nicht reagierte, legte Georg Haller an und zielte. Der Schuss hatte gesessen. Stefano Zanolla ging zu Boden und krümmte sich vor Schmerz. Der Hauptkommissar kam vorsichtig näher, die Waffe immer noch im Anschlag. Nachdem er sichergestellt hatte, dass der Killer unbewaffnet war, nahm er seine Handschellen, machte den Verletzten am nächsten Gartenzaun fest und drückte die Wahlwiederholung seines Handys. Der Krankenwagen würde gleich da sein.

Georg Haller kehrte um, und sah, dass seine Kollegin immer noch benommen auf der Straße lag. „Lisa-Marie, kannst du mich hören?" Der Hauptkommissar war neben der jungen Frau in die Knie gegangen und hatte ihr vorsichtig die Wange getätschelt. Die Polizistin stöhnte, öffnete aber die Augen. „Gott sei Dank! Wie geht es dir?" „So ein Mist! Hast du ihn wenigstens erwischt, Schorsch?" „Ja. Aber er wollte es auf die harte Tour. Ich hätte aber wohl kaum eine Chance gehabt, wenn der Kerl nicht versucht hätte, mit einem Auto mit zwei platten Hinterreifen zu flüchten." „Und wo ist er jetzt?" „Ich habe ihn am Gartenzaun da drüben festgemacht. Der Krankenwagen müsste gleich hier sein. Die Sanis sollen auch nach dir schauen." „Mir geht's schon wieder gut. Mach dir keine Sorgen. Ich will jetzt nur meine Ruhe." „Ja, das kann ich verstehen. Es wäre aber schon gut, wenn du nicht allein wärst heute. Immerhin bist du vorhin ganz ordentlich hingeknallt. Was hältst du davon, wenn wir heute gemeinsam Silvester ausfallen lassen?" Georg Haller half seiner Kollegin auf die Beine und diese hielt sich, immer noch ein wenig benommen, an ihm fest. „Gern. Ich dachte schon, du fragst nie."

DANKE

Meiner Familie gilt der größte Dank. Ohne sie wäre dieses Buch nicht möglich gewesen. Hier finde ich Inspiration, Kritik und Unterstützung. Dafür möchte ich allen meinen Lieben danken.

Meine Fragen zu medizinischen und juristischen Themen wurden geduldig und kompetent beantwortet. Alle Fehler, die sich auf diesen Gebieten in meinem Buch finden, sind allein Ausdruck meiner Unwissenheit bzw. entspringen der künstlerischen Freiheit. Vielen Dank an meinen „Brain-Pool":

Dr. Christoph Reiter, www.strahlentherapie-augsburg.de
Dr. Annette Füchsle-Reiter
Rechtsanwalt Hagen Hild, www.kanzlei.biz
Andreas Bippes, www.primseo.de

Alle Figuren dieses Romans sind frei erfunden. Ähnlichkeiten mit lebenden Personen sind rein zufällig und nicht von mir beabsichtigt. Allerdings würde es die „Ermittler" Gerda und Otto König ohne den echten, den einzig wahren „Salon König" nicht geben. Ich danke Frau und Herrn König, dass ich mir ihren Nachnamen ausleihen durfte.

Sabine Wierlemann

Printed in Great Britain
by Amazon